《诗经》文化笔记

罗旻 著

中国书籍出版社

目 录

倬彼云汉，昭回于天——周人的星空与道德律 1
观星定历：时间的参照系 3
观星作诵：周人眼中的星野 9
敬天保民：治国者的理想 15
观象预事：人事的预警系统 21

邦畿千里，维民所止——诸《国风》及其地理风土 27
拓土南服：《二南》与江汉 30
瞻彼淇奥：淇水畔的《卫风》 38
周室之东：洛邑与《王风》 44
溱洧之间：极意声色的《郑风》 53
表东海者：东夷故地的《齐风》 58
地接虞夏：河水之曲的《魏风》 66
山河表里：忧深思远的《唐风》 69
岐周旧地：刚毅雍容的《秦风》 78
宛丘之上：巫风轻靡的《陈风》 84
周之始基：周公东征与《豳风》 89
附：桧、曹、鲁诸国 94

《诗经》文化笔记 目录

七月流火，九月授衣——节序轮转与四时生活 ········ 105
  敬授人时：先秦之历法 ········ 107
  与时偕行：物候与人事 ········ 110
  农桑画卷：农人的四时 ········ 122
  附：婚嫁与时节 ········ 133

怀柔百神，及河乔岳——祭祀传统与天人秩序 ········ 137
  昊天成命：百神与先祖 ········ 139
  鼓舞相合：祭祀用乐 ········ 146
  尽物与志：器用与供奉 ········ 153

王于出征，以匡王国——周王朝的军事活动 ········ 163
  战事的名目：征、伐、侵及其他 ········ 165
  四时田猎：讲武与备战 ········ 170
  狁孔炽：西周的大敌 ········ 174
  附：征人的忧叹 ········ 180

旅力方刚，经营四方——内政外交中的赋诗传统 ········ 185
  周爰咨诹：使臣的歌章 ········ 187
  赋诗断章：典雅的机锋 ········ 194
  因言察志：会盟与观人 ········ 201
  《诗》之义理：政教与立德 ········ 210

后　记 ········ 219

倬彼云汉,昭回于天
——周人的星空与道德律

> 三代以上,人人皆知天文。"七月流火",农夫之辞也;"三星在天",妇人之语也;"月离于毕",戍卒之作也;"龙尾伏辰",儿童之谣也。
>
> ——顾炎武《日知录》

《诗经》文化笔记

倬彼云汉，昭回于天——周人的星空与道德律

三千多年前，黄河流域平原上的古人抬头仰望日升月恒、星汉流转时，已经具备了较为精确的时间意识，察觉到身边的昼夜更迭、四时轮替、作物生长，都与天象的变化密切相关。在他们朴素的自然观中，人们辛勤劳作所谋求的稼穑蚕桑，一衣一食，都源自上天的滋养生发，而天时的运转却是人事所无法干预的。于是由商至周，他们逐渐赋予"天"种种善好的品质与功能，提出天地有生人之德，天道决定人世运转、掌握人的祸福寿夭等思想，并进而将之引入早期的社会秩序构建之中，认为天与人、自然规律与社会法则，应当是彼此谐和的，作为人，应当修身养德，尽人事而俟天命。因此，在反映周代思想的《尚书·尧典》篇中，帝尧的第一条政令就是"乃命羲和，钦若昊天，历象日月星辰，敬授人时"。观测天文、制定历法的目的，不独是探求其规律，指导人间的四时生活，更是为了构建一套协和天人、垂于百世的政治秩序。天道的运转带来昼夜四时，节律分明，人间的秩序应效法天道，与天道协调发展，永不相悖。《诗经》中许多篇章的书写，都是以这种思想为背景展开的。

周人认为，上天有好生之德，它决定着人世运转，并掌握人的祸福寿夭，且会以异常的天象对人间的不妥发出预警。春秋时期的早期儒家以《诗经》等周代文献为基础，发展了这种思想，进而认为，天与人、自然规律与社会法则，应当是彼此谐和的。作为人，应当修身养德，以遵循天道。道德与政治在"天"这个概念之中的结合，便形成了中国古代社会秩序建构的一种范式。

观星定历：时间的参照系

在各个文明的早期，无论东西方世界，古人都通过观察天体运动区分昼夜，并由此产生了时间意识。他们将时间与天体的运动联系起来，并以

天体运动为参照系，结合不同人类文明的主要生活需求，建立时间概念。

日月星辰都可以作为时间的参照系。比如古代苏美尔（公元前3200—公元前2300年）的人们用月圆来计算时间，以月圆1次为1个月，12个月为1年。为与太阳、季节相适应，每三、四年增加1个月。古代巴比伦（公元前2100—公元前700年）人则将1年划分为12个月，6个月30天，6个月29天，几年一闰，以符合季节变化，1个月分为4周，以符合月亮的盈亏。古埃及在约公元前4000年前后制定历法，将天狼星与太阳同时升起的一天，也是尼罗河水涨得最高的一天，作为一年的开始，因此，他们称天狼星为"水上之星"。

在古代中国，《尚书·尧典》篇中就有如下记载：

> 乃命羲、和钦若昊天，历象日月星辰，敬授人时。分命羲仲宅嵎夷曰旸谷。寅宾出日，平秩东作。日中星鸟，以殷仲春。厥民析，鸟兽孳尾。申命羲叔宅南交，平秩南讹，敬致。日永星火，以正仲夏。厥民因，鸟兽希革。分命和仲宅西曰昧谷，寅饯纳日，平秩西成。宵中星虚，以殷仲秋。厥民夷，鸟兽毛毨。申命和叔宅朔方曰幽都，平在朔易。日短星昴，以正仲冬。厥民隩，鸟兽氄毛。帝曰："咨，汝羲暨和！期三百有六旬有六日，以闰月定四时成岁。"

《尚书》追述古代圣贤的事迹，一定程度上可以视作上古历史文献的汇编，自尧舜时代一直叙述到周代，而以周代思想为主脉。《尧典》作为《尚书》的第一篇，在概述帝尧的德性和功业之后，立刻便开始叙述尧命令羲氏与和氏推算日月星辰运行的轨迹与规律、计算日期、制定历法的过程，更不厌其烦地叙述二至二分的天象依据与物候变化。可见在先秦早期的历史中，华夏先民们已经意识到天文历法在他们生活中的重要地位。

《大戴礼记》中的《夏小正》篇是目前中国已知最早的历法，其成书年代不晚于春秋时代，一定程度上反映了夏历的系统与规模。孔子十分推崇夏朝的历法，《论语·卫灵公》篇讨论治国方略，就有"行夏之时"的叙述，《礼记·礼运》篇也记载："孔子曰'我欲观夏道，是故之杞，而不足征也，吾得《夏时》焉'。"东汉郑玄又注："得夏四时之书也。其书存者有《小正》。"《史记·夏本记》中也有"孔子正夏时，学者多传《夏小正》"之说。

《夏小正》根据北斗星斗柄的指向确定月份，记述每个月重要的星象，包括各亮星与银河的位置，并根据主要亮星"中、流、伏、内"的状态细化历法。"中、流、伏、内"是对亮星移动态势的描述，"中"指星辰黄昏时位于正南天空，"流"指星辰自正南天空向西方旁移，"伏"指黄昏时星辰隐入日光中或西方地平线下，无法以肉眼观见，"内"指星辰完全隐没不见。

《夏小正》按"中、流、伏、内"记载的一年天文变化如下[①]：

正月："鞠则见。初昏参中。斗柄县在下。"

三月："参则伏。"

四月："昴则见。初昏南门正。"

五月："参则见。初昏大火中。"

六月："初昏斗柄正在上。"

七月："初昏织女正东乡。"

八月："辰则伏。参中则旦。"

九月："内火。辰系于日。"

十月："初昏南门见。织女正北乡，则旦。"

这些天文现象，涉及到鞠、参、北斗、昴、南门、大火、织女、辰等星、星宿或星座的出现、移动和隐没。其中，鞠星不见于早期文献记载，据胡铁珠考证，鞠或为虚宿。虚与鞠读音相近；而且虚是《尧典》所载四

---

① 夏代历法将一年分为十二个月，依次是子月、丑月、寅月、卯月、辰月、巳月、午月、未月、申月、酉月、戌月、亥月。夏历建寅，以寅月（雨水所在的孟春之月）为正月。以下谈及《夏小正》相关月份时，均以夏历计算。

《诗经》文化笔记

倬彼云汉，昭回于天——周人的星空与道德律

仲中星①之一，又是二十八宿②之一，还是十二星次③中玄枵的代表星座，是传统的标志星。④参为二十八宿白虎七宿中的参宿，即现在所称的猎户三星。猎户座为冬夜星空南天星座，考虑到古今观测的年代偏差，和《夏小正》正月"初昏参中"的记载还是有相印证之处。北斗七星即大熊星座，古人用黄昏时北斗斗柄的指向来确定四季，斗柄指向东南西北，分别对应春夏秋冬。昴为白虎七宿中的昴宿，即金牛座昴星团，古希腊神话中称为"七姐妹"。因它是由一簇七颗小星组成，中国古代又称"旄头"，《史记·天官书》中有"昴曰旄头"的记载。南门是青龙七宿中的角宿，有南门一和南门二两星，即半人马座 ε 和 α 星。大火为心宿二的古称，即天蝎座 α，

———

① 四仲中星：《尚书·尧典》中有详细的观星定历记载："乃命羲、和钦若昊天，历象日月星辰，敬授人时。分命羲仲宅嵎夷曰旸谷，寅宾出日，平秩东作。日中星鸟，以殷仲春。厥民析，鸟兽孳尾。申命羲叔宅南交，平秩南讹，敬致。日永星火，以正仲夏。厥民因，鸟兽希革。分命和仲宅西曰昧谷，寅饯纳日，平秩西成。宵中星虚，以殷仲秋。厥民夷，鸟兽毛毨。申命和叔宅朔方曰幽都，平在朔易。日短星昴，以正仲冬。厥民隩，鸟兽氄毛。"这是用"昏中星法"，在黄昏时刻，观测正南天空的星群，将位于四个分、至点附近的星、心、虚、昴四宿作为四方主要的星宿，并以此判定二分二至，来确定季节乃至节气。昼夜长短相等，南方朱雀七宿中的鸟星（星宿一，长蛇座 α）黄昏时出现在天的正南方，这一天定为春分；白昼时间最长，东方苍龙七宿中的大火星（心宿二，天蝎座 α）黄昏时出现在南方，这一天定为夏至；昼夜长短相等，北方玄武七宿中的虚星（虚宿一，水瓶座 α）黄昏时出现在南方，这一天定为秋分；白昼时间最短，西方白虎七宿中的昴星（旄头，昴星团）黄昏时出现在南方，这一天定为冬至。

② 二十八宿：中国古代天文学家将星野划分为二十八组，按东西南北四方等分，以四象（青龙、白虎、朱雀、玄武）分别命名，四方各七宿，共二十八宿。东方苍龙七宿是角、亢、氐、房、心、尾、箕；北方玄武七宿是斗、牛、女、虚、危、室、壁；西方白虎七宿是奎、娄、胃、昴、毕、觜、参；南方朱雀七宿是井、鬼、柳、星、张、翼、轸。它们分布于黄道和白道近旁，环天一周。起源上限二十八宿与天球赤道相吻合的年代距今约5000年，下限依据文献、文物证实为公元前5世纪。

③ 十二星次：中国古代天文学家为了量度日、月、行星的位置和运动，把黄道带等分成十二个部分，称为"十二星次"，相关于二十四节气，每个星次的起点和中点各代表一个节气。唐代陆德明《经典释文》："日月所会，谓日月交会于十二次也。寅曰析木，卯曰大火，辰曰寿星，巳曰鹑尾，午曰鹑火，未曰鹑首，申曰实沈，酉曰大梁，戌曰降娄，亥曰娵訾，子曰玄枵，丑曰星纪。"

④ 胡铁珠：《夏小正星象年代研究》，《自然科学史研究》2000年第3期。

又名大辰。《诗经·豳风·七月》首句"七月流火",就是指夏历七月大火星西移的态势。织女三星在天琴座,其中织女一即天琴座α,为北半球第二明亮的恒星,在夏夜星空中,可见于天顶附近,和《夏小正》"初昏织女正东乡"的记载也可相印证。至于辰,虽然中国古天文学中大火一名大辰,二者在一般理解中常被混同,然而胡铁珠认为,同一部历法中既然在名称上区分大火和辰,证明二者是有区别的,大火为心宿二,而辰应指房宿或房、心、尾[1]三宿。这三宿都主要位于天蝎座这一个星座的天区之内,"通过对房、心、尾分别计算,可以看出不论以心宿为标志还是取三宿之平均值,公元前八九百年的九月中均是房心尾离日最近的月份。《夏小正》九月经文中有'内火'之句,指的就是大火靠近太阳时举行的一种仪式。这个结果与辰为房也不矛盾"[2]。无论将这里的辰理解为大火,抑或房宿,抑或房、心、尾三宿之总称,在天文学测算上都与《夏小正》五月所载"初昏大火中"与九月所载"内火"基本相合。

此外,与"见"有关的星象可分为两种,一种是清晨在东方出现,一种是黄昏在东方出现。仍据胡铁珠的计算结果,鞠、参、昴均为清晨出现,而南门之"伏"发生在五月,至八月,不论黄昏还是清晨,南门都在地平线之下,因此《夏小正》十月记载的"初昏南门见"中,"初昏"当为衍文,《夏小正》中全部四个关于"见"的星象都应为晨见之星。[3]

由此可知,《夏小正》中的星象记述具备一定的规律性与现实性,无论它是否果真保留了夏代历法的原貌,其中提到的参、昴、织女、北斗、大火等星名已见于周代典籍《诗经》,而《夏小正》五月的"大火中"到九月的"内火",也与《诗经·豳风·七月》中"七月流火"的大火西移过程相似,因此至少其所记与两周时代的实际天象相吻合。此外,它所记录的每月气象、物象及所应从事的农事和政事,也一定程度上与《诗经》《礼记·月令》等先秦典籍相类似。

---

[1] 房宿为青龙七宿第四宿,心宿为青龙七宿第五宿,尾宿为青龙七宿第六宿,它们的天区分野都主要属于天蝎座。

[2] 胡铁珠:《夏小正星象年代研究》,《自然科学史研究》2000年第3期。

[3] 胡铁珠:《夏小正星象年代研究》,《自然科学史研究》2000年第3期。

附表：《夏小正》与《礼记·月令》天文记录对照

农历月	《夏小正》	《礼记·月令》
正月	鞠则见。初昏参中。斗柄县在下。	孟春之月，日在营室，昏参中，旦尾中。
二月		仲春之月，日在奎，昏弧中，旦建星中。日夜分。
三月	参则伏。	季春之月，日在胃，昏七星中，旦牵牛中。
四月	昴则见。初昏南门正。	孟夏之月，日在毕，昏翼中，旦婺女中。
五月	参则见。初昏大火中。	仲夏之月，日在东井，昏亢中，旦危中。日长至。
六月	初昏斗柄正在上。	季夏之月，日在柳，昏火中，旦奎中。
七月	初昏织女正东乡。	孟秋之月，日在翼，昏建星中，旦毕中。
八月	辰则伏。参中则旦。	仲秋之月，日在角，昏牵牛中，旦觜觿中。日夜分。
九月	内火。辰系于日。	季秋之月，日在房，昏虚中，旦柳中。
十月	初昏南门见。织女正北乡，则旦。时有养夜。	孟冬之月，日在尾，昏危中，旦七星中。
十一月		仲冬之月，日在斗，昏东壁中，轸旦中。日短至。
十二月		季冬之月，日在婺女，昏娄中，旦氐中。日穷于次，月穷于纪，星回于天。

《夏小正》记录各月天文现象时，主要参照北斗星斗柄的指向，以及鞠、参、辰、昴等主要亮星或星宿的出现与隐没，其记载仍较粗疏。至《礼记·月令》，则已形成二十八宿星相系统，对亮星的记载较少，而更重视星野的区划，以及太阳的相对位置。对比可知，二者虽系统不同，但所观察到的星象也有一些重合之处。如正月孟春，二者都以参宿，即猎户座黄昏在南天的位置为参照对象。四月孟夏，《夏小正》言"初昏南门正"，《礼记·月令》言"昏翼中"，南门星在半人马座，翼宿在巨爵座，巨爵座为

春天的南天星座之一，而半人马座则在春夏之交于南天升起，二者的分别记载，正符合这一时节的星象变化。关于大火星的位置，《夏小正》五月"初昏大火中"，《月令》则到六月季夏才载"昏火中"，时间上有一定出入，但也都发生在夏天。八月仲秋，《夏小正》言"参中则旦"，《月令》言"旦觜觿中"，觜觿即觜宿，与参宿同属猎户座，其出现方位自然一致。九月季秋，《夏小正》"辰系于日"，《月令》"日在房"，上文已述辰即房宿或房心尾三宿的通称，九月亦是房心尾离日最近之时，二者的记载仍十分合拍。此外，关于昼夜长短，《夏小正》记载很少，只在十月时提及"时有养夜"，夜晚变长，但对照《月令》由仲秋"日夜分"到仲冬"日短至"的过程，也属相合。故可以推测，《夏小正》与《礼记·月令》的天象记载，都在部分传承夏历的同时，亦保存了周代历法的大致面貌。

对天时的把握是农耕文明的命脉。周人的天文观测与历法制定，直接影响着他们的日常生活。因此在《尚书·尧典》中，尧帝所下达的第一道政令就是"敬授人时"。在没有更加精密的计时仪器之前，他们就是这样仰观天象，俯察物候，来把握昼夜四时的变移，安排整个族群的生活轨迹。《考工记》言"天有时，地有气……天有时以生，有时以杀；草木有时以生，有时以死"，在农耕种植的过程中，农作物周而复始的生长周期，春生、夏长、秋收、冬藏的规律，使黄河流域的古代民族获得了时间的意识，也形成对自身生命规律的领悟。进而，他们对"时"的关注，逐渐从实用的层面上升到形而上的层面，去探究人事与自然万物的依存关系。这正是先秦时代以农耕稼穑为生存命脉的古人对天地自然的感念情怀。而诸如另一部先秦典籍《周易》所言"天地之大德曰生"的思想，也正孕育于这种感念之中。

观星作诵：周人眼中的星野

明代学者顾炎武在《日知录》中有这样一段论述："三代以上，人人皆知天文。'七月流火'，农夫之辞也；'三星在天'，妇人之语也；'月

《诗经》文化笔记

倬彼云汉，昭回于天——周人的星空与道德律

离于毕'，戍卒之作也；'龙尾伏辰'，儿童之谣也。后世文人学士，有问之而茫然不知者矣。"顾炎武认为，先秦时代的人对他们头上的星空已经相当熟悉，他所引为证的四句诗谣，都是两周时代的作品，其中除了"龙尾伏辰"一句是《左传》记载的春秋时童谣外，其余三句都出自《诗经》。

"七月流火"，如前文所述，出自《豳风·七月》："七月流火，九月授衣。""火"如前文所述，即指大火星，又称心宿二，暗红色亮星，是我国古代定季的标准星。大火星每年夏历七月从正南天空向西方落下，即所谓"流火"。周代属于农耕文明，人们观测天文，制定历法，总结四时气象物候变化与人类生产活动的规律，并依循这些规律有序地安排自己一年的生活。《豳风·七月》就是一篇产生于这样一个农耕文明中的农事诗。"七月流火"是全诗的第一句，写周代农人看到大火西流，便知道夏天已尽，凉秋将至，不久就要开始准备寒衣了。因此《豳风·七月》的开篇在"七月流火"之后立刻继以"九月授衣"之句，看似平常，却透露出对季节变迁的把握，这正是周代人依循自然、质朴平易的生活智慧之写照。其后的"七月流火，八月萑苇"，同样是写在大火西流，夏天已尽的时候，农人就知道要去收割秋天成熟的芦苇，用以作明年养蚕的蚕箔。周代在夏历二月浴种，三月初一开始养蚕，蚕桑之事主要是在春天，诗中却从七、八月写起，这样的笔法甚至展现了农人们来年的生活轨迹，形成一个四季中自然的生活循环。"七月流火"，是周人一年正中的时间分野，标志着他们身边的季节由万物生长的春夏转向大地凋零的秋冬，也无怪《七月》这首长篇农事诗会在开篇的前三章起始都以重章复唱的笔法，反复咏唱这一行诗谣，它不独是全篇的起始，也是布局谋篇的核心，围绕着它，周人的一年四季便在我们眼前展开了。

"三星在天"出自《唐风·绸缪》：

绸缪束薪，三星在天。今夕何夕，见此良人？子兮子兮，如此良人何？

绸缪束刍，三星在隅。今夕何夕，见此邂逅？子兮子兮，如此邂逅何？

绸缪束楚，三星在户。今夕何夕，见此粲者？子兮子兮，如此粲者何？

这是一篇叙写新婚的诗歌，诗中以"三星"在天空中的移动来展现夜晚时间的流逝。"三星在天"指三星高挂中天，"三星在隅"指三星的位置移向天穹一隅，"三星在户"则指三星已经低到接近地平线，从门望出去就可以看见。在这三章反复深入的咏叹中，一个美好的夜晚渐渐过去，而主人公的心情始终是难以置信的欣悦与惊喜。

古代天文术语中常见的"三星"共有三组，都是相对明亮而排列成一线的星。其一是参宿三星，即上文提到的猎户座三星；其二是心宿三星，即天蝎座 σ、α、τ；其三是河鼓三星，属于二十八宿中的牛宿，即天鹰座 β、α、γ。古代的《诗经》学家对"三星"究竟为哪一组星宿看法不一，主要争论集中在参宿和心宿之间。汉代毛亨认为："三星，参也。在天，谓始见东方也。男女待礼而成，若薪刍待人事而后束也。三星在天，可以嫁娶矣。"是以三星为参宿三星。郑玄则认为："三星，谓心星也。心有尊卑，夫妇父子之象，又为二月之合宿，故嫁娶者以为候焉。"宋代朱熹也认为："三星，心也。在天，昏始见于东方。"则是以三星为心宿三星。参宿三星为参，心宿三星为商，一在夏夜出现，一在冬夜出现，因而古人有参商不相见之说。而古代学者对三星究竟为哪一组星宿的见解，正反映出他们对周代礼法中婚姻之时的不同理解。据《通典·礼典》记载，曹魏的王肃认为"秋冬嫁娶之时也，仲春期尽之时矣"，是主张从毛亨之说。主张毛亨之说的一派依据《邶风·匏有苦叶》中"士如归妻，迨冰未泮"之句，认为"古之人霜降而迎女，冰泮而杀止"，"霜降而妇功成，嫁娶者行焉"。而郑玄认为"嫁娶者当用仲春之月"，与毛亨所论相反。主张郑玄之说的一派所依据者，一为《周礼·地官·媒氏》有"中春之月，令会男女"之说，二为《礼记·月令》载，仲春玄鸟至，其时为婚配之时，《通典·礼典》记载有马昭反驳王肃之言，其中有言，"月令，仲春玄鸟至之日，祀于高媒。玄鸟孚乳之月，以为嫁娶之候"。二者之说，或以群生闭藏化育之秋冬为婚姻之时，或以万物滋长萌发之春夏为婚姻之时，具体所指虽相异，但其

《诗经》文化笔记　倬彼云汉，昭回于天——周人的星空与道德律

要旨都在于以天道导引人事。"天垂象，见吉凶，圣人象之"，中国古人观天文以体察四时之变化，正是为了效法天道，把握自然规律行事，在和谐的天人关系中更好地生存。

"月离于毕"出自《小雅·渐渐之石》：

> 渐渐之石，维其高矣。山川悠远，维其劳矣。武人东征，不皇朝矣。
> 渐渐之石，维其卒矣。山川悠远，曷其没矣？武人东征，不皇出矣。
> 有豕白蹢，烝涉波矣。月离于毕，俾滂沱矣。武人东征，不皇他矣。

这是周公东征途中，军士咏叹劳苦的诗篇。西周建立之初就发生了三监之乱，周公东征平叛，大批军中士卒参与其事，远离陕西一带的故土，曲折东行。漫漫征途山高水远，他们起早贪黑，"不皇朝矣"，"不皇出矣"，不分昼夜，不顾安危，本就十分劳苦，而某些天象的变化会让这旅程变得更加艰辛。"月离于毕，俾滂沱矣"，月亮在天空中运行的轨迹靠近二十八宿中毕宿的位置，这被古人视为将要下雨的征兆。它的前一句"有豕白蹢，烝涉波矣"，则是古代二十八宿中的奎星，又名天豕，主沟渎，也和水患相关。闻一多先生更据《太平御览》引《相雨书》："四方北斗中无云，惟河中有云，三枚相连，如浴猪豨，三日大雨"，认为结合奎星被称为"天豕"来看，这句诗所指的正是银河中出现形似猪的云气，将连日大雨。这些士卒的头上虽然是明亮的星野，经验却告诉他们，随即就会有乌云遮蔽天空，然而即便大雨滂沱，他们也只有继续一路向东，无暇躲避，不能回顾。在"武人东征，不皇他矣"的叹息中，士卒们的行旅忧思也展露得越发沉重。

顾炎武所列举的关于《诗经》的例子里，农夫、戍卒都是社会地位较低的人，而女性则大多深居内室，他以此来证明周人对星空普遍的熟悉程度。而在《诗经》中，这种随口而发的咏唱还有许多。比如《陈风·东门之杨》中提到的"明星"：

> 东门之杨，其叶牂牂。昏以为期，明星煌煌。

> 东门之杨，其叶肺肺。昏以为期，明星晢晢。

所谓"明星"，并非泛指夜空中的群星，而是古人对启明星亦即金星的特定称谓。在这一语境下，《东门之杨》中对情人的等待是焦灼而无望的。树下的主人公等候了整整一夜，从黄昏时分一直等到启明星出现，约定的地点却空无旁人，只有杨树的叶片在风中飒飒回响，明星的灿烂空照着他内心的失落彷徨。

《郑风·女曰鸡鸣》的首章也以"明星"来判定清晨的时间：

> 女曰鸡鸣，士曰昧旦。子兴视夜，明星有烂。将翱将翔，弋凫与雁。

这是一对年轻夫妻的对话。女子说鸡已经叫了，男子却不想起床，说天尚未明；因此女子又催促道，你看那天空，启明星已经在闪烁了；男子便说，他将要出门去打些野鸭和大雁。清晨的几句对白，虽是催促晨起，却又不失轻松闲适，真可谓"琴瑟在御，莫不静好"了。

《召南·小星》虽同样是写清晨时光，在闲适程度上却远不如前者：

> 嘒彼小星，三五在东。肃肃宵征，夙夜在公。寔命不同！
> 嘒彼小星，维参与昴。肃肃宵征，抱衾与裯。寔命不犹！

《小星》写的是两周时使者出行的劳苦。两章之中都提到天边的群星。第一章写"三五在东"，是直觉而模糊的印象，只表达见到了星星这一事实，第二章写"维参与昴"，才是清晰的理性认知，意识到是哪些星宿。使者勤于王事，天不亮就抛开衾枕上路，他们抬头看到天边小星三五成群，却因晨起疲倦，要稍后才能反应过来那是参宿和昴宿。这一由模糊至清晰的层进叙述，十分真切地刻画了初醒之人的状态。

《小雅·大东》在后三章中更是较为全面地描绘了两周时的人抬头所见的广大星野：

《诗经》文化笔记

倬彼云汉,昭回于天——周人的星空与道德律

有饛簋飧,有捄棘匕。周道如砥,其直如矢。君子所履,小人所视。睠言顾之,潸焉出涕。

小东大东,杼柚其空。纠纠葛屦,可以履霜。佻佻公子,行彼周行。既往既来,使我心疚。

有冽氿泉,无浸获薪。契契寤叹,哀我惮人。薪是获薪,尚可载也。哀我惮人,亦可息也。

东人之子,职劳不来。西人之子,粲粲衣服。舟人之子,熊罴是裘。私人之子,百僚是试。

或以其酒,不以其浆。鞙鞙佩璲,不以其长。维天有汉,监亦有光。跂彼织女,终日七襄。

虽则七襄,不成报章。睆彼牵牛,不以服箱。东有启明,西有长庚。有捄天毕,载施之行。

维南有箕,不可以簸扬。维北有斗,不可以挹酒浆。维南有箕,载翕其舌。维北有斗,西柄之揭。

《毛诗》认为,《大东》为谭国大夫所作。周初三监叛乱,周公东征平叛之后,任命同姓大国监管东方诸小国,加强对它们的控制,其中近者称作小东,远者称为大东。谭国在今山东济南附近,即在大东诸国之列。这些东方小国均要向周王朝输送财富与劳役,是以人民生活困苦不堪,无衣无食,见到平坦笔直的"周道"都要落泪,因为那正是压榨和攫取他们的吸血之路。因此《大东》的前几章中十分强调统治者与被统治者,"西"与"东"的对立:"君子所履,小人所视","东人之子,职劳不来。西人之子,粲粲衣服",周人无论贵贱,都生活舒适,东方小国的人民却饱受压榨。他们中夜吁天,看到灿烂的星汉,更是感慨万千,历历数来,所抒都是怨怼之辞。

"跂彼织女,终日七襄",七襄指织女星的移动变换七次位置。孔颖达疏认为,织女星"终一日历七辰,至夜而回反"。古人的一日分为十二时,以昼夜平分而观,织女星每个时辰移动一次,故昼夜各移动七次。而白昼群星隐没,人们只能见到织女星在夜间的位置变化,因此称为"七襄"。

若以拟人而言，织女星不可谓不忙碌，但是这样的忙碌无济于事，无法织成纹理漂亮的布帛。反观前文"小东大东，杼柚其空"，人间的织机上也空空荡荡，与星宿运转的徒然无益相应。由天而人的对比，强化了东方之人对自身被剥削的控诉。

接下来是一连串的排比，诗人的目光逐一掠过天空中的诸多著名亮星，历数它们的无关人事。牵牛星虽然明亮，却不能驾车为人运载货物；东方的启明星和西方的长庚星除了催促时辰外也无补于事；形如罗网的毕宿在大路上张罗，网不住任何猎物；南方的箕宿形如簸箕，非但无法用于农事播扬谷糠，反而张开口好像要吞噬什么；箕宿以北的南斗形如长柄斗，盛舀的却不是酒浆，以它西指的斗柄来看，正是要从东方攫取财富——整个天穹星野的运行，都不能对下民的生活有丝毫裨益。

周王朝建立之初，自居有德，为天命之所辅，然而在它的压榨之下，仍然存在诸多困苦不堪的民众。以《大东》的叙述为代表的怨怼与反抗意识，也在这一句句层累的控诉中，指向了周王朝和它所代表的天道观念。

敬天保民：治国者的理想

中华上古之时，民神杂糅，政教不分，人力不能及者大多被归因于天。《礼记·表记》载，在商代，仍然"殷人尊神，率民以事神，先鬼而后礼"，将天命与鬼神的地位抬得很高。《诗经·商颂·玄鸟》起首两句"天命玄鸟，降而生商"，便显示出"天"这一范畴在商代人观念中的重要性。

据传，有娀氏之女嫁给帝喾，吞一枚燕卵，就生下了殷商的祖先。燕子即是玄鸟。商人认为，上天特地派遣玄鸟，让他们的祖先降生于人世，征服并统治这片广大的土地。因此诗篇继之以"古帝命武汤，正域彼四方"，强调商朝的开国君主商汤得以立国，是由于天帝的支持。"天命"和"帝命"的对举，正昭示了商人对上天和天意的重视，因而诗篇中不断强调上天之"命"与商人"受命"的观念，如"受命不殆""受命咸宜"等句，都流露出商人将自身统治依归于天命的自豪感。此外，如《商颂·长发》篇中提到"帝命不违""帝命式于九围""受小球大球""受小共大共"等，也均是在强调殷商的统治受命于天，象征其政权合理性的诸多玉制礼器亦是由天授予之类思想。

周人作为殷商的附属部落，取代殷商后，为了强化自身的统治根基与政权的合理性，便在"天命"思想中引入了"道德"这一范畴，提出天虽然有神格，为最高主宰，却仍须受道德的指引。周代成文的《尚书》诸篇中所载上古圣王名臣之言论，"天"或"帝"都支持有德者，惩罚失德者，如《大禹谟》所谓"惟德动天"，《蔡仲之命》则谓"皇天无亲，惟德是辅"。更晚的儒家经典《大学》则引诸《尚书》文本言："《康诰》曰：'克明德'，《大甲》曰：'顾諟天之明命'，《帝典》曰：'克明峻德'，皆自明也。"其思路一脉相承，都是以天的无上权威及其道德象征来促生人的道德观念与自我修养。正如孔安国解《尚书·康诰》所言"惟命不于常"为，"以民安则不绝亡汝，故当念天命之不于常，汝行善则得之，行恶则失之"。道出了此种天道道德观的本质。

因而，周人在一些诗篇中大幅叙写殷商末代政权的堕落与崩坏，强调其道德沦丧，不足以为天下之主。如《大雅·荡》篇中，不断以"文王曰咨，咨女殷商"起句，发出对商人诸多倒行逆施之举的叹息与斥责。在这一视角中，他们甚至认为"天降滔德，女兴是力"，上天不满殷商统治者的作为，因而助长其放纵不法之举，令其国本更加动摇。这种书写，更强化了天命因道德而转移的观念。

《商颂》中的部分诗篇也是经受过周文明洗礼的。自商至周，历代治理者都认为自己受命于天。然而在商周更迭之际，"天"的意义发生了重大变化，由"天命"中逐渐派生出"天道"观念。周取代商后，随着"郁郁乎文哉"，重视制度规范的周文明的发展，治理者仍然是天命的唯一代表，却不再如殷商时那样专事鬼神，而是引入道德因素，致力于构建人间的政治关系与生活秩序，形成了更加理性的天道观。因此自周代以降，中国古代思想中的理性精神便逐渐彰显出来。

周立国后，将殷商王室箕子封于宋国，并允许宋国保留殷商王室的祭祀礼仪与乐歌。《长发》《殷武》两篇，便是宋国的殷商后裔于周时写下的祭祖乐歌。这些篇章中不独保留了商人对上天的崇敬，也受到周人天命观变迁的影响，大肆渲染殷商先王的德行与仁政。如《长发》篇言"率履不越"，强调商王武丁依循礼法行事；《殷武》篇言"不僭不滥，不敢怠遑"，赞美他施行政令节制有度。与《玄鸟》具备宏大神话色彩的功业描写不同，这些涉及具体品行与政令的细节描写，都是殷商后裔受周代之道德理性影响，所赋予其颂歌篇章的特质。

既然有德者得天命的思想成为主流，如何塑造自身的德性，以上承天命、延续统治，兼对民众进行道德示范，便成为当时的治国者关注的问题。他们认为，人在天命面前并非完全被动，而是可以通过敬德修身等主体活动与自我追求，影响天命之所归。比如三代的建立者就都是有德之人，因其神圣的品质而获得上天的支持。对道德的追求同样关乎周人的生命意识，如《大学》言："汤之《盘铭》曰：'苟日新，日日新，又日新。'《康诰》曰：'作新民。'《诗》曰：'周虽旧邦，其命维新。'是故君子无所不用其极。"所谓"新"，正是为个体生命不断自觉地追求德性，从而实现自我完善的内在动力，使人的德性与生命实则融为一体。同时，在社会治理的实践中，他们又将"德"从诸多方面予以阐释，形成各种普适的规则，传递给后人。

周人吸取殷商亡国的前车之鉴，力图以对道德的追求节制和规范自身行为。因此，在代表其礼乐文明的《雅》《颂》诸篇章中，他们不断强调道德于人格培育、政治治理等方面的重要意义。《周颂》起首的《清庙》《维天之命》《维清》三篇，都是周人祭祀其政权奠基者周文王的乐歌，其中《维清》位列第三，赞美周文王之武功，前两篇则都是对其文德的赞颂。先文德后武功，周人对道德的强调与追求不言自明。

其首篇《清庙》言：

> 於穆清庙，肃雍显相。济济多士，秉文之德，对越在天。骏奔走在庙，不显不承，无射于人斯。

《毛诗正义》言："祭宗庙之盛，歌文王之德，莫重于《清庙》，故为《周颂》之首。"《清庙》通篇在渲染祭祀场景的肃穆庄严之余，都歌颂文王的美德。助祭之人皆秉承文王之德而操劳奔走，亦可看出这种美德在周代统治集团中的广泛影响，以及可以预见的被继承与发扬光大。此外，在"对越在天"的叙述中，周人认为文王之灵之德足以上匹于天，也反映出他们思想中德性与天命或是天道的对应。

次篇《维天之命》言：

> 维天之命，於穆不已。於乎不显，文王之德之纯！假以溢我，我其收之。骏惠我文王，曾孙笃之。

诗的开篇就提到天命，说它的运转肃静庄严，永无休止。这里的用词虽是天命，其内蕴却有着法则的意味，已经具备了被称为"道"的因素。诗篇继而歌咏文王之德，认为只有这样光明美好的德行才足以与上天的法则匹配，并郑重告诫后人，世世代代都一定要依循这种美德行事。

作为《周颂》的开篇，《清庙》与《维天之命》都强调文王之德与上天的关系，并认为此种足以匹配天命的美德当被周代后人继承不息。即便是主要赞颂武功的《维清》，也以"维清缉熙"一句对政局清平的描写来暗示文德的作用。天命与道德归一，而先王之德又与天命齐一，由此，敬天、尚祖、崇德的思想一脉贯穿于周人的《雅》《颂》篇章之中。

如《小雅·天保》篇。据赵逵夫所论，这是西周晚期周召共和之后，召公致政于周宣王时所作的诗篇。此召公即召伯虎。厉王时国人暴动，欲杀当时尚为太子的周宣王，召伯虎以己子相代，救周宣王于危难，而后又辅佐宣王登位，屡有大功。《天保》篇便表达了他作为一位国之重臣，对周宣王的诚挚祝祷与期许：

> 天保定尔，亦孔之固。俾尔单厚，何福不除。俾尔多益，以莫不庶。天保定尔，俾尔戬穀。罄无不宜，受天百禄。降尔遐福，维日不足。天保定尔，以莫不兴。如山如阜，如冈如陵。如川之方至，以莫不增。吉蠲为饎，是用孝享。禴祠烝尝，于公先王。君曰卜尔，万寿无疆。神之吊矣，诒尔多福。民之质矣，日用饮食。群黎百姓，遍为尔德。如月之恒，如日之升。如南山之寿，不骞不崩。如松柏之茂，无

《诗经》文化笔记　倬彼云汉，昭回于天——周人的星空与道德律

不尔或承。

诗的首三章皆以"天保定尔"开始其祝祷，以上天之名，作为周宣王及其王朝安宁稳固的保证，国力、福禄、财富的不断增长，都来自于上天的恩赐与护佑。第四、五章则描写对周王室先祖的庄重祭祀，以及历代祖先对周宣王及其统治的保佑，最后收束以"群黎百姓，遍为尔德"，在天命与祖德之余，更提及周宣王自身的德行足以令民众感激拜服，虽然篇幅很短，却是不可或缺之笔，暗示了君王之治理与德性传承之间的关系。君王的仁德传承自祖德，授意自天命，加强了天人之际的沟通。

此外，篇中更多次以自然界长久永恒的事物作比。形容周王朝国力兴盛，如山岭之坚实，丘陵之绵延，江河之奔腾；祝祷周宣王及其治理长久永固，如明月高悬，朝日初升，南山之久远，松柏之长青。用这些近乎永恒的自然之物来比拟自己的君王及其治理，不独表达了召伯虎深切的祝愿与期望，也显示出周人天道思想中对自然万物的感念。

又如《大雅·假乐》篇，对周王的歌颂集中在其德性与自我完善方面：

> 假乐君子，显显令德。宜民宜人，受禄于天。保右命之，自天申之。
> 干禄百福，子孙千亿。穆穆皇皇，宜君宜王。不愆不忘，率由旧章。
> 威仪抑抑，德音秩秩。无怨无恶，率由群匹。受福无疆，四方之纲。
> 之纲之纪，燕及朋友。百辟卿士，媚于天子。不解于位，民之攸塈。

篇中所赞颂的是哪位周王，历代学者所论不一。《毛诗》认为是周成王，《鲁诗》则认为是周宣王。然而无论对象是谁，这位周王都是一位符合当时道德期许的"君子"，获得士民爱戴，受到上天的万千眷顾。他端庄肃穆，有王者之风；依循旧章，不肆意妄为；礼待群臣，受百官爱戴；造福黎庶，使之安居乐业。这些"显显令德""德音秩秩"，即是延续其统治的保障。由此可以清晰地看到，在周人的思想中，治理者的道德自觉和以身作则至关重要。天道固然是他们的统治保障和依据，但如果想要真正上应天道，必须首先置身于社会伦理秩序之中，全面地承负起社会加诸个人肩上的职

《诗经》文化笔记

倬彼云汉，昭回于天——周人的星空与道德律

责，才能够达到"保右命之，自天申之"这种天人谐和的境地。

顺应天命，在治理者自身而言，需重视修身立德，在秩序构建与政令推行方面，则强调安民保民。在对君王德性的研判中，"民"与"民生"是一个重要的衡量标准。先秦时代，思想家和政治家们的普遍观念是：民为国家之本，君主有义务保证老百姓的福祉，若君王放弃这一义务，则会造成严重后果，影响到王权的存续。

对"民"在政治中的重要性的认识，可以一直追溯到中国政治传统的最初阶段。《尚书·皋陶谟》一篇最早提出"安民"的观念，认为"安民则惠，黎民怀之"，君主的统治是为了人民的福祉。自《皋陶谟》以下，《尚书》文本中多见对"民"的地位与意义的强调。西周早期文献《尚书·泰誓》篇中就有"天视自我民视，天听自我民听""民之所欲，天必从之"的论说，在高高在上的"天"与被统治的"民"之间建立起直接的联系，强调民众之于君王的重要政治意义。这一朴素的民本思想，在《诗经》文本中亦有体现。

《大雅·皇矣》的首章叙写了天命由商至周的转移：

皇矣上帝，临下有赫。监观四方，求民之莫。维此二国，其政不获。维彼四国，爰究爰度。上帝耆之，憎其式廓。乃眷西顾，此维与宅。

上天垂鉴民生疾苦，发觉殷商的统治已然败坏，憎恶其失行失政，于是令周人在西方兴起，最终得以治理天下。这一章中，令上天的眷顾在商、周之间转移的唯一因素就是民生。而在《皇矣》其后的诸章中，也强调周人先祖的德行与仁政，如王季的"其德克明。克明克类，克长克君"，文王的"其德靡悔"，这都是仁民爱物的根本，在君王之德对民生的关怀抚慰中，天命的归依便有了牢固而温情的指向性。

此外，如《小雅·南山有台》："乐只君子，民之父母。乐只君子，德音不已"，写君子之德在于勤政爱民；《大雅·泂酌》："岂弟君子，民之攸归"，写民众对有德者的景慕与归依；《周颂·思文》："立我烝民，莫匪尔极"，写有德的治理者对天下万民的恩惠；《鲁颂·泮水》："敬

慎威仪，维民之则"，写治理者之德性足以成为民众之典范，都是治理者与民众之间因德性而产生正面互动的书写。而《大雅·民劳》之类篇章则从反面出发，借劝谏之语表达了不应让民众困苦，应与民休息的治理态度："民亦劳止，汔可小康。惠此中国，以绥四方"，认为君王爱重百姓，不使其过度劳苦，天下方可安定。

在敬天、修德、保民融为一脉的思想趋势下，如何细致入微地关怀民众的福祉，成为治理者必须面对的问题。生发自周文明的儒家思想对此有着真切的传承。孔子认为"如有博施于民而能济众"，"何事于仁？必也圣乎！"强调治理者应当具备对民众普遍的仁爱之心。稍晚的孟子则认为，"民为贵，社稷次之，君为轻。是故得乎丘民而为天子，得乎天子为诸侯，得乎诸侯为大夫"，更是将民众视为政治治理的基础，赋予其极端重要的政治地位。于是自周代以下，垂二千余年来，民本思想一直成为中国儒家政治文化的核心理念之一。

观象预事：人事的预警系统

中国古人一向认为，天象和人事之间有着某种感应般的联系，此即《周易·系辞上》所言"天垂象，见吉凶"，天象的预兆成为古人应对人事的启示。他们一方面重视天象的变化与四时物候的盛衰，将它们与人类生活形成对应的关系，另一方面又执着于神秘主义的天道崇拜，认为天是有人格、智慧和情绪的。因而，他们会将自然界的异常变化，视其对人类生活的影响好坏，区分为上天对人类活动的赞许或不满，并以此规范自身的行为，由此便有了观天象以察人事的传统。

《左传·僖公五年》（公元前655年）载，晋国假道伐虢，晋献公问成败于大夫卜偃，有如下记载：

> 八月甲午，晋侯围上阳。问于卜偃曰："吾其济乎？"对曰："克之。"公曰："何时？"对曰："童谣云：'丙之晨，龙尾伏辰；均服振振，取虢之旂。鹑之贲贲，天策焞焞，火中成军，虢公其奔。'

《诗经》文化笔记

倬彼云汉，昭回于天——周人的星空与道德律

其九月、十月之交乎！丙子旦，日在尾，月在策，鹑火中，必是时也。"冬十二月丙子，朔，晋灭虢。虢公丑奔京师。

卜偃引当时流传的童谣，预测晋国伐虢的胜利。童谣中多次提及当时的星野变动，主要与尾宿和柳宿相关。所谓"龙尾伏辰"，在以二十八宿区分星野的天文系统中，东方苍龙七宿的第六宿为尾宿，故称"龙尾"；而此处的"辰"是日月交会之意，"伏"为星宿隐没。在夏历中，以日月交会为朔日。按照当时的天象，在夏历九、十月之交，太阳在天空中当位于苍龙七宿中尾宿的分野，清晨时分，阳光会遮掩本应出现的尾宿的光芒，使其看似消失不见。其后言"天策焞焞"，天策一名傅说星，象征贤臣，此星正属于尾宿，因尾宿光芒隐伏而一并暗淡。"鹑之贲贲"，鹑为鹑火，乃十二星次之一，对应于二十八宿系统中，为南方朱雀七宿中的柳、星、张三宿，而又以朱雀第三宿柳宿为主；其后言"火中成军"，表示鹑火亦即柳宿的位置已移到南方正中，其时也正在夏历九、十月之交。因此卜偃总结为"丙子旦，日在尾，月在策，鹑火中"。此外，《左传》记载依据周历，卜偃之论则依据夏历，三代历法，周正建子，夏正建寅，其间有两个月的差距，夏历十月正是周历十二月，晋国于周历十二月丙子灭虢，正如其说。

观星卜事，反映出古人神秘主义的思维中对天象的附会解释。而这还只是较为简单的天象与人事的投射对应。周人将天命与人事进行道德意义上的关联之后，对观象这一传统赋予了更理性的思维。由于他们认为天具备道德意识，可以做出价值判断，向人间传达自己的意志，因而，许多自然现象都被周人赋予超自然性的神秘的意义，或称祥瑞，或为灾异，并相应地试图予以趋避，这一观念的传承也始终影响着中国古代的国家政治。

日食、月食、彗星、干旱、洪水、地震等，通常是自然灾害和罕见反常的自然现象，但周人在其天人关系的观念中，认为这些现象是上天对人间不满，从而降下的启示或灾祸，是君王失德甚至国家将亡的预兆。而一旦灾异现象发生，统治者即被期望做出及时的反应，除了努力救灾之外，还要改变先前不当的政令，甚至向天地祷告，昭示自己的错误并予以改正。

他们认为，灾异是对自身行为的警告，如果接受这一警告，改变自身的行为，就可以继续受到上天眷顾，维持自己的统治。《大雅·云汉》篇就书写了某任周王面临旱灾时对上天的呼吁：

倬彼云汉，昭回于天。王曰於乎，何辜今之人！天降丧乱，饥馑荐臻。靡神不举，靡爱斯牲。圭璧既卒，宁莫我听！

旱既大甚，蕴隆虫虫。不殄禋祀，自郊徂宫。上下奠瘗，靡神不宗。后稷不克，上帝不临。耗斁下土，宁丁我躬。

旱既太甚，则不可推。兢兢业业，如霆如雷。周余黎民，靡有孑遗。昊天上帝，则不我遗。胡不相畏？先祖于摧。

旱既太甚，则不可沮。赫赫炎炎，云我无所。大命近止，靡瞻靡顾。群公先正，则不我助。父母先祖，胡宁忍予！

旱既太甚，涤涤山川。旱魃为虐，如惔如焚。我心惮暑，忧心如熏。群公先正，则不我闻。昊天上帝，宁俾我遯。

旱既太甚，黾勉畏去。胡宁瘨我以旱？憯不知其故。祈年孔夙，方社不莫。昊天上帝，则不我虞。敬恭明神，宜无悔怒。

旱既太甚，散无友纪。鞫哉庶正，疚哉冢宰。趣马师氏，膳夫左右。靡人不周，无不能止。瞻卬昊天，云如何里！

瞻卬昊天，有嘒其星。大夫君子，昭假无赢。大命近止，无弃尔成！何求为我，以戾庶正。瞻卬昊天，曷惠其宁！

云汉即银河。诗篇以此为题，开篇便描写了晴朗夜空中宛转曲折、光芒灿烁的银河。这是一幕美景，然而周王却无心欣赏，哀声长叹，因为晴朗的天气预示着当前的旱情与饥荒仍将愈演愈烈，无法止息。面对严重的灾情，焦虑的周王反复进行对神灵与先祖的祭祀，无所不至，然而二者皆没有回应。他进而对自身行为进行反思，发现自己在祭神的时机和礼节等方面都没有过错，于是更加不解为何上天要降下如此灾祸。诗篇进而写道，周王身边的诸多重臣也都尽力救灾，君臣一体，皆有爱民之心，然而上天仍然滴雨不降，他们也唯有继续坚持，期待奇迹的发生。这篇诗歌通常被认为作于西周晚期的宣王时代，周宣王作为西周的中兴之主，颇有功业，诗中反复强调了他与重臣们的虔敬事天与仁爱待民，他的自我反省也符合一般统治者面临灾异时的做法，但这些都无济于事，不禁也令人反思：既然天命辅佐有德之人，为何这些虔诚的祈祷不见回应？在这天人无所感应、上天不恤世人的时刻，人类理性对天道的怀疑也隐然而生。

《小雅·十月之交》更是一篇充斥着凶兆的诗歌，它的前三章记载了一系列天象异常与大规模自然灾害：

十月之交，朔月辛卯。日有食之，亦孔之丑。彼月而微，此日而微。今此下民，亦孔之哀。

日月告凶，不用其行。四国无政，不用其良。彼月而食，则维其常。此日而食，于何不臧！

烨烨震电，不宁不令。百川沸腾，山冢崒崩。高岸为谷，深谷为陵。哀今之人，胡憯莫惩！

这三章中，先是提到发生在十月之初的日食和月食，其中月食较为常见，尚不致令人太过不安，而日食的发生则令人心生恐慌。诗篇进而叙述道，当时还发生了剧烈的地震，令江河沸涌，山陵崩摧。这些天翻地覆的灾异，被世人视作莫大的凶兆，认为是上天要灭亡这个国家。但是用人不当，导致天象示警的周代统治者却全无自觉，毫不更易自身的行为。

《毛序》以为此诗为大夫刺周幽王之作。《国语·周语》中"幽王二年，西周三川皆震"，"是岁也，三川竭，岐山崩"等记载，都可与诗中描绘的地震之惨烈景象互为印证。郑玄则以为此诗是刺周厉王之作。毛、郑二说虽有异，却都顺理成章地认为，《十月之交》的后几章所述乃是西周末年昏暗的政局，诗人借此控诉统治者的恶行，哀叹国家政治的混乱凋敝：

皇父卿士，番维司徒，家伯维宰，仲允膳夫。棸子内史，蹶维趣马，楀维师氏，艳妻煽方处。

抑此皇父！岂曰不时，胡为我作，不即我谋！彻我墙屋，田卒汙莱。

曰"予不戕，礼则然矣"。

皇父孔圣，作都于向。择三有事，亶侯多藏。不憗遗一老，俾守我王。择有车马，以居徂向。

黾勉从事，不敢告劳。无罪无辜，谗口嚣嚣。下民之孽，匪降自天。噂沓背憎，职竞由人。

悠悠我里，亦孔之痗。四方有羡，我独居忧。民莫不逸，我独不敢休。天命不彻，我不敢效我友自逸。

然而，据张培瑜《中国早期的日食记录和公元前十四至十一世纪日食表》及赵光贤《〈十月之交〉作于平王时代说》二文，幽王六年夏历十月发生的日食为规模较小的日偏食，平王三十六年夏历十月则发生了一次规模较大的日食，故古之学者的幽、厉二说皆不可证，《十月之交》当作于平王时。

平王东迁洛邑后，国力已然凋敝不堪，而诗中对"皇父"这一权臣式人物的大肆书写，更显示出当时周王室的内忧。皇父及其党羽身居高位，不仅滥用民力，拆毁民居，架空周王，更在向地营建新都，作为自己的根据地。在此，诗人发出了感叹，"下民之孽，匪降自天。噂沓背憎，职竞由人"，认为当前虽有诸多忧患，却并非上天所降，而是源自这些倒行逆施之人。天象的示警，也正是由于这些失德之人的存在。然而无论对天灾抑或人祸的反思，都未能使周王朝在周平王的引领下再度振作，反而令它越发一蹶不振。

周人虽认为天命与道德之所归足以成为政权稳固的根本，然而仅凭借人的自我约束，却不能保证道德归依的始终如一。如《大雅·荡》篇言"天生烝民，其命匪谌。靡不有初，鲜克有终"，看似是在指斥统治者的政令不行，实则也可视作对一个政权必将在人性之恶的动荡反复下走向崩坏的预言。在《诗经》中，虽然颇有天人交感、劝谏讽刺的篇章，但这些来自天象的警示并未能够真正干预人事，使统治者反思自身行为，修正弊政，从而令世人更加敬畏上天；相反，在幽、厉乱政的时期，时人对天道观的质疑达到了高峰。如《小雅·小旻》之"旻天疾威，敷于下土"，《小雅·雨无正》

之"浩浩昊天,不骏其德""旻天疾威,弗虑弗图""如何昊天,辟言不信",《大雅·板》之"上帝板板,下民卒瘅。出话不然,为犹不远""天之方虐,无然谑谑",《大雅·召旻》之"旻天疾威,天笃降丧。瘨我饥馑,民卒流亡"等,都将怨愤指向他们曾一度仰为道德依归的上天。政治的败坏与天道观的动摇交相作用,使周王朝无可避免地走向了衰败的末路。

邦畿千里，维民所止
——诸《国风》及其地理风土

> 凡民函五常之性，其刚柔缓急，音声不同，系水土之风气，故谓之风；好恶取舍，动静亡常，随君上之情欲，故谓之俗。
> ——班固《汉书·地理志》

《诗经》文化笔记

邦畿千里，维民所止——诸《国风》及其地理风土

周初分封，除分封同姓诸侯、有功之臣外，也分封了历代圣贤之后。《史记·十二诸侯年表》中，共列周、鲁、齐、晋、秦、楚、宋、卫、陈、蔡、曹、郑、燕、吴十四国，除周之外，俱为周之较为重要的诸侯国，现存的十五国风，大多便采于这些诸侯国之中。《左传·襄公二十九年》记载吴国公子季札出使鲁国，请观周乐，鲁国乐工为他依次演奏《国风》《二雅》与《颂》。在聆听过程中，季札辨别各国乐歌中所流露的情绪与蕴含的德性，准确地指出它们是哪个诸侯国的音乐，其政教如何，如此共计评论了十三国风。自《桧风》以下，季札不再予以评论。

《左传》中诸《国风》的排列顺序与现存《诗经》版本不同。据《左传》，其顺序为《周南》《召南》《邶风》《鄘风》《卫风》《王风》《郑风》《齐风》《豳风》《秦风》《魏风》《唐风》《陈风》《桧风》，《桧风》以下如《曹风》者不再记述；而今本之顺序，自《周南》至《齐风》与周乐序列相同，以下依次为《魏风》《唐风》《秦风》《陈风》《桧风》《曹风》《豳风》。因周乐系统亡佚已久，此后历代学者皆从今本《诗经》而论，而以欧阳修《十五国次解》之分析较具代表性。

欧阳修认为，"大抵《国风》之次以两而合之，分其次以为比，则贤善者著而丑恶者明矣"。其中"《周》《召》以浅深比也，《卫》《王》以世爵比也，《郑》《齐》以族氏比也，《魏》《唐》以土地比也，《陈》《秦》以祖裔比也，《桧》《曹》以美恶比也。《豳》能终之以正，故居末焉"。据郑玄《诗谱》，"得圣人之化者谓之《周南》，得贤人之化者谓之《召南》"，可知《周南》之风化深于《召南》，故在《召南》之先；卫国地处殷商旧都朝歌一带，为旧殷商王畿，《王风》则为幽王失政后平王东迁之地，为东周王畿，商之时代在周之先，故《卫风》先于《王风》；郑国为姬姓，齐国为姜姓，一为周之同姓，一为姻亲，血缘有亲疏，因而《郑风》先于《齐风》；魏国地处虞舜旧地，而晋国地处唐尧旧地，"以舜先尧，

明晋之乱非魏褊俭之等也"，故《魏风》先于《唐风》；陈国之祖为虞舜，秦之先祖则为虞舜之臣，故《陈风》先于《秦风》，然而后世秦盛而陈衰，"子孙之功，陈不如矣"。而《桧风》与《曹风》之美恶，欧阳修未予以说明。按桧、曹同为国势日衰之小国，其诗都有忧思，而曹风《鸤鸠》《下泉》尚赞美君子之德，思念王政治世，较《桧风》德性更著，然而其位在《桧风》之后，或是因此，欧阳修仅称美恶，而未再阐发。在这一解释系统之下，亦可知前人对诸《国风》中所反映的各国政教得失、道德风化之考量。

《毛诗正义》言，"诗人自歌土风，山川不出其境"。周代各诸侯国因地理、风物、政教之不同，而产生各具特色的音乐和诗歌，季札在聆听周乐时能准确分辨诸《国风》，可见对各国均有较深刻的了解。季札评论诸《国风》时，于纯音乐的审美体验之外，还重视音乐与道德的关联，考量各国的风化遗存，以明其政教得失。盖因采诗观风本是周代的重要政治措施之一，即《礼记·王制》所言：天子"命大师陈诗，以观民风"。《汉书·艺文志》谓："古有采诗之官，王者所以观风俗，知得失，自考正也"，强调乐歌与国家政治、民间风化的关联。今日，周代的音乐虽亡佚已久，但《诗经》中遗留的诗歌文本，则既不乏对当地特有的自然环境、山川形胜的记述，也可视作各国历史、政教、风俗等的缩影。

拓土南服：《二南》与江汉

《二南》指《诗经·国风》开篇的《周南》与《召南》两部分。周召二南的由来，历来学者所述不一。郑玄《诗谱》认为，"周、召之地，为周公旦、召公奭之采地，施先公之教于己所职之国"。即《周南》为周公采邑之诗，《召南》为召公采邑之诗。姚际恒《诗经通论》以为"周、召皆雍州岐山下地名，武王得天下以后，封旦与奭为采邑，故谓之周公、召公"。则《二南》所产生之地，当在陕西南部一带。而傅斯年则从朱熹《诗集传》之说，"文王之世，周公治内，召公治外。故周人之诗，谓之周南，诸侯之诗，谓之召南"，认为周人将位于中原南方的一些小诸侯国称为"南国"，其位置主要在河南南部到湖北北部，黄河之南到江汉流域之间。这些小国，如果是在周之王畿内，受周之统辖，其地就称作周南，而若在周王畿外，受召伯所统辖，其地就称作召南。

《二南》之所以称"南"，不独因为地近南方，亦是因其乐歌受到南方音乐的影响，被周人视作"南音"，其诗歌内容也时而提及长江、汉水、汝水等南方的河流，为陕西、河南一带的中原文化与江汉流域的南国之风交融的产物，故而得名。称"周""召"，是为了彰显其道德风化，称"南"，则是为了强调其音乐特质与地域特征。毕竟除地近楚国，受其巫风传统影响的陈国外，《国风》中所涉及的国家，大多都属中原文化圈，其乐歌形式也与二南所秉承的"南音"传统不同。其作为《风》诗，称"南"而不称"风"，正是彰显其地域因素。

《小雅·四月》言："滔滔江汉，南国之纪。"据朱熹《诗集传》："纪，纲纪也。谓经带包络之也。"奔流的长江与汉水作为天然的地理区划，形成了周人心目中中原与南土的疆界，它们是南方大地的命脉，统御着南方诸水，勾连着南国的诸多地域，江汉流域的广阔水面，孕育出与当时中原黄河流域不同的文明气象。《诗经》中对南土的描述时常是茂盛丰美、物产丰富的，如"南有乔木"（《周南·汉广》），"南有樛木，葛藟累之"（《周南·樛木》），"南有嘉鱼""南有樛木，甘瓠累之"（《小雅·南有嘉鱼》），"山有嘉卉，侯栗侯梅"（《小雅·四月》）等，无不可以窥见南国的温润与丰茂。

而这片草木茂盛生长的遥远土地，却又是被视为蛮夷所居，僻处中原一隅的流放之地。如《小雅·四月》的作者被放逐到南方，在诗篇中历数周王室的日益昏庸，发出"君子作歌，维以告哀"的长叹。在诗人笔下，北方的周王室昏昧无道，放逐忠臣，而被周人当作蛮荒放逐之地的南国反而在江汉诸水的统御下，天然地有纲有纪。这在异域他乡的回首慨叹与反思，虽是自我抒发胸中悲愤之笔，但联系《诗经》中的其余篇章，也可进而一窥西周中后期以来南北方之间的政治军事等关系。

江汉以北的众多小诸侯国，在分封的地理位置上作为中原与南方的屏障而存在，其战略意义相当重要。然而随着诸侯势力的崛起，从西周中后期开始,周王室逐渐失去对诸南国的绝对控制权。西周晚期号称中兴之主的周宣王征伐四方,分封诸侯,其中也不乏对南方各地的政治军事行动,这些重要的历史事件多反映在西周时代的《雅》诗之中。

周王室的南境一向并不太平,西周历史上,居住在江淮一带的淮夷部族就曾数次反乱,也经常参与各诸侯国集团之间的战争。作于西周末年的《大雅·常武》篇描写的就是周宣王亲征淮夷中最为强盛的徐国:

赫赫明明,王命卿士,南仲大祖,大师皇父:"整我六师,以修我戎。既敬既戒,惠此南国。"

王谓尹氏,命程伯休父:"左右陈行,戒我师旅。率彼淮浦,省此徐土。不留不处,三事就绪。"

赫赫业业,有严天子。王舒保作,匪绍匪游。徐方绎骚,震惊徐方,如雷如霆,徐方震惊。

王奋厥武,如震如怒。进厥虎臣,阚如虓虎。铺敦淮濆,仍执丑虏。截彼淮浦,王师之所。

王旅啴啴,如飞如翰。如江如汉,如山之苞,如川之流,绵绵翼翼,不测不克,濯征徐国。

王犹允塞,徐方既来。徐方既同,天子之功。四方既平,徐方来庭。徐方不回,王曰还归。

诗的首章先赞扬周宣王的英明,他委任南仲为大将整顿军队,同时又强调敬慎之德,提出这次战争的目的是为了惠及南国百姓。其下各章分写周人号令之严整,军阵之雍容,进击之威势,气势如虹,飞流直落,极力渲染周人大军涤荡淮夷、大获全胜的勇猛威仪,最后收束于对这次胜利的歌颂。末章连用四个"徐方",回环往复,不断强调徐国的归顺拜服,更觉一派喜悦与昂扬之情不可抑止。

《大雅·江汉》篇则记载了周宣王派遣重臣召伯虎平定淮夷之事:

江汉浮浮，武夫滔滔，匪安匪游，淮夷来求。既出我车，既设我旟，匪安匪舒，淮夷来铺。

江汉汤汤，武夫洸洸，经营四方，告成于王。四方既平，王国庶定，时靡有争，王心载宁。

江汉之浒，王命召虎："式辟四方，彻我疆土。匪疚匪棘，王国来极。于疆于理，至于南海。"

王命召虎："来旬来宣。文武受命，召公维翰。无曰予小子，召公是似。肇敏戎公，用锡尔祉。

"厘尔圭瓒，秬鬯一卣。告于文人。"锡山土田，于周受命，自召祖命。虎拜稽首："天子万年！"

虎拜稽首，对扬王休，作召公考："天子万寿！明明天子，令闻不已。矢其文德，洽此四国。"

在这次对淮夷的战争中，周宣王同样率军亲征，到了中原与南方分境的江汉之滨，便驻军于此，命召伯虎正式向南进军征伐。周人大军驻扎水滨，其军势如滔滔江汉般气宇连绵，在这样声势壮观的大背景下，周宣王对召伯虎"式辟四方，彻我疆土。匪疚匪棘，王国来极。于疆于理，至于南海"的诏命，便更显得雍容天成、雄才大略。此篇虽是赞扬武功告成，却不实写战事，而是在周宣王和召伯虎的对答之中，展现周王室受命于天平定四方的气度，强调其文德化育的根本。

使淮夷彻底臣服于西周，可谓宣王时期在南方的重要军事行动之一。而再向南渡过江汉，就是在周代被视作"荆蛮"的楚国。周王室和楚国的关系，可以说是此消彼长的。周成王始封楚国时，楚只是诸"南国"之一，与同样地处荆楚的庸、卢、彭、濮等方国并列，国力弱小，在各诸侯国中地位低下，连诸侯会盟都没有资格参与。然而到了西周中后期，楚国逐渐崛起，成为位于南方的强大威胁，开始与周王室及中原诸国争竞，发生过多次战争，就连周昭王都死在第三次伐楚的途中。

周宣王作为有志中兴之主，延续了西周时期周王室一向对楚国的抑制政策，即位不久就派遣重臣方叔讨伐楚国，《小雅·采芑》篇所述即是关于此事：

> 薄言采芑，于彼新田，于此菑亩。方叔莅止，其车三千，师干之试。
> 方叔率止，乘其四骐，四骐翼翼。路车有奭，簟茀鱼服，钩膺鞗革。
> 薄言采芑，于彼新田，于此中乡。方叔莅止，其车三千，旂旐央央。
> 方叔率止，约軧错衡，八鸾玱玱。服其命服，朱芾斯皇，有玱葱珩。
> 鴥彼飞隼，其飞戾天，亦集爰止。方叔莅止，其车三千，师干之试。
> 方叔率止，钲人伐鼓，陈师鞠旅。显允方叔，伐鼓渊渊，振旅阗阗。
> 蠢尔蛮荆，大邦为仇。方叔元老，克壮其犹。方叔率止，执讯获丑。
> 戎车啴啴，啴啴焞焞，如霆如雷。显允方叔，征伐玁狁，蛮荆来威。

诗中提到的新田是开垦两年的田地，菑亩是开垦一年的田地。这些新垦的田地非楚人所有，而是周人新开辟的田地。方叔率三千乘战车的大军前来，是为了陈兵于此，保卫周人屯垦的成果，并准备对"蛮荆"亦即楚国的战事。从诗中"征伐玁狁"之句可知，方叔此前已经在对北方戎族的战争中大获全胜，此次出征，是为了挟此声势，再度平定南境。通篇节奏雍容而又昂扬，着力铺陈方叔本人的服饰威仪，以及周人大军浩浩荡荡的军容，彰显其对楚国的威慑效果。

在楚国顺服之后，周宣王又选派重臣申伯定都于谢，以镇抚诸南国，巩固王室统治，《大雅·崧高》篇对此事有详细的叙写：

> 崧高维岳，骏极于天。维岳降神，生甫及申。维申及甫，维周之翰。四国于蕃，四方于宣。
> 亹亹申伯，王缵之事。于邑于谢，南国是式。王命召伯，定申伯之宅。登是南邦，世执其功。
> 王命申伯："式是南邦。因是谢人，以作尔庸。"王命召伯，彻申伯土田。王命傅御，迁其私人。
> 申伯之功，召伯是营。有俶其城，寝庙既成。既成藐藐，王锡申伯。四牡蹻蹻，钩膺濯濯。
> 王遣申伯，路车乘马。"我图尔居，莫如南土。锡尔介圭，以作尔宝。

往近王舅，南土是保。"

申伯信迈，王饯于郿。申伯还南，谢于诚归。王命召伯，彻申伯土疆。以峙其粻，式遄其行。

申伯番番，既入于谢，徒御啴啴。周邦咸喜，戎有良翰。不显申伯，王之元舅，文武是宪。

申伯之德，柔惠且直。揉此万邦，闻于四国。吉甫作诵，其诗孔硕。其风肆好，以赠申伯。

谢地在今河南南阳。申伯是周宣王母舅，在朝司职勤勉恭谨，因此周宣王命他去谢地经营都邑，以统御南方诸国。临别之时，宣王赐给申伯四匹马拉的路车与形制较大的玉圭，并亲自为他饯行，以示隆重，并壮其声势。《崧高》篇就是大臣尹吉甫在饯行宴上写下的诗篇，叙写宣王对申伯的倚重与叮咛，称颂申伯的德行。诗中更写道，早在此前，宣王已经派遣另一重臣召伯，也就是《江汉》篇中提到的召伯虎，先行到谢地为申伯营建府邸宗庙、规划城防土疆，可谓准备万全。召伯虎是周初名臣召康公的后代，地位一向崇高，且在周厉王年间的国人暴动中保护了当时仍是太子的周宣王。派遣这样一位重臣为申伯在南国的治理奠基，周宣王对此事的极度重视可谓一目了然。

《小雅·黍苗》篇中提及召伯虎的此次南行，赞誉其功：

芃芃黍苗，阴雨膏之。悠悠南行，召伯劳之。
我任我辇，我车我牛。我行既集，盖云归哉！
我徒我御，我师我旅。我行既集，盖云归处！
肃肃谢功，召伯营之。烈烈征师，召伯成之。
原隰既平，泉流既清。召伯有成，王心则宁。

召伯率军南行，是去承担谢邑营建之事，不可谓不辛劳，但这首诗的基调却是安稳的。在这些行役者眼中，召伯的带领，就如雨水滋润禾苗，有抚慰人心之功。因此他们虽反复提及"我任我辇，我车我牛"，"我徒

《诗经》文化笔记 邦畿千里，维民所止——诸《国风》及其地理风土

我御，我师我旅"，以节奏短促的反复咏叹渲染营建之劳苦，分工之严密，诗中流露的情感却不怨不怒，甚至还反复提及召伯之名，将城池的建造与大军的组织安排等一切功劳都归于他名下。而在召伯的苦心调度之下，最终落成的谢邑不只拥有庄严的城池，其周遭环境更是原野平坦，水流清澈，一派静穆安宁。至此，召伯真正为周王室统御南方诸国奠定了基础，以"王心则宁"收束，既见召伯之全功，也显示出这一战略行为的重要意义。

至东周初年，楚国的势力已经能够触及中原地区。如《王风·扬之水》篇中有"不与我戍申""不与我戍甫""不与我戍许"之句，所提到的申、甫、许都是河南南部的诸侯国，皆为姜姓，是周王室的姻亲国，西周时分封这些诸侯国，主要是作为周王室在南方的屏障。《大雅·崧高》篇中提到"维申及甫，维周之翰。四国于蕃，四方于宣"，即是强调申、甫二国在这方面的重要地位。然而到了东周年间，王室衰微，楚国势盛，这些国家时而被向北发展的楚国侵扰，故而周王室需要派遣军队帮助它们戍守，《王风·扬之水》就是这些背井离乡的戍卒中产生的怨辞。《左传·僖公二十八年》有言："汉阳诸姬，楚实尽之。"此处的"姬"指周王室同姓之国。可知在春秋中期，汉水之北那些原本作为周王室南部藩屏的同姓小诸侯国，都已经被楚国吞并，或是成为其附庸。

周人与诸南国的关系消长，带来南北文化的不断交汇，二南之地的乐歌就诞生于其间。《中庸》有言，"宽柔以教，不报无道，南方之强也。君子居之"。盛赞南方文化传统中所具备的德性。而中原的周文明被孔子誉为"郁郁乎文哉"，更是文采纷繁，彰显盛德。《二南》中的乐歌，既受中原礼乐文明的熏陶，又不失南国风物与音乐的渲染，势必呈现出不同于其余诸国风的人文气象。它们能够被遴选出来作为《国风》部分的起首，其篇章中传达的教化意味可知。

《左传·襄公二十九年》记载，季札观乐时，"使工为之歌《周南》、《召南》，曰：'美哉！始基之矣，犹未也，然勤而不怨矣'"。季札认为二南乐歌展现的是教化奠基的氛围，这种教化虽尚未臻于完善，民众却已经能够身处辛劳之中而不怨恨。这种劳而不怨的态度，正与上文《小雅·黍苗》篇中所展现的情绪相类，可以观见良好的礼教风俗之熏染。

二南中的诗篇整体具有如下的特质：首先，德行风化起自家庭，泽被内外。如《周南》中的《关雎》《葛覃》《樛木》《螽斯》《桃夭》《芣苢》《麟之趾》，《召南》中的《鹊巢》《采蘩》《采蘋》等多篇，都与周代贵族或士人的家庭生活相关，涉及婚姻、祭祀、婚后生活、家庭分工、家族延续等诸方面。如《关雎》篇"窈窕淑女，琴瑟友之""钟鼓乐之"，是描述家庭生活中的礼乐因素；《葛覃》篇"言告师氏，言告言归。薄汙我私，薄浣我衣"，是写出嫁女性的德容言功；《樛木》篇"南有樛木，葛藟累之。乐只君子，福履绥之"，以藤绕树木起兴，引出对新婚的祝福；《桃夭》篇从"之子于归，宜其室家"到"宜其家室""宜其家人"的重章复唱，强调女性婚后在家庭与家族中应起到的作用；《螽斯》《芣苢》《麟之趾》等篇表达对子孙绵延、品德高尚的祝愿；《采蘩》《采蘋》等篇则写女性参与家族祭祀的功能，诸如此类，都展现了一种合乎礼制、富于德行、高贵典雅的生活，可谓十分温柔敦厚。

其次，以礼节情，民无怨怒之辞。二南中的诗歌在抒情言志方面大多具有节制之美。如《关雎》篇"窈窕淑女，君子好逑"，淑女与君子的称谓，本就揭示了双方的道德品行，马瑞辰《通释》言"美心为窈，美状为窕"，可见淑女在姿容优美之外，更当具备善德；而君子是贵族男子，地位崇高，因此更应培育其德。而男女双方之间的关系是君子"求"淑女，男性选择追求德容美好的女子为家室，是受到当时社会风俗认可的。诗中"求之不得，寤寐思服；悠哉悠哉，辗转反侧"之句则是全篇情绪表达最明显的地方，然而在求不得的时候，男子只是辗转反侧，以安静的叹息来表达内心的失落，而并不大肆呼告，将情绪释放得过于强烈。后文在二人相处的时候，以琴瑟和钟鼓之乐来获得愉悦，也是在符合身份与礼法风俗的状况下，安宁美好地相处。这就是儒家所谓的"以礼节情"，"情"即人之天然心性的发挥，"礼"则是节制此心性的制度规范，受到礼所节制的良好、端正的性情，是超越于单纯的情绪抒发，也就是哀与乐这些情感之上的。孔子评价《关雎》"乐而不淫，哀而不伤"，讲求的就是抒情不可过度，而是要以礼节制，进行人格塑造与气质感发。此外，如《汉广》篇"汉之广矣，不可泳思。江之永矣，不可方思"，追求汉上游女不得，也只是反复咏叹

《诗经》文化笔记 邦畿千里，维民所止——诸《国风》及其地理风土

其遗憾，不再做进一步的固执追索，也属此类。

郑玄在《诗谱》中评论道："得圣人之化者谓之《周南》，得贤人之化者谓之《召南》。"认为二南虽同受周文明化育，其政教意义仍有差等。如《召南·野有死麕》这样写男女调情的篇章，或可视作其风化未臻完美之处，亦即季札所谓的"犹未也"。然而整体观之，二南的篇章辞采不艳，抒情含蓄，与其他诸国风颇多言情之作、一往无节的风格迥异；其内容也大多涉及礼乐文明之下的社会生活，展现了以家庭为核心的风化传统。因此，虽然二南之地的民众同样不免于辛勤，个人追求也未必都能达到圆满，但是在周王室对其控制衰退的时期，仍能从其乐歌中感受到久受风化、"勤而不怨"、理性文雅的传统气质。

瞻彼淇奥：淇水畔的《卫风》

《邶风》《鄘风》《卫风》基本都产生于周代的卫国地区，大致范围在今河南省的北部、河北省的南部和山东省的西部。《汉书·地理志》云："河内本殷之旧都，周既灭殷，分其畿内为三国，《诗·风》邶、鄘、卫是也。"郑玄亦有云："邶、鄘、卫者，殷纣畿内地名，属古冀州。自纣城而北曰邶，南曰鄘，东曰卫。卫在汲郡朝歌县，时康叔正封于卫。其末子孙稍并兼彼二国，混其地而名之。"武王克商后，分其故地为三，称邶、鄘、卫，其中邶在商都朝歌之北，因此称邶，鄘在朝歌之南，卫在朝歌之东。周初平定三监叛乱后，封武王之弟康叔于此，立卫国[①]，其后邶、鄘皆为卫国所兼并。因此，《邶》《鄘》《卫》三国风实为《卫风》。在春秋时期，

[①] 《毛诗正义·邶鄘卫谱》：邶鄘卫，商纣畿内方千里之地。其封域在《禹贡·冀州》太行之东，北逾衡漳，东及兖州，桑土之野。周武王伐纣，以其京师封纣子武庚为殷后，三分其地为三监，使管叔、蔡叔、霍叔伊而教之，以监殷氏。自纣城之北谓之邶，南谓之鄘，东谓之卫。武王既丧，管叔及其群弟见周公将摄政，乃流言于国曰："公将不利于孺子。"成王既黜殷命，杀武庚，更于此三国建诸侯，以殷余民封康叔于卫，使之为长……《地理志》曰："武王崩，三监叛"，周公诛之，更以其地封弟康叔，号曰孟侯。迁邶鄘之民於洛邑，故邶鄘卫三国之诗，相与同风。

人们已经将这三国风视为一体，《左传》中季札观乐一段即有"为之歌《邶》《鄘》《卫》"，将之同列共论。

十五国风中，《邶》《鄘》《卫》三国风的顺序仅排在二南之后，究其原因，当是卫国的地理位置在旧殷商王畿一带。据《史记·管蔡世家》记载，武王克殷商之后，封功臣和昆弟，周武王有同母兄弟十人：长为伯邑考，早逝无封；次为武王；三为管叔鲜，封于管；四为大名鼎鼎的周公旦，封于鲁；五为蔡叔度，封于蔡；六为曹叔振铎，封于曹；七为成叔武，封于成；八为霍叔处，封于霍；九为康叔封，十为冉季载，二人当时年龄尚小，未得分封。武王同时也分封夏、商宗室，存其社稷宗庙，治理其遗民；并命管叔鲜、蔡叔度二人辅助纣王之子武庚禄父，共同治理殷商遗民。武王驾崩后，周成王年少，周公旦摄政。管叔、蔡叔怀疑周公，便裹挟武庚，煽动殷民作乱。周公旦辅佐成王平定叛乱，杀武庚、管叔，流放蔡叔；又将殷商移民一分为二，封殷商纣王的庶兄、具有贤名的微子开于宋，治理殷商移民；封武王之弟康叔于卫，定都殷商故都朝歌，即今河南淇县。《困学纪闻》载，宋人马永卿曾问刘元城："《王·黍离》在《邶》《鄘》《卫》之后，且天子可在诸侯后乎？"刘元城答曰："非诸侯也。周既灭商，分畿内为三国，邶、鄘、卫是也。序《诗》者以其地本商之畿内，故在《王·黍离》上。"古时改朝换代，有所谓"兴灭国，继绝世"（《论语·尧曰》）之传统，尊重前朝，以使天下归心。将被时人合视为《卫风》的《邶》《鄘》《卫》三风置于周室东迁后所产生的《王风》之前，就是这一传统的体现。此外，卫国是周武王嫡亲弟弟所封之国，有与周王朝一脉的血缘关系，在宗法社会之中，其乐歌序列靠前，也十分合理。

邶、鄘、卫大致在卫国之地，其诗歌所述也都是卫国故事，却被一分为三，不以《卫风》总称。《毛诗正义》言："邶、鄘之地，大于卫国，又先有卫名，故分之也。虽分从邶、鄘，其实卫也。"认为邶、鄘故地大于卫国一地之领域，其立国又在康叔分封于卫之先。此外，王国维作《北伯鼎跋》认为，《左传》记载"季札观鲁乐，为之歌《邶》《鄘》《卫》，时犹未分为三，后人以卫诗独多，遂分隶于邶鄘"，又因当时"太师采诗之目仍尚其古名，谓之邶鄘。然皆有目无诗"。综上所述，邶、鄘二国虽

《诗经》文化笔记　邦畿千里，维民所止——诸《国风》及其地理风土

39

已不存，在周代立国却属于最早一批，其名也尚保留在乐官的采诗系统中，而卫国采诗与献诗数量又较大，于是后人便将部分卫诗置于邶、鄘名目之下。

由内容观之，《卫风》中提到的河水、淇水、泉源、顿丘等，均为卫国境内河流、城邑无疑，《邶风》《鄘风》中提到的漕、浚等都邑，旄丘、肥泉等山川，也均属卫地。

王国维《北伯鼎跋》以出土文物来考辨邶、鄘两国的地理位置，曾有不同之说："自来说邶国者，虽以为在殷之北，然皆于朝歌左右求之，今则殷之故虚得于洹水，大且、大父、大兄，三戈出于易州，则邶之故地不得不于其北求之，余谓邶即燕，鄘即鲁也。邶之为燕，可以北伯诸器出土地证之，邶既远在殷北，则鄘亦不当求之殷境内，余谓鄘与奄声相近。……奄地在鲁。"洹水流经河南安阳殷墟一带，在内黄县界注入卫河，王国维以为易州有邶之出土文物，故其故地当在今河北易县，遂有邶地在燕之说。而观诸《诗经》文本，《邶风》中提到的浚即卫国浚邑，在今河南濮阳，济水流域在今河北、河南二省，新台在今山东鄄城北，主要仍在卫国境内而不在燕地。鄘地在鲁之说，则是因为鲁国在周初曾容纳奄国遗民，由奄与鄘音近而来，然而缺乏文物实证，故而目前仍当以传统之说为凭。

《邶》《鄘》《卫》三国风中最经常提到的卫国地理标志是淇水。淇水古为黄河支流，在今河南境内，东南注入黄河。卫康叔始封卫国，就是在黄河、淇水之间的地域。据《水经注》，"淇水又东出山，分为二水，水会立石堰，遏水以沃白沟，左为菀水，右则淇水，自元甫城东南径朝歌县北"。则周代的淇水在卫国境内大致也应该流经朝歌一带。孔颖达据《地理志》认为"楚丘、桑中、淇水、漕、浚皆在山东"，此处山东是指太行山以东，也与卫国地理位置相合。

淇水既属卫国形胜，也就成为卫国人心目中本国的象征。《邶风·泉水》就是一篇卫国女子嫁到别国之后，遥想淇水思念故乡的诗歌：

毖彼泉水，亦流于淇。有怀于卫，靡日不思。娈彼诸姬，聊与之谋。
出宿于泲，饮饯于祢。女子有行，远父母兄弟。问我诸姑，遂及伯姊。

出宿于干，饮饯于言。载脂载舝，还车言迈。遄臻于卫，不瑕有害。我思肥泉，兹之永叹。思须与漕，我心悠悠。驾言出游，以写我忧。

泉水，又称肥泉。据《水经注》："淇水又东，右合泉源水，水有二源，一出朝歌城西北，东南流……其水南流东屈，迳朝歌城南。……又东与左水合，谓之马沟水，水出朝歌城北，东流南屈，迳其城东。又东流与美沟合……其水东迳朝歌城北，又东南流注马沟水，又东南注淇水，为肥泉也。故《卫诗》曰：我思肥泉，兹之永叹。"马沟与美沟二水为淇水支流，源流虽异，却最终归一，故二水并称肥泉，又称泉源。《泉水》篇以泉水最终流入淇水起兴，表达自己对卫国的怀念。诗中二、三章分别提到的沸、祢、干、言都是卫国地名，诗中的女子当年出嫁，曾在沸地留宿，在祢地饯别，而她幻想如果能够回国归省，就会在干地住宿，在言地饯别，这些地名历历数来，都是对故乡的怀念之情。终章"我思肥泉，兹之永叹"又回到对泉水的怀思，满怀忧愁欲罢不能，以此作结。此外，题材同为卫女思归的《卫风·竹竿》中也提到这几条异出同归的河流：

籊籊竹竿，以钓于淇。岂不尔思，远莫致之。
泉源在左，淇水在右。女子有行，远兄弟父母。
淇水在右，泉源在左。巧笑之瑳，佩玉之傩。
淇水滺滺，桧楫松舟。驾言出游，以写我忧。

诗中女子嫁到别国，怀念在淇水上垂钓的旧时光。诗中反复提到"泉源在左，淇水在右"，"淇水在右，泉源在左"，正是说泉水支流注入淇水之形貌，而末章"淇水滺滺，桧楫松舟"则再度想象旧时在淇水上泛舟的悠闲，寄托思乡的深情。而王先谦《诗三家义集疏》认为，"古之小国数十百里，虽云异国，不离淇水流域。前三章卫之淇水，末章则异国之淇水也"，认为这位女子是嫁到淇水流域的其他国家，看到淇水流淌，不禁思念起流水彼方的故乡。以周代广为分封、诸侯国林立的境况而言，这种理解方式或也可备一说。

《诗经》文化笔记 邦畿千里，维民所止——诸《国风》及其地理风土

曲折的淇水之滨也是卫国青年男女邀约相会之处，许多恋情被写入了当时的诗篇。《汉书·地理志》载，"卫地有桑间濮上之阻，男女亦亟聚会，声色生焉"。所谓桑间，一说是卫国地名，一说是桑林。《鄘风·桑中》篇就产生于这种男女的欢会：

爰采唐矣？沬之乡矣。云谁之思？美孟姜矣。期我乎桑中，要我乎上宫，送我乎淇之上矣。

爰采麦矣？沬之北矣。云谁之思？美孟弋矣。期我乎桑中，要我乎上宫，送我乎淇之上矣。

爰采葑矣？沬之东矣。云谁之思？美孟庸矣。期我乎桑中，要我乎上宫，送我乎淇之上矣。

诗是以男子的口吻，写他与情人的约会过程。他们在桑中相约等待，在上宫相聚欢会，其后女子缠绵不舍，一直将男子送到淇水之畔。三章的后半"期我乎桑中，要我乎上宫，送我乎淇之上矣"，以完全相同的句子形成反复回味之感，更觉意气风发。

在春秋时代，"桑间"已成为男女情爱之事的代名词，而诗歌中的情思也放肆无节，因此后世儒家解《诗经》时，多对《卫风》加以道德意义上的批评。如《毛序》以卫国历史为凭，认为"卫之公室淫乱，男女相奔，至于世族在位，相窃妻妾，期于幽远，政散民流而不可止"。朱熹《诗集传》也延续这种观点："卫俗淫乱，世族在位，相窃妻妾。故此人自言，将采唐于沬，而与所思之人相期会迎送如此也。"

儒家对《卫风》的批评，不只是文本方面的，也与其音乐相关，亦即对所谓"郑卫之音"的深恶痛绝。《礼记·乐记》称："桑间、濮上之音，亡国之音也"，其矛头便直指卫国。以卫国而言，卫地原为殷商故墟，本就有所谓"纣之淫风"遗存。卫康叔建国时，周成王分之以"殷民七族"，"皆启以商政，疆以周索"，使殷人在文化上与周人相互融合，故卫国的桑间、濮上之音，即所谓"新声"，必然受到殷商音乐文化与风俗的影响。《韩非子·十过》中提到，卫灵公在濮水之上听到一支新颖的乐曲，十分喜欢，令人演奏，而被晋国著名乐师师旷斥为"亡国之声""靡靡之乐"，并将其历史追溯到商纣王之败亡。《韩非子》所述虽为寓言，未必真有其事，但已可窥见时人对卫国音乐的态度。《乐记》还评价卫国音乐过于急促，使人心情烦乱，即所谓"卫音趋数烦志"。儒家乐教理论认为，音乐能影响人的性格。而节拍急促的音乐必然不庄重，会使人的性情趋于轻浮躁动，这和周王朝平和庄重、以情感人、以德化人的雅乐传统是相悖的。

此外，卫国地当中原，商业较为发达。清代魏源在《诗古微》中说卫国"商旅集则货财盛，货财盛则声色臻"，经济的繁荣必然带来音乐文化的繁荣，进而使人纵情于声色娱乐。再加以民间盛行桑间濮上之风，公室也有诸多品行不端之事，在这一视角上，上述批评都是合理的。

然而对卫国诗乐的评价，远不可就此盖棺定论。通观《邶》《鄘》《卫》三国风，多有《柏舟》《绿衣》《燕燕》《凯风》《定之方中》《载驰》之类作品，或怀忧思，或明人伦，或颂盛德。此外尚有《新台》《二子乘舟》《鹑之奔奔》《君子偕老》等为数不少的讽刺诗歌，指斥卫国公室的道德沦丧。《左传》中记载季札观乐，听到《邶》《鄘》《卫》三国风之后更说："美哉渊乎！忧而不困者也。吾闻卫康叔、武公之德如是，是其《卫风》乎！"认为卫国乐歌旨趣深远典雅，虽怀有忧思，却不至于困窘不堪，而这一特点正源自卫国的几位明君自上而下的德行风化。

周王朝最初分封的血缘关系亲近的邦国中，管被灭国，蔡后来分封给蔡叔度具有德行的儿子，其余各国均缺乏历史记载，只有卫国在历史传承中出现了几位比较有名的君主。一是卫国立国之君卫康叔。《史记·卫康叔世家》载，卫康叔在管蔡之乱后被封于卫，周公旦告诫康叔："必求殷之贤人君子长者，问其先殷所以兴，所以亡，而务爱民。"康叔遵从周公之命，善待百姓，民众大悦。周成王执政后，康叔曾任周王朝司寇，为周王朝重臣，成王"赐卫宝祭器，以章有德"。二是西周末年、东周初年在位的卫武公。西周末年，犬戎杀周幽王，卫武公率军勤王，帮助东周平定犬戎，立下大功，即《史记》载"武公将兵往佐周平戎，甚有功，周平王命武公为公"。卫武公在位五十五年，内政成效亦十分可观，《史记》谓之"修康叔之政，百姓和集"。是以《毛传》将《大雅·抑》《小雅·宾之初筵》等篇都视为武公的作品,又认为《卫风·淇奥》篇是卫国人民赞美武公的诗篇。三是东周初年的卫文公,卫国曾亡于狄人,后在齐桓公襄助下迁都于楚丘,卫文公便是卫国复国之后的中兴之主,他减轻赋税,亲身劳作,与百姓同甘共苦,深得民心。《鄘风·定之方中》便是歌颂文公营建楚丘的诗篇。

而上文提到的《卫风·淇奥》篇,产生在卫国迁都楚丘之前,其内容也和淇水相关:

> 瞻彼淇奥,绿竹猗猗。有匪君子,如切如磋,如琢如磨。瑟兮僩兮,赫兮咺兮。有匪君子,终不可谖兮。
>
> 瞻彼淇奥,绿竹青青。有匪君子,充耳琇莹,会弁如星。瑟兮僩兮,赫兮咺兮,有匪君子,终不可谖兮。
>
> 瞻彼淇奥,绿竹如箦。有匪君子,如金如锡,如圭如璧。宽兮绰兮,倚重较兮。善戏谑兮,不为虐兮。

奥是河流曲折之处。又据《水经注》载,《博物志》中将泉水称为澳水。诗篇以淇水与泉水一带生长的绿竹起兴,以竹喻人,赞美卫武公内外兼修的品德与能力。"有匪君子,终不可谖兮"的反复咏叹,更表达出民众对这位明君的无限崇敬与怀念。由此观之,在良好的风化之下,卫国的民众仍然能对生活、对国家、对贤明君主抱有希望,季札的"忧而不困"之评,较之"郑卫之音",更能展现卫国乐歌的全貌。

周室之东:洛邑与《王风》

《王风》产生于周室东迁后统治的地区,亦即东周王畿。公元前770年,犬戎入侵,周幽王被杀,周平王即位;因西周故地丰京、镐京一带残破不堪,兼以异族威胁,平王在卫武公、晋文侯、郑武公等诸侯的襄助下迁都洛邑。郑玄《诗谱》言道:"王城者,周东都王城畿内方六百里之地。其封域在《禹贡》豫州太华、外方之间。北得河阳,渐冀州之南。"大致包括今河南省的洛阳、巩义、偃师及黄河以北的济源、孟州、温县、武陟等地。

西周立国之初，周武王就有意经营东土，至成王即位，便开始着手推进此事。在周公东征平定殷商遗民后，成王便使召公相宅，周公告卜，在殷商故地营建洛邑，以镇抚东方。由这两位当时最重要的大臣分别承担选址和建城的工作，可见西周王朝对此事的重视。

《尚书·洛诰》记载了周公营建洛邑之初时选择地点的叙述："我卜河朔黎水，我乃卜涧水东，瀍水西，惟洛食。我又卜瀍水东，亦惟洛食。"周公在不同地点卜问，于涧水以东、瀍水以西之处，以及瀍水以东之处，均获得吉兆。《汉书·地理志》又言："雒阳，周公迁殷民，是为成周。……居敬王。……河南，故郏鄏地。周武王迁九鼎，周公致太平，营以为都，是为王城，至平王居之。"周公营建洛邑，包括瀍水西岸的王城和瀍水东岸的成周两座城，这与《洛诰》所载相合。其中，王城是宗庙宫室所在，西周初年周成王迁九鼎，就是迁至王城，东周初年平王迁都洛邑，也居住在此。而成周是周公迁徙殷商遗民之处；至东周时，周敬王为避王子朝之乱，又从王城迁至此地，周赧王时才重又迁回王城。

陕西出土周代青铜器何尊铭文有言："唯王初壅，宅于成周……在四月丙戌，王诰宗小子于京室，曰：'昔在尔考公氏，克逨文王，肆文王受兹命。……余其宅兹中国，自兹乂民……'"有学者据"宅于成周""宅兹中国"等句认为，周成王时，便已迁都位于中原核心的洛邑，而这一事实与史书上惯言的"平王东迁"显然不符。那么，周成王时是否曾迁都于洛邑？若果真如此，为何后世又有"平王东迁"？洛邑这座城池在西周时究竟承担怎样的功能？

司马迁在《史记·周本纪》最后总结评论道："学者皆称周伐纣，居洛邑，综其实不然。武王营之，成王使召公卜居，居九鼎焉，而周复都丰、镐。至犬戎败幽王，周乃东徙于洛邑。"可知汉初学者中已颇有人认为周灭商后，便营建洛邑，以为都城。而司马迁提出，洛邑只是周成王使召公选址，筑城安置九鼎之处，西周并未迁都于此。司马迁还列出"所谓'周公葬毕'，毕在镐东南杜中"的材料。因《周本纪》前文尚有"武王上祭于毕"之语，则毕地当是周王室墓地所在，司马迁便是以周初重臣周公的葬地在镐京一带为依据，来证明西周仍定都丰镐二京。

《诗经》文化笔记　邦畿千里，维民所止——诸《国风》及其地理风土

然而司马迁所论,只能证实西周早期武王、成王两代时镐京的重要地位,并不能证明镐京直至西周中后期仍被作为都城,因此仍需就相关史料加以考辨。在西周时,有据可考的迁都至少有两次。第一次为《今本竹书纪年》所载,周穆王元年"筑祇宫于南郑",且言穆王"以下都于西郑",又有"十八年春正月,王居祇宫,诸侯来朝"之说,可知周穆王将都城迁至西郑,就在新都朝会诸侯。南郑、西郑为一地,在今陕西凤翔[①]。周穆王此次迁都之址,自丰、镐二京向西,在周人旧都岐邑西北,这和穆王时屡次征西的军事政策是相合的。因此,穆王这次迁都,当是以丰、镐二京为根本,谋求向西扩张;若言始自洛邑,规模未免太过宏大。

《今本竹书纪年》又载,周懿王年间,"七年,西戎侵镐。十三年,翟人侵岐。十五年,王自宗周迁于槐里"。又据《世本》与《史记索隐》言,懿王曾迁都于犬丘,并言犬丘便是槐里。显然二者为一事。[②]西戎为戎,翟人为赤狄,在西周中期,这些游牧民族对周都镐京与旧都岐邑都构成威胁,因此周懿王方有迁都避居之举。若当时西周都城为东方的洛邑,即便戎、狄在西方入侵,也不必再行迁都。因此可知,周懿王前期,西周都城当在镐京无疑。

这两次明确记载的迁都,都是以丰、镐二京为根本,可知周人最重要的政治中心仍在西方。穆王虽然经营西郑,向西征伐,然而懿王之序列在穆王之后两世,其迁都仍明言是从镐京迁移,或可推测,在穆、懿之间的周共王或许又将都城迁回镐京。而在懿王迁都之后,至孝王时,复征伐西戎并取胜,史颂鼎铭文就记载"唯三年五月丁亥,王在宗周",周宣王时也仍有在镐京发布政令并向东南巡狩的记载,这些都显示了在短暂的迁都之后,镐京再度成为周室都城的极大可能性。

此外,《今本竹书纪年》罗列西周史事时,多称洛邑为东都或洛,如周宣王九年"王会诸侯于东都,遂狩于甫",二十二年"王锡王子多父命

---

① 据吕亚虎《周都"西郑"地望考》一文,雷学淇、陈梦家等学者皆认为,南郑为西郑之误。西郑当在陕西凤翔。
② 槐里、犬丘,在今陕西兴平一带,《今本竹书纪年》与《世本》《史记索隐》虽称名不同,实为一地。

居洛",或在洛邑朝会诸侯并由此南巡,或赐臣子居于洛邑。这些政治活动,都证实了洛邑对于西周在东方统治的重要性,反之也说明,直至西周晚期,洛邑都没有取代镐京成为西周的正式都城。

  当前考古学的发掘也证实了丰、镐二京的地位。渭河流域是周人最初的活动区域,也是西周建国后的政治中心,而渭河支流沣河一带更是西周时丰、镐二京之所在,于这一带分布着墓葬群、宫室、青铜器窖藏等多处西周遗址。在周人发展壮大的过程中,西周都城屡经迁徙。周人初始兴于戎狄之间,后在豳地建都,即《史记·周本纪》所载"公刘卒,子庆节立,国于豳",古公亶父时迁至岐邑,周文王时迁至沣河西岸的丰,周武王时又迁于一水之隔的镐,即所谓丰、镐二京。其中丰京为宗庙园囿所在,镐京则是西周王朝的都城。此后周公营建洛邑时,同样建造了一水之隔、功能相异的王城与成周两座城,或许也正是仿效丰、镐二京的地理格局。

  东西相望、格局相类的丰、镐与洛邑,是西周王朝统治的两个核心。在丰、镐二京中,镐京自成王后期便被称为宗周,所谓"诸侯宗之,是为宗周",在周代封建制下,它是西周真正的政治中心。周康王时大盂鼎铭文"唯九月王在宗周",周昭王时臣辰盉铭文"唯王大禴于宗周",诸如此类的记载,都是周王在镐京进行政治活动的明证。与此同时,作为旧都的丰京,由于位置邻近镐京,其政治地位也并未降低。《左传·昭公四年》有言,"周武有孟津之誓,成有岐阳之蒐,康有丰宫之朝",可知周康王时尚于丰京大朝诸侯,而此事被与周武王的孟津会盟、周成王的岐山会盟相提并论。召公太保戈铭文"六月丙寅,王在丰,令太保省南国",记周昭王伐荆楚之事,此时昭王在丰京发号施令;瘿鼎铭文"唯三年四月庚午,王在丰",则记载周共王居于丰京。可见直至西周中期,丰京仍然是周王时常出居的城池,其政治功能较之镐京并不多让。

  在西周青铜器铭文中,东方的洛邑被称为成周,与西方的宗周相应。一些铭文显示,西周诸王确实曾经因政治、军事、祭祀等事由,屡次驾临洛邑。如周成王时德方鼎铭文"唯三月,王在成周",是成王在洛邑居住;周康王时静方鼎铭文"八月初吉庚申至,告于成周,月既望丁丑,王在成周大室",是康王在洛邑太庙祭祀;周夷王时十月敔簋铭文"唯王十又一月,王格于成周大庙，武公入佑敔，告擒馘百"，是夷王在洛邑太庙接受战争捷报。

综上可知，西周诸王并非长久定居于西方的都城，而是不时往来于丰京、镐京、洛邑这几座重要的城池之间。周昭王时静方鼎铭文"唯七月甲子，王在宗周，令师中及静省南国相，设居。八月初吉庚申至，告于成周。九月既望丁丑，王在成周大室"，记载了周昭王命令大臣巡行南国，建设行宫，以备将来伐楚之事。昭王发号施令是在镐京，然后才去往洛邑，准备南狩，这一举动正是将洛邑作为东方的军事重镇看待。周夷王时的应侯见工钟铭文则记载了夷王自洛邑还归镐京的一次行程，"唯正二月初吉，王归自成周，应侯见工遗王于周"，所谓"归自"，是以洛邑为外，镐京为内，故言"归"；又《今本竹书纪年》有成王七年冬"王归自东都"的记载，东都即洛邑，二者的行文可相互参证。周宣王时的晋侯苏钟铭文"唯王卅又三年，王亲遹省东国南国。正月既生霸戊午，王步自宗周。二月既望癸卯，王入格成周"，则叙述周宣王自镐京去往洛邑，以巡狩东南之事。《礼记·王制》言"天子五年一巡守"，巡狩当是从都城出发，去往其余重要城池。这些出土铭文辅证了《今本竹书纪年》等史书的记载，即直至西周晚期，西周的都城还是镐京，洛邑则是周王巡狩东方乃至征伐南国的主要落脚之处，故称东都。

在丰镐与洛邑之间，也有不少西周时臣工往还的记载。如《周书·毕命》载，周康王十二年六月"壬申，王朝步自宗周，至于丰。以成周之众，命毕公保釐东郊"，是康王由镐京至丰京，命令毕公去往洛邑，治理成周百姓。周昭王时的臣辰盉铭文"唯王大禴于宗周……在五月既望辛酉。王命士上眔史寅殷于成周"，是昭王在镐京祭祀后，命史寅去成周祭祀；小克鼎铭文"唯王廿又三年九月，王在宗周，王命膳夫克舍令于成周"，是周孝王在镐京命令膳夫克去往洛邑，整肃成周八师。丰镐二京及其周围的岐邑、槐里等新旧都城，是周人在西方的根基，而洛邑则是他们在东方的统治中心。

周人营建洛邑，最主要是从政治因素考虑的。古代王朝的更替标志之一，是占据旧王朝的政治文化中心。而自夏至商，王朝的中心都在山西、河南一带的中原地区，直至周灭商后，由于周人的根基原本在西方，为了控制东方，才形成了东西分野的统治格局。《左传·昭公九年》中周人詹桓伯言道："我自夏以后稷，魏、骀、芮、岐、毕，吾西土也。及武王克商，蒲姑、商奄，吾东土也；巴、濮、楚、邓，吾南土也；肃慎、燕、亳，吾北土也。"西土和东土的区分，正反映出周人视野中的天下格局，他们起自西方，向东征伐占领中原，方建立了自己的王朝。但是在当时的政治军事环境下，周人不可能抛弃自己西土的祖基丰、镐二京，大举向中原迁徙，另立新都。他们要扩展统治范围，实现对东方以及南、北的有效管辖，除了分封诸侯国之外，首要之举便是在中原地区营建东都或陪都，以此奠定东方的统治根基。

其次，洛邑的地理位置具备相当的战略意义。李峰认为，西周的政治中心与东部平原几乎隔绝，是周人必须面对的重要问题。从周人的根基渭河平原进入中原地区，其间道路多为山地，十分险阻难行，而这样自西向东行进，出崤山后，首先到达的就是洛阳平原。武王伐纣时，其渡河之处孟津正在洛邑北方不远处。[1] 洛邑的位置，扼中原通往镐京之要道，正是一座镇服中原、交通东西的军事重镇，与丰、镐二京遥相呼应。因此，周人的军队主体被分为西六师和成周八师，分别驻扎在丰镐和洛邑。此外，洛邑是由王城和成周两座城池共同构成的。河南一带的中原地区本为殷商故地，周公东征后，平定殷商遗民之乱，迁部分殷商遗民于成周一城，并设成周八师戍守，也起到了直接监管旧王朝残余势力的作用。

再次，洛邑地处中原，符合西周时人对天下中心的认知。上文引周人"西土""东土""南土""北土"之说，表明周人在地理上将洛邑作为天下之中。《史记·周本纪》中将洛邑称作天下之中心，"此天下之中，四方入贡道里均"。何尊铭文"宅于成周""宅兹中国"等句也显示出，周人营建洛邑是为了占据"中国"。胡阿祥更认为，周人以夏的继承者自居，在《尚书·立政》篇中有"帝钦罚之，乃伻我有夏式商受命，奄甸万姓"之句，

---

[1] 李峰：《西周的灭亡——中国早期国家的地理和政治危机》，上海古籍出版社2007年版，第71—73页。

《诗经》文化笔记

邦畿千里，维民所止——诸《国风》及其地理风土

认为自己是继夏代商。且洛邑一带本为夏土，周人以夏的中心区域为天下中心，在此营建洛邑，更称之为成周，无论在政治文化等方面都可起到宣示正统的作用。①

洛邑规模宏大，虽非正式国都，但以其格局地位而言，实际已经成为周人在东方的政治中心，称其为陪都或者东都，亦不为过。而经过多年经营，它最终在西周灭亡后成为东周延续国祚的避难之地，也越发彰显出周初治国者们的远见。

西周幽王十一年（公元前771年），申、鄫、西夷、犬戎的联兵打败了王师，幽王被杀于骊山脚下。次年，在申侯、鲁孝公和许文公等倡议下，诸侯拥立幽王太子宜臼，是为周平王。而王卿虢公翰则扶立幽王之弟余臣于携地，史称"携王"。二王并立二十余年后，携王被晋文侯攻杀，平王的正统地位方得以确立。

平王即位之初，丰镐二京残破，西戎虎视眈眈，唯有依靠晋文侯、郑武公、卫武公、秦襄公等诸侯护送，来到东都洛邑。如此，周王室在西方的大片祖基被全盘舍弃，原本东西呼应的统治格局，缩小至只余下洛邑周围方圆六百余里的土地。在政治方面，东迁之初，周王室尚有一定号召力，诸侯尚有朝者，但不久即在与郑、晋等诸侯的矛盾和争斗中彻底衰落；春秋中叶以后，周王的地位尚不及一、二等诸侯国的国君，诸侯几皆莫朝，王室反而要托庇于一些强盛的诸侯。与此同时，东周王室的盟友也遭受着来自强大诸侯国的威胁。《王风·扬之水》篇就反映了东周的军事环境：

  扬之水，不流束薪。彼其之子，不与我戍申。怀哉怀哉，曷月予还归哉？

  扬之水，不流束楚。彼其之子，不与我戍甫。怀哉怀哉，曷月予还归哉？

  扬之水，不流束蒲。彼其之子，不与我戍许。怀哉怀哉，曷月予还归哉？

---

① 胡阿祥：《"天下之中"及其正统意义》，《文史知识》2010年第11期。

这是一篇东周士兵哀叹远行戍守的诗歌。他们所戍守的申、甫、许均为东周王畿南部的小国，与周王室或为同姓，或为姻亲，是周王室的南方屏障。然而由于南方的楚国兴起，时而北侵，东周王室不得不派兵帮助这些小国戍守边境，防止它们被强大的楚国吞并。《王风》就产生于这种风雨飘摇的局面之下。

西周时，王室之诗原本称为《雅》《颂》，地位与诸国风不同。然而作为东周王畿的诗歌，《王风》不独称"风"，且在诸国风中被列在《二南》与《邶》《鄘》《卫》之后，其位并不尊崇。《王风》之所以称"风"，除了地理归属之外，更有其现实政治层面的原因。

如《郑笺》认为："幽王之乱而宗周灭，平王东迁，政遂微弱，下列于诸侯，其诗不能复《雅》，而同于《国风》焉。"东周王室衰微，国力不及诸侯，其诗称"风"，正反映了这一沉痛的事实。而欧阳修《十五国次解》更将十五国风除《豳风》外两两分组，以明其美刺之用意："大抵《国风》之次以两而合之，分其次以为比，则贤善者著而丑恶者明矣"，提出"《卫》《王》以世爵比"，《邶》《鄘》《卫》三风产生于旧殷商王畿，《王风》产生于东周王畿，按照商周立国之先后，《王风》应列在《邶》《鄘》《卫》之后。而这一序列更是有其道德指归的："卫为纣都，而纣不能有之。周幽东迁，无异是也。加卫于先，明幽、纣之恶同，而不得近于正焉。"商纣王暴虐，身死国灭，周王室封卫国于殷商旧地，故有《卫风》；周幽王昏乱，身死祚迁，东周王室徙于东都洛邑，故有《王风》；二者相类比，更能昭示君王无道为国家招致的恶果，以警世人。

然而周王室统治多年，纵然东迁后国力日衰，其诗乐文藻却也不至于立刻全盘凋敝。《左传》载季札观乐，至《王风》时，"曰：'美哉！思而不惧，其周之东乎？'"即是说《王风》的乐歌中虽有忧思，却不至恐惧，一定程度上尚有旧时气象留存。《王风》诸篇中，以首篇《黍离》最具代表性，它所抒发的，正是东周迁都后王室旧臣的家国忧思：

彼黍离离，彼稷之苗。行迈靡靡，中心摇摇。知我者，谓我心忧，不知我者，谓我何求。悠悠苍天，此何人哉！

《诗经》文化笔记 邦畿千里，维民所止——诸《国风》及其地理风土

  彼黍离离，彼稷之穗。行迈靡靡，中心如醉。知我者，谓我心忧，不知我者，谓我何求。悠悠苍天，此何人哉！

  彼黍离离，彼稷之实。行迈靡靡，中心如噎。知我者，谓我心忧，不知我者，谓我何求。悠悠苍天，此何人哉！

  《毛序》认为《黍离》诗意为"闵宗周也。周大夫行役至于宗周，过故宗庙宫室，尽为禾黍。闵周室之颠覆，彷徨不忍去，而作是诗也"。周室东迁后，丧失了以丰、镐二京为中心的全部西方领土，只能避居于东都洛邑方圆数百里内。丰镐之地原本是周人的根基，周的历代先王都于此征伐西戎，历经两次迁都而不离故土；洛邑则是周人在东方统治的中心，扼守东西交通之要地，与丰镐遥相呼应。而现在，周人在西戎的压力下竟然被迫放弃旧京，迁徙至洛邑。少了丰镐为呼应的洛邑，同时失去了战略与政治两方面的重要意义，不过是东方的一座孤城，大国环居，其形势已与一般诸侯国无异。王室权威沦丧至此，本就令有识之士内心郁郁，而一旦他们回到丰镐二京旧址，眼见昔日宫室化为丘墟，残垣上唯余一片禾黍离离，这种忧愤便被最大程度地激发出来，在鲜明的时间感之下化作"知我者，谓我心忧，不知我者，谓我何求。悠悠苍天，此何人哉"的长叹。

  若说《黍离》是在东周政治暂时稳定时，一些清醒的士阶层对于王朝与时势的忧愤感念之情，篇中家国情怀尚存；《王风》中的另一篇代表作《兔爰》则是进一步呈现出一种得过且过、随波逐流的无奈心绪：

  有兔爰爰，雉离于罗。我生之初，尚无为。我生之后，逢此百罹，尚寐无吪！

  有兔爰爰，雉离于罦。我生之初，尚无造。我生之后，逢此百忧，尚寐无觉！

  有兔爰爰，雉离于罿。我生之初，尚无庸。我生之后，逢此百凶，尚寐无聪！

  朱熹在《诗集传》中言："为此诗者盖犹及见西周之盛。"诗篇中反

复对比昔日之太平与今日之流离，无奈之下，只能发出但愿长睡不醒的感叹，就此听天由命。通篇而言，除了失落的痛苦、逃避的倾向之外，已无家国情怀，其旨趣较《黍离》所代表的"思而不惧"已相去较远。

每到乱世，必有悲音。时代变迁之际，人民的深重苦难、流离失所，从来都是中国历史上相当突出的一个文学主题，而《王风》正是以周室东迁之后深重的家国哀思，对后世诗歌形成了长远的影响。如"黍离"一词所代表的今昔盛衰、世殊时异，使之成为后世文人感慨亡国、触景生情时的常用典故。方玉润《诗经原始》言："后世杜甫遭天宝大乱，故其中有《无家别》《垂老别》《哀江头》《哀王孙》等篇，与此先后如出一辙。杜作人称诗史，而此册实开其先"，正是视《王风》为后世凭吊家国之作的肇端。

溱洧之间：极意声色的《郑风》

郑国是西周晚期方才受封的诸侯国。其始封之地在西周王畿内棫林之地，即今陕西省华县以西；一说在华县东。然而立国才三十余年，郑国便发生了一次重要的迁都事件。

郑国的第一任国君为周宣王庶弟郑桓公友，于宣王时受封，深得百姓爱戴，且是一位有远见的君主。《国语·郑语》载，周幽王时，郑桓公为王室重臣，官居司徒。时幽王昏暴，天下将乱，郑桓公见王室处于多事之秋，对身家前程深感忧惧，便请教史伯如何避祸，亦即选择何处作为迁都避居之地："王室多故，余惧及焉，其何所可以逃死？"史伯为他提出了十分详细精辟的建议："王室将卑，戎、狄必昌，不可偪也。……其济、洛、河、颍之间乎！是其子男之国，虢、郐为大，虢叔恃势，郐仲恃险，是皆有骄侈怠慢之心，而加之以贪冒。君若以周难之故，寄孥与贿焉，不敢不许。周乱而弊，是骄而贪，必将背君。君若以成周之众，奉辞伐罪，无不克矣。"史伯在指出周将败亡的同时，更分析了洛邑一带各诸侯国的情形，建议郑桓公经营洛邑之东，洛水、济水、颍水、河水之间的地带，以图避祸并谋发展。于是在周幽王九年，郑桓公便贿赂虢、郐等国，在洛邑一带取得十邑之地，并将族众迁徙过去，作为东方的立足之处。

《诗经》文化笔记

邦畿千里，维民所止——诸《国风》及其地理风土

西周早年，成王、周公经营东土，营建洛邑，在犬戎入侵时，洛邑成为东周的避居之处。时至西周末年，封地本在西土的郑桓公同样选择了洛邑附近作为自己一族的退步之处，正仿佛前事的翻版。而就在两年之后的周幽王十一年，犬戎入侵，郑桓公死难。其子郑武公掘突率军护送周平王东迁于洛邑，因对王室有大功，亦为司徒。郑武公立足于十邑之地，进而吞并虢国和郐国，于周平王六年迁于溱、洧二水流域，建都于此，以郑国故都为之命名，是为新郑，在今河南新郑一带。经武公之世的开疆拓土，郑国成为一方诸侯，《国语·郑语》言其疆域"前华后河，右洛左济，主芣、騩而食溱、洧"，颇具规模。

新郑地处洧水之阳，溱水之东，洧水从城南流过，称为洧渊，既是邻近国都的形胜，又形成天然的屏障。郑国风俗，每到春时，要去水边采摘香草以祓除不祥，于是溱、洧二水便成为郑国青年男女在春日里的嬉游之地。《郑风·溱洧》篇就描写了这样一幕情景：

溱与洧，方涣涣兮。士与女，方秉蕳兮。女曰："观乎？"士曰："既且。""且往观乎！洧之外，洵讦且乐。"维士与女，伊其相谑，赠之以勺药。

溱与洧，浏其清矣。士与女，殷其盈矣。女曰："观乎？"士曰："既且。""且往观乎！洧之外，洵讦且乐。"维士与女，伊其将谑，赠之以勺药。

春水解冻奔腾，郑国的青年男女手持兰草，在河畔盈盈笑语。女子邀请男子去洧水对岸游玩，男子虽已去过，也乐于再度前往。在这春日的冶游中，他们钟情脉脉，男子又赠女子一束芍药，作为定情的信物。此诗之旨，《毛序》言"男女相弃，淫风大行，莫之能救焉"，孔颖达《正义》言"郑国淫风大行，述其为淫之事"，朱熹《诗集传》则言"此诗淫奔者自叙之辞"，甚至姚际恒《诗经通义》也言在《郑风》中"其类淫诗者，惟《将仲子》及此篇而已"，然而除去经学阐释的外衣，《溱洧》不过是一篇描绘春日里爱情萌生的诗歌，俏皮活泼，有声有色，蔼然春意扑面而来。

《郑风·褰裳》也是发生在溱、洧二水边的爱情故事：

> 子惠思我，褰裳涉溱。子不我思，岂无他人？狂童之狂也且。
> 子惠思我，褰裳涉洧。子不我思，岂无他士？狂童之狂也且。

较之《溱洧》中的情投意合，《褰裳》的故事就有些一波三折。诗是以女子口吻，她怨怪自己的情人不涉过溱洧之水来见她，却又坦率地表示"子不我思，岂无他人"，自有一种爽利与自矜。而此诗对于女性爱情心理的大胆抒发，在后世学者眼中，亦多被视为"淫诗"之流。

《郑风》多爱情诗的特点，与其地理风俗不无关系。如《汉书·地理志》言："武公与平王东迁，卒定虢、会之地，右雒左泲，食溱、洧焉。土狭而险，山居谷汲，男女亟聚会，故其俗淫。《郑诗》曰：'出其东门，有女如云。'又曰：'溱与洧方灌灌兮。士与女方秉蕑兮。''洧盱且乐，惟士与女，伊其相谑。'此其风也。"认为郑国少平原，其土地为丘陵分隔，多狭窄险要之地。人们居住在山林之间，故而民风开放，其诗亦多言男女欢会之事。《地理志》的叙述中与之相类的是卫国部分，"卫地有桑间濮上之阻，男女亦亟聚会，声色生焉"，其句法与对郑国的叙写如出一辙。

虽然后世学者对郑、卫之诗多有批评，但在两周春秋时的华夏诸国之中，却以郑、卫二国被选入《诗经》的风诗为最多，《邶》《鄘》《卫》合计共三十九首，《郑风》则有二十一首。倘若仅以现行十五国风的分类而言，《郑风》篇目之多更居于风诗之首。季札观乐，观的是周代雅乐，《郑风》也在其中占据一席之地。由此可知，至少在当时的《诗经》系统中，并未对《郑风》之类篇章加以过多的道德判断，而只是将其作为"采诗观风"的对象之一。

郑、卫之诗所以遭受批评，主要是由于春秋时诗乐尚未分离，而这两国在音乐文化方面相对较为发达，其音乐与周代雅乐不同。如《礼记·乐记》魏文侯云："吾端冕而听古乐，则唯恐卧。听郑卫之音，则不知倦。敢问古乐之如彼，何也？新乐之如此，何也？"就将"郑卫之音"视为"新乐"，与"古乐"相对立。早期儒家对郑卫之音深恶痛绝，后世儒家继承这一传统，很多便连同其风诗一并贬斥。

卫国之乐前文已有叙述，不再赘列，而郑国之乐要比卫国之乐受到的批评更多。在《论语》中，儒家学派的开创者孔子并未如何臧否卫国音乐，却曾明确表示对"郑声"的不满，"恶紫之夺朱也，恶郑声之乱雅乐也"，将郑国之乐与代表雅正的周乐完全对立起来；此外更将"郑声"与阿谀奉承的小人并列，"放郑声，远佞人，郑声淫，佞人殆"，认为"郑声"的靡靡之乐就如小人的花言巧语，都能够动摇人的情志。在孔子以下的儒家乐教思想中，郑国之乐无疑是遭到习惯性抵制的。

此外，"郑声"这一称谓，在儒家的语境下本身就蕴含着贬斥之意。《礼记·乐记》言："凡音者，生于人心者也。乐者，通伦理者也。是故知声而不知音者，禽兽是也。知音而不知乐者，众庶是也。唯君子为能知乐。"又言"声成文，谓之音"。声、音、乐三个层面的文化熏染是逐步递进的。声是一般的声音，音是有节奏韵律可言的音乐，乐则在音的基础上进一步具备伦理教化的功能。禽兽知声不知音，一般世人知音不知乐，在此前提下，称郑国的音乐为"郑声"，正宛若春秋笔法，是一种不动声色的贬低。

郑地音乐的特点，由《左传》季札观乐时对《郑风》的评价亦可见一斑。"为之歌《郑》，曰：'美哉！其细已甚，民弗堪也。是其先亡乎！'"与《二南》《卫风》《王风》相比，郑国的乐歌仍可称为"美"，但季札认为，这种音乐过分繁复，民众无法承受，因此郑国将会最早亡国。孔子言"郑声淫"，《礼记·乐记》评价"郑音好滥淫志"，孔颖达《疏》言"淫者过也，过其度量谓之为淫"，都是强调其繁复过度的特质。音乐的繁复使人容易放纵其情绪，这正与儒家倡导的尊崇礼制、节制情感相对立。在儒家道德教化的视野下，郑国之乐非但没有教化人心的作用，反而会使人越发放纵，导致亡国，因此是不可取的。

郑、卫等国商业繁荣，是其音乐繁荣的基石。《史记·货殖列传》记载，直至战国时代，处于殷商故地的赵国一带"犹有沙丘纣淫地余民，民俗懁急，仰机利而食。丈夫相聚游戏，悲歌慷慨，起则相随椎剽，休则掘冢作巧奸冶，多美物，为倡优。女子则鼓鸣瑟，跕屣，游媚贵富，入后宫，遍诸侯"，又言其南"郑、卫俗与赵相类"。卫国本在殷商故地，郑国东

《诗经》文化笔记

邦畿千里，维民所止——诸《国风》及其地理风土

迁之后，其地亦近此，故而沾染了商代遗民"仰机利而食"，重视商业的风俗。经济的发达，使得歌舞声色之业也随之发达，如《货殖列传》所言，"今夫赵女郑姬，设形容，揳鸣琴，揄长袂，蹑利屣，目挑心招，出不远千里，不择老少者，奔富厚也"。魏源在《诗古微》中更提出郑、卫居中原之地，其地理位置宜于商旅往来："三河为天下之都会，卫都河内，郑都河南……据天下之中，河山之会，商旅之所走集也。商旅集则货财盛，货财盛则声色辏。"殷商文化本就重视声乐，至周代，商业的繁荣更令这一传统得以在殷商旧地发扬，这与繁复而新颖的"郑卫之音"的流行是互为表里的。

周代对于殷商遗民的治理，本就倾向于令其脱离土地，从事商业。《尚书·酒诰》中，周公教导卫国始封之君卫康叔治理殷商遗民之道，"妹土嗣尔股肱，纯其艺黍、稷，奔走事厥考、厥长，肇牵车牛，远服贾，用孝养厥父母"，便是从发展商业的角度而言。周人以后稷为始祖，其俗重视农业，在周初三监叛乱、封卫国、迁部分殷商遗民于成周之后，更不欲殷民与之争土地之本，故而特许他们奔走经商以谋生。这种独特的治理方式也影响到后来的郑国。《左传·昭公十六年》中，郑国大臣子产曾言："昔我先君桓公与商人皆出自周，庸次比耦以艾杀此地，斩之蓬、蒿、藜、藋，而共处之，世有盟誓，以相信也，曰：'尔无我叛，我无强贾，毋或匄夺。尔有利市宝贿，我勿与知。'恃此质誓，故能相保，以至于今。"郑桓公为郑国始封之君，将他与商人并提，且言公室与商人"世有盟誓"，可见商人在郑国获得政治上的保障，具有相当的地位与作用，这自然也催生了郑国音乐与爱情主题诗歌的繁荣。

《郑风》诗篇中提到的"东门"，即郑国国都东郭的正门，是当时的手工业作坊聚集之处。商业发达，进而形成简单的商业区，民众往来频繁，也是《汉书·地理志》所谓"男女亟聚会，故其俗淫"的一个重要条件。《郑风》中有两篇在此发生的爱情诗。其一为《出其东门》：

出其东门，有女如云。虽则如云，匪我思存。缟衣綦巾，聊乐我员。
出其闉阇，有女如荼。虽则如荼，匪我思且。缟衣茹藘，聊可与娱。

其二为《东门之墠》：

东门之墠，茹藘在阪。其室则迩，其人甚远！
东门之栗，有践家室。岂不尔思？子不我即！

这都是在郑国经济与文化的双重繁荣之下诞生的诗歌。与《郑风》中绝大多数的情歌一样，它们也以清丽的辞藻倾诉衷曲，展现当时青年男女之间素朴的思念与忠贞。纵然周代新乐与雅乐的对立，导致了历代儒家对其由音乐风格至诗歌内容的指斥，但细味《郑风》诸篇，其情志之活泼坦率、纯正自然，才是当时民风最真切的体现。

表东海者：东夷故地的《齐风》

齐国始封之地在泰山之阴，潍水、淄水之野，其旧都在今山东北部的淄博市一带，国境东至纪鄣，西至聊城，南至沂水，北至沧州。

山东一带在《尚书·禹贡》篇中列为古九州中青州之域，自上古时便是重要的文明传承地区。据《汉书·地理志》："齐地，虚、危之分壄也。……少昊之世，有爽鸠氏，虞夏时有季荝，汤时有逢公柏陵，殷末有薄姑氏，皆为诸侯，国此地。至周成王时，薄姑氏与四国共作乱，成王灭之，以封师尚父，是为太公。《诗·风》齐国是也。"

齐国封域，自古属东夷之地。始居于此的爽鸠氏为上古五帝中少昊金天氏之官，《左传·昭公十七年》载郯子言，"我高祖少皞挚之立也，凤鸟适至，故纪于鸟，为鸟师而鸟名：……爽鸠氏，司寇也……"少昊氏为早期东夷部族之重要领袖，其部族属于鸟夷，图腾为凤鸟，故称鸟师，其重臣亦多以鸟名为称。其中爽鸠氏职在司寇，因始居山东域内，故齐地后又因其名，称为"爽鸠氏之墟"。其后，此地历代诸侯传承中有名号留存者，季荝生平不见于经典，逢伯陵为殷商诸侯，而处于殷周之际的薄姑氏，也有着东夷文化的传承。

古代东夷一族之活动地区主要在今山东地区，自渤海沿岸推至淮水下游。商本为东夷部落之一支发展而来，与东夷的关系较为紧密。《左传·昭公九年》载鲁桓伯之言，"及武王克商，蒲姑、商奄①，吾东土也"。此蒲姑即薄姑。在商周之际，蒲姑、奄两国为东夷诸国中较具实力者。周初三监与武庚叛乱，亲商的东夷诸国皆起兵响应。周公东征，攻灭三监后，继续向东进军，一并平定东夷。然后周成王将奄国旧地封予鲁国，蒲姑旧地封予齐国，于是齐国的疆域得以扩大。

周武王封太公望，始都于营丘。其后齐胡公迁都至薄姑，齐献公又迁都至临淄，而后齐国便一直定都临淄。郦道元著《水经注》，认为临淄得名是因为"城临淄水，故曰临淄"，又认为据《尔雅·释丘》"水出其前左为营丘"之语，临淄之别名当为营丘。而清人全祖望校《水经注》，认为营丘地近莱地，并非临淄，之所以得营丘之名，是因地在丘陵，"考之春秋经书，诸侯城缘陵是也"。

《史记·齐太公世家》中提到，太公受封就国之初，尚与莱国发生过战争。莱人为东夷之一支，地近营丘，"会纣之乱而周初定，未能集远方，是以与太公争国"，趁西周刚刚立国，无暇扫清边境之际，便来争夺营丘。终西周之世，齐国与莱人之间都时有征战。而置诸天下视野之中，西周王朝也始终未能完全平定东南的淮夷，在山东一带更有莱、郯、邾等诸多东夷小国存在，淮水一带亦有东夷分支淮夷之国，因此，华夏民族与东夷部族之间的交锋张力，一直维持到春秋时期。在这段时期中，齐国无疑成为周王室在东方边境上镇伏东夷诸国的重镇，也成为周王朝势力深入山东半岛的基石。

齐国是西周王室最重要的诸侯国之一。太公望之女邑姜为周武王王后，因而他不独是辅佐文、武二王夺取天下的股肱之臣，也是周王室的重要姻亲。在受封齐国之后，他又成为周王朝稳定东土、对抗东夷的柱石。就在周初，齐国的威权便得以拓张。《左传·僖公四年》载管仲之言，"昔召康公命我先君大公曰：'五侯九伯，女实征之，以夹辅周室！'赐我先君履，东至于海，西至于河，南至于穆陵，北至于无棣"。据《尚书正义》，"奉

---

① 商王南庚、阳甲都曾定都于奄，故奄国又称商奄。

《诗经》文化笔记 邦畿千里，维民所止——诸《国风》及其地理风土

责让之辞，伐不恭之罪，名之曰征。征者，正也。伐之以正其罪"。而《孟子》则言，"征者，上伐下也"。召康公之命，即特赐太公在东方地区代周王室行军事之权，以上伐下，以有道诛无道。《左传》未记此事发生的具体年代，然而召康公为成、康时辅政重臣，其时当不出成康之际；《史记》或是结合周公东征这一周初在东方的重要军事行动，将此事列在成王年间三监叛乱之时。总之，在东至东海，西至黄河，南至楚境，北至孤竹这样广大的一片区域内，五服九州的诸侯如确有叛逆罪行，太公均得以讨伐，这就确立了齐国东方大国的地位。在西周时，齐国的疆域并无拓展。至春秋初年，齐襄公灭纪国，襄公之弟齐桓公称霸，会盟诸侯，齐国遂越发强盛，位列五霸七雄。

　　作为周王朝的东方重镇，又担负征伐诸侯之命，齐国的军事力量势必不会薄弱。其始封者太公望又称师尚父，《大雅·大明》篇中描绘商周牧野之战，有"牧野洋洋，檀车煌煌，驷騵彭彭。维师尚父，时维鹰扬"之句，牧野之战的描写，不过两章，在宏大威严的战争场景下，特拨一笔写师尚父之英姿，可见其精于军事，卓尔不凡。此外，齐国为爽鸠氏之旧地，爽鸠即鹰，因其凶猛而冠司寇之职，掌驱捕盗贼、刑法诛戮之事。作于周代的《大明》篇中以鹰来比喻师尚父之勇武飞扬，虽不知是否巧合，也隐约可以联想到其历史传承与象征意义。齐地多东夷旧族，东夷本身也是一个尚武的民族。《说文》言："夷，东方之人也。从大从弓"，可见东夷民族擅弓箭、好狩猎的特质。上述诸传统在《齐风》中，就表现为数篇充斥着尚武精神的篇章。

　　《齐风·还》是一篇赞美猎人的诗歌。《汉书·地理志》引此诗之句略有出入，作"子之营兮，遭我乎巑之间兮"，巑通峱，即峱山，与存世《诗经》诸本相合，而格外提及的营，为齐都营丘之略称。营丘即今山东淄博，峱山位于其境。无论如何，此诗产生之地应在齐都附近：

　　　　子之还兮，遭我乎峱之间兮。并驱从两肩兮，揖我谓我儇兮。
　　　　子之茂兮，遭我乎峱之道兮。并驱从两牡兮，揖我谓我好兮。
　　　　子之昌兮，遭我乎峱之阳兮。并驱从两狼兮，揖我谓我臧兮。

一位猎人在猇山中狩猎，恰巧遇到了另一位猎人，两人同行，一路追捕猎物。他赞扬对方身手敏捷，技艺出色，体魄健壮，对方反过来也称赞他动作灵敏，本事高强。虽然诗篇中只写他们追逐野兽，没有写这次狩猎的成果，但两人的彼此誉美已经昭示此次狩猎的结果，定然是满载而归。两位猎人邂逅相遇，并未相互竞争，而是共同协作，已经可见他们的友好；而篇末臧之一字，更有道德善好之意味，用于卒章显志之笔，点明猎人不仅勇武，而且具有善德。《毛序》言齐哀公好田猎，自上而下，遂成齐国的风俗，使得政事荒废，人民逸乐，此诗为讽刺之作。但是诗篇本身的描写看不出讽刺的意味，只令人感到猎人的英武、喜悦与亲睦，是一篇轻捷昂扬之作。

《齐风·卢令》同样是赞美猎人的诗歌。《毛序》又以为此诗的主旨是"刺荒也。襄公好田猎毕弋而不修民事，百姓苦之，故陈古以风焉"。然即便是"陈古以风"，诗篇中直接描绘的也当是一位美好有德之人，方能与齐襄公的失政失德形成对照：

卢令令，其人美且仁。
卢重环，其人美且鬈。
卢重锊，其人美且偲。

全篇三章，都先写黑色猎犬颈上的铃声响动，使人想象其奔跑之矫健，才引出牵着猎犬的猎人。而诗中并未进而渲染猎人的好身手，却开篇就言"其人美且仁"，着重描绘了一幅心存仁爱、体魄健美的画像，使人不禁心生敬慕之情。《卢令》比《还》更加突出地赞美猎人能有仁心。在周代，对人的评价标准不独在其才干，更在其德行，如此文武相映，方可称为君子。可见齐国的治理十分高明，在尚武传统、军事征伐之外更施以文明教化，国中才能产生如此人物。

周王朝与东夷漫长的交锋，也反映在华夏与东夷两种古文明交汇时，不同文化的相互冲突与涵容之中。齐国一带自夏、商时便是东夷之地，齐都营丘附近有莱、纪等东夷小国或亲商国家的存在，再加上周成王将薄姑国旧地封予齐国治理，《周书·蔡仲之命》载，"成王既践奄，将迁其君于蒲姑，周公告召公，作《将蒲姑》"，即周灭奄、薄姑后，将奄人迁徙至薄姑之地，如何对待这些遗民与原住民所秉承的殷商、东夷文化，便成为齐国政治治理的一个重要问题。

齐国之教自太公望始，他对这片东夷故地的治理是因地制宜的。《史记·齐太公世家》记载："太公至国，修政，因其俗，简其礼，通商工之业，便鱼盐之利，而人民多归齐，齐为大国。"姜太公执政，简化周之礼乐文明制度，不从根本上更改东夷旧俗，进而鼓励工商鱼盐等行业，发展经济，于是使得民心归顺，国力强盛。这种施政方式，与同样封于东夷旧地的鲁国截然不同，《史记·鲁周公世家》对比了二者施政的差异与成效：

> 鲁公伯禽之初受封之鲁，三年而后报政周公。周公曰："何迟也？"伯禽曰："变其俗，革其礼，丧三年然后除之，故迟。"太公亦封于齐，五月而报政周公。周公曰："何疾也？"曰："吾简其君臣礼，从其俗为也。"及后闻伯禽报政迟，乃叹曰："呜呼，鲁后世其北面事齐矣！夫政不简不易，民不有近；平易近民，民必归之。"

周公之子伯禽封于鲁国后，以周之礼乐制度全盘取代东夷旧俗，更着重提到三年之丧。按《礼记·檀弓》："事亲有隐而无犯，左右就养无方，服勤至死，致丧三年。事君有犯而无隐，左右就养有方，服勤至死，方丧三年。事师无犯无隐，左右就养无方，服勤至死，心丧三年。"为父母服丧称致丧，以事父母之丧礼事君称方丧，弟子不着丧服为老师守丧称心丧，事亲、事君、事师，皆为礼之至重者，故其期达三年之久。周监于夏商二代，承华夏之文明主脉，故注重礼葬死者与先祖祭祀，其后孔子总结周文，归为"慎终追远"四字。大凡移风易俗之举，本非短期可成，而伯禽欲以周之礼制全面替代东夷风俗，其最重者，也在丧葬祭祀之礼，故而必待推行三年之丧后，方可初告成功。这与姜太公因地就简、不废旧俗的施政方式迥异，所用时间亦大为不同。伯禽治国费时三年，姜太公则仅用五个月便治国有成。故这一记载中认为，齐国在后世必然功业大成，而鲁国只能居于齐国之下。

究其原因，则是为政之关键在于得民心，伯禽刻意推行周礼，失之繁复，不能使民众亲近他，而姜太公的政令平易近人，足以令人归心。

从《史记》这段记载可知，齐国在最初的施政中，就充分尊重和吸纳了旧有的东夷文化，将之与周礼相融合，建构了令当地民众乐于遵从的制度；此外，太公"修道术，尊贤智，赏有功"，较早地在讲求血缘的宗法制之外开启了广为选拔贤能之路，故而在收纳人心、增强国力等方面都事半功倍。

姜太公之政也重视齐国的工商业发展。《汉书·地理志》言，"古有分土，亡分民。太公以齐地负海舄卤，少五谷而人民寡，乃劝以女工之业，通鱼盐之利，而人物辐凑"。《史记·货殖列传》则言齐人"设智巧，仰机利"，有以智求利之风。不同于郑、卫等国本居中原沃土，人口稠密，农耕发达，令殷商遗民行商四方，主要还是出于使他们与土地分离的政治原因；齐国的土地多盐碱化，人民也稀少，因而姜太公同样因地制宜，在举国上下都鼓励工商业，这一另辟蹊径最终导致了齐国的富强，被《货殖列传》赞为"冠带衣履天下，海岱之间敛袂而往朝焉"。春秋初年齐桓公用管仲执政，也推行相似的经济政策。因而，与郑、卫二国相似，《齐风》中爱情诗的比例亦较高，如《鸡鸣》《著》《东方之日》《甫田》等，然而诗中的地域特质并不强，故在此不做赘述。

《左传·襄公二十九年》记载，吴公子札至鲁，"为之歌《齐》，曰：'美哉，泱泱乎！大风也哉！表东海者，其大公乎！国未可量也'"。认为齐国的音乐宏大深远，此前在姜太公奠定的治道之下，其国力曾领袖东海诸国，日后也当不可限量。季札观乐之事发生于公元前544年，齐国已一度称霸，从这一事实看，季札的评论是符合的。

《礼记·乐记》中子夏对齐国音乐则有着相反的评价，认为"齐音敖辟乔志"，其音乐风格古怪，故使人性情傲慢，此外，齐国音乐与郑、宋、卫等国的音乐一样，都使人"淫于色而害于德"。考虑到齐国在姜太公治理下留存的东夷文化血脉，其音乐风格与华夏传统相异之处，或当来自东夷的风俗。而考诸《齐风》诸篇，一些内容也与受到季札赞美的宏大深远的音乐并不匹配。

《诗经》文化笔记　邦畿千里，维民所止——诸《国风》及其地理风土

如郑、卫等国一样，齐国经济的发达一定程度上影响到其社会风俗。《汉书·地理志》指出了齐人整体性格中的弊病，"其失夸奢朋党，言与行缪，虚诈不情"，他们容易奢侈过度，朋党相群，又因重机巧而多虚妄诡诈之言行。齐国的第十四位国君齐襄公，就有奢侈与乱伦两大道德缺陷。《管子·小匡》篇说他"高台广池，湛乐饮酒，田猎罼弋，不听国政。卑圣侮士，唯女是崇，九妃六嫔，陈妾数千。食必粱肉，衣必文绣，而戎士冻饥"，逸乐无度，荒废朝政。此外，他更与其妹文姜乱伦，在文姜嫁为鲁桓公夫人后，仍不戒绝这段关系，甚至进而在鲁桓公携文姜入齐时，害死鲁桓公。

《齐风》中的《南山》《敝笱》《载驱》等篇，皆属对齐国公室乱伦的讥讽。如《齐风·载驱》：

载驱薄薄，簟茀朱鞹。鲁道有荡，齐子发夕。
四骊济济，垂辔沵沵。鲁道有荡，齐子岂弟。
汶水汤汤，行人彭彭。鲁道有荡，齐子翱翔。
汶水滔滔，行人儦儦。鲁道有荡，齐子游敖。

此诗主旨，《毛序》以为"齐人刺襄公也。无礼义故，盛其车服，疾驱于通道大都，与文姜淫播其恶于万民焉"。《诗集传》以为"前二章刺齐襄，后二章刺鲁桓也"，且认为前二章描写的富丽车马为"齐人刺文姜乘此车而来会襄公也。"《诗经原始》以为"此诗以专刺文姜为主，不必牵涉襄公，而襄公之恶自不可掩"。考诸史籍记载，三者以《原始》之说更妥。

据《春秋》载，鲁桓公三年娶文姜为夫人之后，其下十五年中，文姜事迹不见于史书，有据可查的文姜入鲁后首次与齐襄公相会，即发生在鲁桓公十八年的"公与夫人姜氏遂如齐"，导致鲁桓公被杀一事。而在此后，《春秋》记载了文姜与齐襄公在数年中的频繁相会，鲁庄公元年三月"夫人孙于齐"，庄公二年冬十二月"夫人姜氏会齐侯于禚"，庄公四年二月"夫人姜氏享齐侯于祝丘"，庄公五年夏"夫人姜氏如齐师"，庄公七年春"夫人姜氏会齐侯于防"，冬"夫人姜氏会齐侯于谷"，直至庄公八年齐襄公被公孙无知所杀，二人的私会方才告一段落。

按上述二人相会之地，多在齐鲁二国域内边境。因春秋时大小诸侯国疆界漫漶，在扩张兼并的过程中，边境城邑亦多错杂，故而仅据《春秋左传正义》之说，参照《中国历史地图集》所示，认为禚为齐邑，在齐国西境，在鲁国之北；祝丘为鲁邑，在鲁东边陲，齐境西南；防为鲁邑，亦在鲁东；谷为齐邑，在鲁国之北。惟庄公五年"夫人姜氏如齐师"一事，《春秋左传正义》以为"据盖齐侯疆理纪地，有师在纪"，当在旧纪国境内。纪为小国，地在齐都临淄以东不远，鲁庄公四年，纪为齐所吞并，"纪侯大去其国"，故文姜入齐军中时，纪地已在齐国腹地。除纪之外，禚、祝丘、防、谷，皆在齐鲁边陲，则文姜由鲁都曲阜出发，齐襄公由齐都临淄出发，会于边境，当属合理。

诗的后二章反复以汶水起兴。汶水在今山东省，为古代济水的支流，在春秋时由齐、鲁之间的边境发端，流至鲁国境内，注入济水。由于汶水主要流域在鲁境，以此起兴，可见诗篇所刺者在鲁不在齐。此外，诗中尚反复提及"鲁道"，与汶水的地理位置相对照，更可知全篇所指，乃是文姜驾车自宽阔平坦的鲁国大道驶向齐鲁边境，来与齐襄公相会，即方玉润所谓"此诗以专刺文姜为主"。而究上述各邑之位置，防与祝丘在齐南鲁东，地近沂水，禚与谷在齐西鲁北，地近济水，纪更在齐之东北，皆与汶水相隔甚远，又可知诗篇所刺虽为事实，其描写却虚实相生，汶水在诗中仅作为鲁国之指代出现，而与文姜的实际行踪无涉。

《齐风·南山》与《载驱》所斥同为此事，但除了文姜之外，也明确地将国君齐襄公作为讽刺的对象：

南山崔崔，雄狐绥绥。鲁道有荡，齐子由归。既曰归止，曷又怀止？

葛屦五两，冠緌双止。鲁道有荡，齐子庸止。既曰庸止，曷又从止？

蓺麻如之何？衡从其亩。取妻如之何？必告父母。既曰告止，曷又鞠止？

析薪如之何？匪斧不克。取妻如之何？匪媒不得。既曰得止，曷又极止？

《诗经》文化笔记 邦畿千里，维民所止——诸《国风》及其地理风土

南山顾名思义，在齐国都城临淄之南，一名牛山。《韩诗外传》言，"齐景公游于牛山之上，而北望齐"，可知此山下临齐都。又据《晏子春秋》楚巫对齐景公之言，"五帝之位，在于国南，请斋而后登之"，则此山当为齐地之形胜，有祭祀神明之功能，对于齐国的意义十分重要。《南山》开篇就描绘国之形胜南山的高远巍峨，令人有高山仰止之感，以示齐君应有之尊严；然而紧接着便笔锋一转，在山中诸多草木禽兽之中，独写一只雄狐大摇大摆地行走，想要求取配偶，来讥刺齐襄公的乱行。二者同为起兴之笔，而寓意截然相反，浓重的讽刺意味扑面而来。

《汉书·地理志》记述了齐襄公之乱行对齐国风俗的影响，"襄公淫乱，姑姊妹不嫁，于是令国中民家长女不得嫁，名曰'巫儿'，为家主祠，嫁者不利其家，民至今以为俗"，并感叹道："痛乎，道民之道，可不慎哉！"周代礼乐文明及继承发扬其精髓的儒家思想，都以自上而下的道德风化为统治要素，认为为人君者应当自修其德，以示范于民，而《齐风》中的这几篇自下而上的刺诗，连同其在两汉之世的风俗遗存，则从反面展示了君主失德的后果。

地接虞夏：河水之曲的《魏风》

两周时，前后有二魏国。初之魏国为西周所封之同姓小国，始封者不详，东周惠王十六年（公元前661年），为晋献公所灭。晋献公以其地封大夫毕万，遂立魏邑，其后裔世为晋大夫，至魏桓子时，与韩、赵共分晋，及魏文侯立国，亦称魏国，即战国七雄之一。《魏风》中的七篇诗歌都产生于姬姓魏国时，在春秋初期之前。

姬姓魏国之封地在今山西芮城一带。《汉书·地理志》言其"在晋之南河曲"，郑玄《诗谱·魏谱》则将其地理叙述得更为详细："在《禹贡》冀州雷首之北，析城之西，周以封同姓焉。其封域南枕河曲，北涉汾水。"《毛诗正义》进而用《魏风》之篇句来证其地理位置，认为《魏风》中有"彼汾一曲""置诸河之干兮"等句，"是南枕河曲也"；又有"彼汾沮洳，言采其莫"之句，"故知北涉汾水"。

对照古今地图，芮城南临黄河，向西可至河曲，与"南枕河曲"之说相合。然而汾河在芮城北部较远，历史上亦无较大的改道发生；在西周之时，姬姓魏国之正北有郇国，再向北，汾水南岸有耿国，在汾河之南、河曲之北的丘原之地上，这是较为主要的三国。魏、郇、耿等国皆为姬姓小国，周王室在立国前期分封同姓，以为屏藩，《左传·僖公二十四年》中所载"管、蔡、郕、霍、鲁、卫、毛、聃、郜、雍、曹、滕、毕、原、酆、郇，文之昭也"，其中大多国家的疆域通常不广。晋献公于同年灭耿、霍、魏三国，以魏地封毕万为大夫，耿地封赵夙为大夫，参照魏、耿二国的相对位置，或许也可证明魏地不过大国之一邑。故由此推测，魏国之境当不至汾水，其诗中涉及汾水，或许是因当地诸小国疆界漫漶，国人涉远所致。又或者，《魏风》也有可能是河、汾之地风诗的通称。

《诗谱》言魏地为"虞舜、夏禹所都之地"。芮城今属山西运城市，而虞舜都城在蒲坂，即今永济，同属运城市；夏禹都城有几说，据晋皇甫谧《帝王世纪》总结，一说在安邑，一说在平阳，一说在晋阳，其中安邑即今运城一带。《春秋左传正义》取安邑之说，言"尧治平阳，舜治蒲坂，禹治安邑，三都相去各二百余里"。《毛诗正义》引服虔所论，"尧居冀州，虞、夏因之，不迁居，不易民。其陶唐、虞、夏之都大率相近，不出河东之界"。所论观点大致相类，都认为尧舜禹曾各自在河东一带建都，而以舜、禹之都城旧址距离周代之魏都较近，故认为魏地文化当存有古之遗风。

魏地既被认为是虞舜、夏禹之旧地，理当为善德风化之所存。《左传·襄公二十九年》载季札观乐，"为之歌《魏》，曰：'美哉，沨沨乎！大而婉，险而易行，以德辅此，则明主也'"。魏地之乐，声音宏大却婉转悠扬，音调激亢却流畅动听，与这样的音乐相应的民风民情也应当是复杂丰厚，能发能收的，故而季札认为，若君主以德政治理此处，于民以适当的教化，即可成为贤君。既然说"以德辅此，则明主也"，当可知魏国实际情况必不如此，季札此论，实则较为委婉地批评了魏国之政。

魏国所处为丘原之地，土地狭小寒薄，又位于大国周边，人民生活想必艰难。这样的地理环境，使得"其民机巧趋利"，而国君吝啬暴躁，无以教化导引民众，因此雪上加霜，使国力民力日趋削薄。《诗谱》将夏禹之德与魏君之行做了细致的对比:"禹菲饮食而致孝乎鬼神,恶衣服而致美乎黻冕,卑宫室而尽力乎沟洫。此一帝一王,俭约之化,于时犹存。及今魏君,啬而褊急,不务广修德于民,教以义方。其与秦、晋邻国,日见侵削,国人忧之。"俭约之行,在夏禹为以道德约束自身的准则,在魏国统治者却成为他们放纵欲望、待民刻薄的源头。于是"当周平、桓之世,魏之变风始作"。《魏风》今存世七篇,基本都为刺诗,其占比是十五国风中最高的,由此可知季札所论之确。

由《魏风》窥魏国之政,一派风雨飘摇。《葛屦》《硕鼠》《伐檀》等篇,都描写民众困于贪残之政,讽刺统治者之鄙陋与贪婪。《伐檀》和《硕鼠》都以民众的口吻,控诉统治者的不劳而获与贪得无厌,《伐檀》讽刺他们"彼君子兮,不素餐兮",在《硕鼠》中,民众更发出呼告,"逝将去女,适彼乐土",希望能够脱离上层贵族的控制与剥削。这两篇都是非常直白有力的诗歌。而《葛屦》则生动地刻画了这类统治者的形象:

纠纠葛屦,可以履霜?掺掺女手,可以缝裳?要之襋之,好人服之。好人提提,宛然左辟,佩其象揥。维是褊心,是以为刺。

诗的首章描写一位饥寒交迫的侍女,被迫为女主人缝制衣服,并服侍她穿衣。次章则写这一女主人的形象,她安闲自在地任侍女服侍,却又对她不屑一顾,"宛然左辟",故作姿态地转过身去,只顾用象牙簪子装扮自己。如此矫揉造作,毫无美善之德,诗篇中却称她为"好人",愈形讽刺。"维是褊心,是以为刺"二句,点明其狭隘的心胸,不但可谓此篇中卒章显志之笔,也可以为《魏风》通篇做一注脚。

《魏风·汾沮洳》的场景则在较远的汾水边,女子在水边湿地采摘桑叶、野菜,思念她的情人:

彼汾沮洳,言采其莫。彼其之子,美无度。美无度,殊异乎公路。
彼汾一方,言采其桑。彼其之子,美如英。美如英,殊异乎公行。
彼汾一曲,言采其藚。彼其之子,美如玉。美如玉,殊异乎公族。

采撷与采撷过程中对爱人的思念，是《诗经》中爱情诗常见的要素，《卷耳》《采绿》等篇皆是如此。而《汾沮洳》的寓意不止于爱情与思念，女子在极力夸赞自己的意中人样貌出众、德行如玉之外，更格外强调他的美好"殊异乎公路""公行""公族"，与那些官吏与贵族子弟大不相同。虽是情诗，也流露出对政事的鄙视与厌弃，特色十分鲜明。

民众的怨怼已经如此，国中的有识之士更是忧心忡忡。《魏风·园有桃》抒发了这一类人的忧思：

> 园有桃，其实之殽。心之忧矣，我歌且谣。不知我者，谓我士也骄。彼人是哉，子曰何其！心之忧矣，其谁知之？其谁知之，盖亦勿思！
> 园有棘，其实之食。心之忧矣，聊以行国。不知我者，谓我士也罔极。彼人是哉，子曰何其！心之忧矣，其谁知之？其谁知之，盖亦勿思！

园中的桃树与酸枣树都果实累累，这丰收的景象本应令人喜悦，诗人却只感到忧伤。草木春华秋实，拥有完满无憾的四季轮回，反衬出他人生中无可弥补的憾恨。国势衰颓，统治者大多随波逐流，士阶层中的有志者虽有抱负，却无人理解，无力回天。这篇被反复吟诵的《园有桃》，凝聚着他们的遗憾与孤独，也沉淀了魏国的风雨飘摇。《毛序》评价其主旨为"大夫忧其君国小而迫，而俭以啬，不能用其民，而无德教，日以侵削，故作是诗也"，可谓十分切合。

山河表里：忧深思远的《唐风》

《唐风》为晋国之诗。晋国之地在今山西南部，包括今翼城、绛县、闻喜等地。所以称"唐"，据郑玄《诗谱》载："唐者，帝尧旧都之地。今日太原晋阳，是尧始居此，后乃迁河东平阳。成王封母弟叔虞于尧之故墟，曰唐侯。南有晋水，至子燮改为晋侯。其封域在《禹贡》冀州太行、恒山之西，太原、太岳之野。"认为尧曾在平阳定都，因其号称陶唐氏，故周人仍一度称此处为唐，即《史记》"唐在河、汾之东，方百里"之说。成王封叔虞时，以其地称唐侯，至叔虞之子燮，方因地近晋水故，改称为晋。

《水经注》载，"晋水出晋阳县西悬瓮山，县，故唐国也"，又言"昔智伯之遏晋水以灌晋阳，其川上溯，后人踵其遗迹，蓄以为沼，沼西际山枕水，有唐叔虞祠"，所述乃今山西太原一带的晋水与晋祠。然而此晋水之得名，当在汉晋之后，并非《诗谱》中提及的古之晋水。据《左传》记载，直至春秋后期的晋平公十七年（公元前541年），"晋荀吴帅师败狄于大卤"，才将今太原一带划入晋国版图，在西周之初，燮不可能根据太原之晋水来更改国号。因此，西周初年的晋水必须是当时晋国百里之地中的重要水系，方可被晋人倚为形胜，以此变唐为晋。

在西周时，山西南部一带较为重要的河流只有自北流经的汾水，此外就是汾水的一级支流浍水。《水经注》载，"浍水东出绛高山，亦曰河南山，又曰浍山，西径翼城南"。按《春秋左传正义》"翼，晋旧都，在平阳绛邑县东"之记载，晋国早期都城当名翼，即今山西翼城一带。浍水流经翼城之南，这一地理形势，与《诗谱》"南有晋水"之说相合。据《水经注》所考，浍水为当地诸水之主脉，黑水、贺水、高泉水、紫谷水、田川水、于家水、范壁水、绛水等河流，均最终汇入浍水："其水又西南合黑水，水导源东北黑水谷，西南流径翼城北，右引北川水，水出平川，南流注之，乱流西南入浍水。浍水又西南与诸水合，谓之浍交。……又有贺水，东出近川，西南至浍交入浍。又有高泉水，出东南近川，西北趣浍交注浍。又南，紫谷水东出白马山白马川……西径荧庭城南，而西出紫谷，与乾河合，即教水之枝川也。……其水西与田川水合，水出东溪，西北至浍交入浍。又有于家水出于家谷。……有范壁水出于壁下……二水合而西北流，至浍交入浍。浍水又西南与绛水合……水出绛山东……西北流注于浍。"而史载晋国历次迁都，也均不出浍水干流之流域，即便在"曲沃代翼"之争后，也仍将浍水之滨的翼城而非涑水之滨的曲沃定为都城；最后迁都于新田，亦在浍水与汾水交会处，可见古之晋水当是后之浍水。

晋国之都城，见于史书者有翼、绛、曲沃、新田等。其中翼为晋初始之都城，此后至晋献公时，据不同文献记载，晋国都城曾有数次变更。其中郑玄《诗谱》认为，叔虞之曾孙成侯曾经向南迁都，居于曲沃一带；此后晋穆侯又迁都于绛。《水经注》从此说，且认为至孝侯时，"改绛为翼，翼为晋之旧都也"，以旧都命名，将绛改名为翼；晋献公时，"北广其城，方二里，又命之为绛"，则是重修绛城，且将其地更名为绛。按此，则晋国自始都之翼迁于曲沃，后迁于绛，又一度将绛更名为翼，至晋献公时又复绛之名。即是说，在穆侯徙绛后，晋国直至献公，都没有徙都之举，仅对其名称进行了数次变更。而《毛诗正义》综合杜预之说，认为"穆侯徙绛，昭侯以下又徙于翼。及武公并晋，又都绛也"，且引《左传·庄公二十六年》称晋献公命士蔿城绛，"以深其宫"，以证明晋武公迁都于绛。此论没有提到成侯迁曲沃，则穆侯当是从旧都翼城徙于绛，其后昭侯一度迁回翼，晋武公时又由翼迁绛，至晋献公时，遂以绛为根基，扩大其规模。据此说，则晋国曾在旧都翼与新都绛之间有数次迁徙。二者虽有出入，但综观可知，翼、绛在西周至春秋早期时，都曾为晋国都城，且其地相去不远，杜预便认为二者都在"今平阳绛邑县东"。西晋平阳郡郡治即今临汾一带，绛邑在其东南，南临浍水中游，即今之翼城西南一带，西周春秋时绛、翼二城之所在。而如从郑玄之说，绛地更有一地二名之可能，今之学者如谭其骧即认为翼、绛为一地，即今翼城一带。然而西周文献存世过少，其具体迁都过程与地理位置毕竟无可详考。

自晋献公扩建绛城，其后近百年中晋国都未再迁都。《左传·庄公二十八年》（公元前666年）晋献公"使太子居曲沃，重耳居蒲城，夷吾居屈。群公子皆鄙，唯二姬之子在绛"；僖公三十二年（公元前628年），"晋文公卒。庚辰，将殡于曲沃，出绛"；文公十七年（公元前610年），"夷与孤之二三臣相及于绛"等记载，都显示晋献公后都城一直在绛。而翼作为旧都，以重要邑城的形式存在，《左传》成公十八年（公元前573年），晋已迁都新绛，尚有"晋栾书、中行偃使程滑弑厉公，葬之于翼东门之外"的记载。

而晋的最后一次迁都在《左传·成公六年》（公元前585年），晋景公时"晋人谋去故绛"。故绛，即晋都绛，《左传》冠以"故"，是为了与所迁之新绛相区别。其时晋国大夫多欲迁都于郇。郇在翼城以西，汾水北岸，旧有郇国，为晋武公时所灭小国之一，因其地土地丰沃，故为迁都之选。惟韩献子提出异议，认为郇地土薄水浅，不易养民力国力，建议迁都于汾水、浍水之交，土厚水深的新田之地。晋景公从其说，"夏四月丁丑，晋迁于新田"，称为新绛，其地在今侯马以西。晋国几次迁都，皆不出浍水流域，亦可证前文此水即古之晋水，为晋国之重要命脉之观点。

《郑笺》所述"至曾孙成侯，南徙居曲沃"，提到了晋国历史上非常重要的一座城邑——曲沃。曲沃在今山西南部闻喜县一带，《水经注》载涑水流经其城南。按钱穆《古史地理论丛》中《周初地理考》一文，认为晋南之涑水为古之晋水，唐地所在"河汾之地以东"，当为黄河与汾水合流后接近河曲之一段流域，故晋国之初封当在较南之闻喜，而不在较北之翼城。此外又以《史记》成王桐叶封弟故事，引旧说认为太甲流放桐宫之桐宫即为闻喜。然而闻喜地近郇国，与晋国疆域方百里之说略有不谐，且钱先生此说对于"河汾以东"之界定亦与常例不同，故此处仍从主流而不从其论，但备为一说。而无论是成侯南迁曲沃之说，或曲沃为晋之始封之说，都足以佐证曲沃一地的地位。

公元前746年，晋昭侯封其叔父成师于曲沃，号称桓叔，地称沃国。按杜预之说，昭侯时已迁都于翼，而郑玄认为，至昭侯之子孝侯，方将都城绛更名为翼。二者之说未知孰是，然而自昭、孝二侯之际，晋国都城为翼当属切实。《史记·晋世家》言"曲沃邑大于翼"，其城邑规模超过都城，可谓本末倒置，国之有识者多有忧虑。桓叔好德，颇得人心，于是曲沃之势力逐渐增长，与晋都翼城分庭抗礼，由此遂有"曲沃代翼"的一系列历史事件。公元前739年，晋国大夫潘父弑昭侯，欲迎曲沃桓叔入翼，但是桓叔被晋君打败，又回到曲沃，晋人立昭侯之子，是为孝侯。公元前725年，曲沃桓叔之子曲沃庄伯在位，遣人刺杀孝侯，然而其军队又被晋人击退，晋人遂立孝侯之子鄂侯。公元前718年，鄂侯去世，曲沃庄伯再度攻打翼城，被周王命虢公率军击败，即《左传·隐公五年》所谓"曲沃庄伯以郑人、邢人伐翼，王使尹氏、武氏助之。翼侯奔随"，"曲沃叛王。秋，王命虢公伐曲沃，而立哀侯于翼"二事。是年，晋人立鄂侯子哀侯。公元前709年，曲沃庄伯之子曲沃武公在位，再度攻打翼，俘虏晋哀侯，即《左传·桓公三年》，"曲沃武公伐翼，次于陉庭……逐翼侯于汾隰，骖絓而止，夜获之"。

于是晋人立哀侯之子，史称小子侯。四年后的桓公七年，即公元前705年冬，"曲沃伯诱晋小子侯杀之"，"八年春，灭翼"。而同年冬天，周桓王"命虢仲立晋哀侯之弟缗于晋"，次年秋，又命"虢仲、芮伯、梁伯、荀侯、贾伯伐曲沃"，试图继续扶持晋之正统。至公元前678年，周釐王四年，"王使虢公命曲沃伯以一军为晋侯"。据《史记》称，是年曲沃武公攻灭晋侯缗，以其宝器贿赂周釐王，遂得封为晋侯。至此，翼与曲沃长达数代之争终以曲沃武公迁都于翼而告结束。

后人有将这一时期的曲沃也视为晋都者，当是因为曲沃时有沃国之称，且《晋世家》载曲沃武公"前即位曲沃，通年三十八年"，即是曲沃武公即位时已经称公，故代翼之后仍沿用原本纪年，而曲沃也一度成为与翼相对的另一个都城。此后，晋国即将曲沃视为"宗邑"，晋君继位均需赴曲沃"朝于武宫"，并且晋君去世后均"殡于曲沃"。作为晋国宗庙之所在，曲沃其后虽不为都城，地位亦不容忽视。

《唐风·扬之水》篇即产生于曲沃代翼期间，学者多以为发生在曲沃桓叔时期：

> 扬之水，白石凿凿。素衣朱襮，从子于沃。既见君子，云何不乐。
> 扬之水，白石皓皓。素衣朱绣，从子于鹄。既见君子，云何其忧。
> 扬之水，白石粼粼。我闻有命，不敢以告人！

沃即曲沃。鹄，据《水经注》："涑水又西南径左邑县故城南，故曲沃也。晋武公自晋阳徙此，秦改为左邑县，《诗》所谓'从子于鹄'者也"，则鹄为曲沃之别称。《毛序》以为诗篇主旨为"刺晋昭公也。昭公分国以封沃，沃盛强，昭公微弱，国人将叛而归沃焉"。朱熹《诗集传》亦同此说，认为"后沃盛强而晋微弱，国人将叛而归之，故作此诗"。诗之三章，起兴处反复提到，河中流水激急，却不能动摇白石，只将其冲刷得更加鲜明光亮，即是影射晋侯任由曲沃桓叔坐大。而因桓叔有德，众人归心，一群晋国人正准备去追随他，诗中"既见君子，云何不乐""云何其忧"之句，直接写出他们对曲沃桓叔的敬慕与拥戴。而"素衣朱襮""素衣朱绣"则都是

《诗经》文化笔记——邦畿千里，维民所止——诸《国风》及其地理风土

诸侯的服饰，以此来暗示曲沃桓叔的野心。末章"我闻有命，不敢以告人"之句，更流露出秘密策谋的气息，表示即将有事发生，而诗篇就在这种悬念中戛然而止，予人以紧张之感。朱熹又以为"闻其命而不敢以告人者，为之隐也。桓叔将以倾晋，而民为之隐，盖欲其成矣"，认为桓叔深得民心，故士民对其谋划虽有所知，却为他隐瞒，期待他代翼成功，这一解释入于情理，也非常巧妙。

就此诗作者之立场，其余学者尚有不同之说。严粲《诗缉》认为"将叛者潘父之徒而已，国人拳拳于昭公，无叛心也……异时潘父弑昭公，迎桓叔，晋人发兵攻桓叔，桓叔败，还，归曲沃，皆可以见国人之心矣"，以潘父作乱，曲沃桓叔代翼不成之史实，证明晋国人心之所向，仍在翼之正统。姚际恒《诗经通论》从此说。方玉润《诗经原始》亦从此说，"此诗正发潘父之谋，其忠告于昭公者，可谓切至"，认为此诗影射潘父欲谋害晋昭侯之事，欲向昭公示警。这些论说也有一定的史实依据。无论如何，《扬之水》的政治指向性，可说是非常鲜明。

《毛序》对《唐风》诸篇的阐释，格外重视曲沃代翼这段历史，如认为《椒聊》篇"彼其之子，硕大无朋。椒聊且！远条且！"乃赞颂桓叔之德生生不息，且预言晋室将为曲沃吞并，"君子见沃之盛强，能修其政，知其蕃衍盛大，子孙将有晋国焉"；《杕杜》篇"嗟行之人，胡不比焉？人无兄弟，胡不佽焉？"借对亲缘关系的推重，刺晋君"不能亲其宗族，骨肉离散，独居而无兄弟，将为沃所并尔"；《鸨羽》篇"王事靡盬，不能蓺黍稷，父母何食？悠悠苍天，曷其有极？"描绘曲沃代翼之际多兴战事，以致民生流离之况，刺"昭公（即昭侯）之后，大乱五世，君子下从征役，不得养其父母"。此外如《无衣》刺晋武公得位不当，《有杕之杜》刺武公兼并宗族而不肯求贤等，亦是曲沃代翼之事的余波。虽然若仅以一般情理察之诗意，未必每篇诗歌都直应其事，然而《毛序》此说，亦可作为以历史脉络全面解读《唐风》的代表。

晋国在周初受封疆域方百里，终西周之世，未有大的拓展，其灭国开疆，发生在曲沃代翼之后，晋武公、献公之时。晋武公灭汾水之滨的郇国。晋献公灭位于河曲之地的姬姓魏国，以其地封毕万；灭汾水南岸的耿国，以其地封赵夙；且将大夫韩武子封于汾水以南的韩原，此外又灭霍、虞、虢、蒲等周边诸小国，将国土扩大到东有太行，西有吕梁，南有黄河与太行山脉之末端，其间较为平坦丰沃之诸盆地皆归晋国所有，即《汉书·地理志》云："河东土地平易，有盐铁之饶。"两山一河，形成了天然险要的区隔。即便北部的太原盆地仍有戎狄势力，因其间山岭纵横，也可具防御之功。

因此，晋国古有"表里山河"之称，言其地势险要，易守难攻。《左传·僖公二十八年》载："楚师背酅而舍，晋侯患之。听舆人之诵曰：'原田每每，舍其旧而新是谋。'公疑焉。子犯曰：'战也！战而捷，必得诸侯。若其不捷，表里山河，必无害也。'"晋楚之战中，因晋南之地有黄河天险与太行山脉的双重阻隔，晋国便有恃无恐，可见其地利。

晋地多山，《唐风·采苓》篇中就提到了晋国的一座山峰：

采苓采苓，首阳之巅。人之为言，苟亦无信。舍旃舍旃，苟亦无然。人之为言，胡得焉！
采苦采苦，首阳之下。人之为言，苟亦无与。舍旃舍旃，苟亦无然。人之为言，胡得焉！
采葑采葑，首阳之东。人之为言，苟亦无从。舍旃舍旃，苟亦无然。人之为言，胡得焉！

此首阳山即雷首山，亦即《尚书·禹贡》篇之"壶口、雷首，至于太岳"，《通典》载"此山凡有八名，即历山、首阳山、薄山、襄山、甘枣山、中条山、渠猪山、独山"，其主峰在今山西永济县南，地在芮城之西。芮城在周初为姬姓魏国的封地，后晋献公灭魏，这一带土地皆属晋国，故《采苓》篇极有可能产生于晋献公时或稍晚。《毛序》以此诗主旨为"刺晋献公也。献公好听谗焉"。诗的首章以在首阳山巅采苓起兴，苓即甘草，性喜低湿，不应生长于山巅之处，诗篇以此揭示人言之伪，有似是而非者，不可轻信。晋献公曾听骊姬谗言，致太子申生自缢，国人作《采苓》以刺此事，未必没有可能，故其后学者多从此说。

晋国初封之地与姬姓魏国地理相近，其地皆有上古三代文明之遗存，然而《唐风》以唐尧之故称《唐风》,《魏风》却不以虞舜、夏禹之故称《虞风》或者《夏风》。《毛诗正义》以为,这一差异是与两国君主的德行相关的。"晋有唐之遗风,诗称唐国。此(魏国)有舜、禹旧化,其诗不称虞、夏者,晋初,唐叔封为唐侯,又能忧深思远,有尧之遗风,故谓之唐。魏初无虞、夏之名,虞、夏又非诸侯之国,徒感俭约之化,啬且褊急。"晋国都城为帝尧旧都之地,其地有帝尧风化之遗,叔虞即位后,又能够忧国忧民,从长远着眼施政,也有帝尧德政之风,故其诗篇名实相应,可获"唐"之誉。而姬姓魏国之地不在虞、夏之墟,只是地理相接,虞夏二都旧址也无其余诸侯国存在,其位不当,而且魏国之上下风化,未能全盘继承舜、禹的俭约之德,反而偏失为吝啬急躁,名实不应,故不能冠以虞夏之称。

《左传·定公四年》载,成王封叔虞时,"命以《唐诰》,而封于夏墟",因夏禹一度都于平阳,故这一带又称"夏墟"。不称夏而称唐,或是因尧之年代早于禹,愈可见其德行风化流播之深远。《唐诰》为佚篇,今已不存,然而周初封康叔于卫,作《康诰》;封伯禽于鲁,作《伯禽之命》,皆为授土授民之政令。其中《康诰》文本仍存于《尚书》,谆谆教导康叔敬天法祖,修德爱民之道,《唐诰》的思想与此应大致相类。因此,《毛诗正义》将《唐风》的命名与帝尧相联系,赋予其道德意义,也是其来有自。

《左传·襄公二十九年》载季札观乐,对《唐风》中蕴含之德思有盛赞。"为之歌《唐》,曰:'思深哉!其有陶唐氏之遗民乎!不然,何其忧之远也?非令德之后,谁能若是?'"季札提出,晋国之乐有深远之忧思,若非继承了有德者之教化,不能为此,因此判断晋国之施政当有帝尧之风。

《正义》提到所谓帝尧"俭约之化",按《汉书·地理志》载,河东之地"本唐尧所居,《诗·风》唐、魏之国也。……其民有先王遗教,君子深思,小人俭陋"。《毛序》认为,此地的俭约之风源自帝尧时应对大洪水的举措,"昔尧之末,洪水九年,下民其咨,万国不粒。于时杀礼以救艰厄,其流乃被于今"。由于洪灾延绵,民生艰苦,帝尧简化礼制,因此当地有了俭约之俗。同为俭约用事,君子能辅以德行,虑以长远,故称深思,小人失于德行,一味吝啬,故称鄙陋。延展至前述晋、魏两国的对比,也从其理。晋深追《唐诰》之命,魏徒感俭约之化,因此虽地理相近,其风却一深思一鄙陋，可见其褒贬。

此外，《太平御览》引《诗含神雾》，认为晋国"出孟冬之位，得常山太岳之风，音中羽。其地硗确而收，故其民俭而好畜，外急而内仁"，因晋国多山地，土地坚实而狭窄，故民风节俭，好聚敛收藏；然而又因其依常山、太岳立国，风化得山岳之厚重，故其民又有仁心，即朱熹所谓"仁者，安于义理而厚重不迁，有似于山，故乐山"。此说将地理环境与风化结合，亦可资参证。

晋国之乐久已亡佚，唐叔之政史书亦少记载，只能从存世诗篇中追溯其政教化育之风。《唐风》诸篇中，以《蟋蟀》一诗的主旨最为深远：

> 蟋蟀在堂，岁聿其莫。今我不乐，日月其除。无已大康，职思其居。好乐无荒，良士瞿瞿。
> 蟋蟀在堂，岁聿其逝。今我不乐，日月其迈。无已大康，职思其外。好乐无荒，良士蹶蹶。
> 蟋蟀在堂，役车其休。今我不乐，日月其慆。无已大康，职思其忧。好乐无荒，良士休休。

这是贤良之士所咏的诗篇。诗三章皆以秋冬之际在堂前鸣叫的蟋蟀起兴。周人观物候以序四时，蟋蟀夏日在野，秋深则迁入人家门户温暖之地，故见蟋蟀在堂，便知凛冬将至，群动寂伏，在外行役者亦将依循时令，返家休息。因而诗人感叹光阴之流逝，认为一岁将尽，正是休憩作乐之时，同时又警醒自己不可太过安乐，以致荒废职事。通观全篇，"好乐无荒"句堪为其主旨，而诗篇末章言"职思其忧"，又言"良士休休"，更是卒章显志，明其忧思深远，安乐有节，出语宁和通达，系有德者之言。

《毛序》认为此诗的创作有其具体历史背景，"刺晋僖公也。俭不中礼，故作是诗以闵之，欲其及时以礼自虞乐也"。因晋僖公吝啬，其行为不合礼制，因此导致国人不满。此说无实证，不可深信。方玉润《诗经原始》即从诗歌文本意出发，认为篇中并无讽刺之意，系晋国之士在岁暮时的自我反思，"其人素本勤俭，强作旷达，而又不敢过放其怀，恐耽逸乐，致重保障，更能令西戎归顺，而周孝王被其说服，才另封非子于秦邑。申侯此言不无私心，令其具有足够说服力的前提，在于大骆之族所处的地理位置。东犬丘距离周之丰镐二京极近，去西戎较远，不能使申侯之言成立，若其族迁至西犬丘，与西戎毗邻，则申侯对周孝王的说服才更合理。

此外，东犬丘为周懿王所迁之都城。虽然周孝王时的史颂鼎铭文"唯三年五月丁亥，王在宗周"，显示了孝王又重新迁都回到镐京的极大可能，但毕竟何时复迁镐京未有明确记载，若其时孝王未归镐京，则东犬丘仍为周都，大骆之族不可能居于此；而即便孝王归于镐京，也不大可能将懿王旧都封予非同姓之族。故而推测，在大骆至非子之际，其族已经迁于西犬丘，然而因史籍漫漶，其事已不著。而非子一支复因周孝王之封，迁至汧渭之间，为周王室牧马。

据《水经注》，汧水"出汧县之蒲谷乡弦中谷"，为渭水中部支流，其汇入渭水处，即今凤翔、宝鸡一带。所谓"汧渭之间"，即是汧水下游入渭之地。同时，孝王以秦邑封非子，使非子一支别大骆之族而另立，正式成为周之附庸。据考古学者发掘，今之陕西凤翔长青镇一带，即为秦邑之旧址。

非子复嬴氏，受秦邑，是秦人在周代兴盛的一座重要里程碑，而汧渭之地则被秦人视为其发端之地。据《史记·秦本纪》载，其后百余年，秦已在西垂立国，秦文公率七百人东猎，至汧渭二水之交，感慨道："昔周邑我先秦嬴于此，后卒获为诸侯。"随后便在此处卜居，再度经营城邑。按《水经注》，汧水"东径汧县故城北，《史记》秦文公东猎汧田，因遂都其地是也"，则秦文公卜居城邑之处当在今陕西陇县东南，位于汧水中游。《水经注》所记与《秦本纪》所述"汧渭之会"之地理有一定出入，然广义上亦在其地，可存一说。汧渭二水交会的一带地区，本是非子获封之秦邑所在，而秦文公在此着重经营，既是看重其作为始封之地的政治意义，更是看重其东接岐、丰的地理位置与战略价值。西垂在当时虽为秦都，但其地理位置过于偏僻，不能作为秦国向东发展的基础，秦文公开发汧渭，是想要立足于此，讨伐盘踞在周之旧地的西戎。

西周末年，周幽王失国身死，秦襄公率兵救周，力战有功，其后又护送平王东迁洛邑。《史记·秦本纪》载，平王"赐之岐以西之地。曰：'戎无道，侵夺我岐、丰之地，秦能攻逐戎，即有其地'"。秦襄公为文公之父，庄公之子，秦国真正得以在西垂封土赐爵，位列诸侯，享有与中原各诸侯国通使聘享之权，即是在襄公之时。岐、丰之地虽为周王室发祥地，然而此时，东迁的周王室已经丧失了西方的根基，将岐丰故地封予秦国，不过是一句虚言，秦人要获得此地，还需要自己用武力去博取。

《秦本纪》载，秦襄公在位十二年，因伐西戎死于岐山，事在周平王五年。秦文公即位后，由于早年经营汧渭之功，"十六年，文公以兵伐戎，戎败走。于是文公遂收周余民有之，地至岐，岐以东献之周"。而《今本竹书纪年》亦载"秦文公大败戎师于岐，来归岐东之田"之事，在周平王十八年。二者年代有出入，然其事为一。此前平王封秦襄公以岐西之地，秦文公驱逐西戎后，却并未趁周室衰微之机，顺势占据全部岐、丰之地，而是将岐山以东的土地归还周王室，可谓深具德行与道义。《逸周书·谥法解》曰，"道德博厚曰文"，"愍民惠礼曰文"，秦文公获此谥号，当是对其功业与品行的充分肯定。在文公之世，不独经营汧渭，平定西戎，还发展了秦国的政治与文化，至此，秦人得以置史纪事，制定法律，教化人民，真正获得了可与中原诸侯比肩的实力。

文公之后，几代秦君也都重视汧渭之地的战略意义。文公之孙秦宁公在位第二年即徙居平阳。平阳在今宝鸡之东，距汧渭之会不远，宁公、武公两代都曾立足于此，进而扫荡丰镐一带的亳、彭戏氏、邽、冀等戎族。武公更在杜、郑两地设县，其中杜县在镐京东南，郑县即今陕西华县一带，继续稳固秦之东境；又灭平阳、雍城之间的小虢国，尽获汧渭之地。其后，武公之弟秦德公卜居于平阳西北方的雍城，并正式迁都于此，此后近三百年中，直至秦孝公用商君之法，进一步壮大国力，徙都咸阳以争天下之前，雍城皆为秦之国都。可见，秦文公经营汧渭，不独使秦人复归于其初封之地，且为秦国的向东发展，获取岐丰奠定了根基，使秦人得以据有西垂与岐山之间的广大国土，实是长远之功。

秦之兴盛，历时甚久，其早期历史上的重要事件，均与其氏族精于畜牧车御之天赋密不可分。据《史记·货殖列传》载，秦人早期所居之地"西

《诗经》文化笔记　邦畿千里，维民所止——诸《国风》及其地理风土

有羌中之利，北有戎翟之畜，畜牧为天下饶"，更助长了其畜牧业之兴盛。而秦人立国百余年来，于戎狄之间力战求存，终以武功立国壮大，于是形成了重武备、高气力、好鞍马射猎之风俗，这些都催生了《秦风》中尚武的豪情，如《无衣》《车邻》《驷骥》《小戎》等篇章，或写秦人勇武慷慨之气象，如《无衣》之"岂曰无衣，与子同袍"；或写其车马田猎之隆盛，如《车邻》之"有车邻邻，有马白颠"等。

崔述《读风偶识》言："《小戎》《无衣》见风俗之悍。"此风俗即秦人尚武之风。以《秦风·小戎》篇为例：

小戎俴收，五楘梁辀。游环胁驱，阴靷鋈续。文茵畅毂，驾我骐馵。言念君子，温其如玉。在其板屋，乱我心曲。
四牡孔阜，六辔在手。骐駵是中，騧骊是骖。龙盾之合，鋈以觼軜。言念君子，温其在邑。方何为期？胡然我念之。
俴驷孔群，厹矛鋈錞。蒙伐有苑，虎韔镂膺。交韔二弓，竹闭绲縢。言念君子，载寝载兴。厌厌良人，秩秩德音。

《毛序》认为此诗与秦国早期对西戎的战争有关，诗篇主旨为"美襄公也。备其兵甲，以讨西戎。西戎方强，而征伐不休，国人则矜其车甲，妇人能闵其君子焉"。《小戎》是以一位女性的口吻所写，她的丈夫随军出征，她却没有哀怨自怜，而是不厌其烦地描绘军中精良的战车、武器与雄壮的马匹，盛赞秦军之武勇刚毅。诗风质朴刚健，又流露出一派夸示与自豪之感。秦国之女性尚且如此，可见秦于襄公至文公二代之中，即能逐走盘踞岐丰之地的西戎，与秦人的勇武和上下一心是分不开的。

又如《秦风·驷骥》篇，描绘秦君田猎之盛况：

驷骥孔阜，六辔在手。公之媚子，从公于狩。
奉时辰牡，辰牡孔硕。公曰左之，舍拔则获。
游于北园，四马既闲。輶车鸾镳，载猃歇骄。

《毛序》以为，此篇为赞美秦襄公之作，因襄公始封诸侯，遂有田狩之事，园囿之乐。而无论诗篇中赞美的究竟为哪位秦君，它都堪称一篇雄武而不失典重的作品。诗篇首章以一辆整饬的战车切入，驷马六辔，雄壮骄人，而御车之人却只是秦君的随从，由此窥豹，可见秦君之威仪，乃至这支队伍的浩壮声势。次章则是狩猎场景中之一帧，猎物被驱赶至场中，随着秦君一声呼喝，它便应弦而倒。由秦君之武勇，也可知秦人群体之武勇。末章写田猎结束之貌，却仍动感十足，驷马悠闲而轻快地小跑，銮铃声声，甚至各种猎犬也得以跳上车休憩。紧张的狩猎过后，一种舒张感扑面而来，饶有趣味。通篇以简驭繁，从容不迫，既壮声势，又具闲情，可谓融合了秦人的武勇与雍容。

马瑞辰《毛诗传笺通释》言："秦以力战开国，其以力服人者猛，故其成功也速，其延祚也短；而其蔽也失于黩武而不能自安。"此是就秦国尚武之风习，一统之功业，乃至秦王朝二世而亡的积弊等方面一概而言。然而综观《秦风》，则多为雍容典重、文辞华赡的篇章。这与《秦风》产生的历史时代有关。《汉书·地理志》言："故秦地于《禹贡》时跨雍、梁二州，《诗·风》兼秦、豳两国。"秦文公时，秦人壮大，据有周之故地，其中包括周人始基之豳地，其诗篇亦受到周人文化之影响。因此时秦国方兴礼乐文教，故《秦风》十篇多应产生于文公以下，至穆公、康公之时，这一时期，秦国国力日盛，教化初兴，且受岐丰之地留存的周文熏染，其诗歌内容在尚武之辞外，又强调其礼乐之盛，德行之美，如《车邻》之"既见君子，并坐鼓簧"，《小戎》之"厌厌良人，秩秩德音"。因此，即便置诸十五国风中，《秦风》之雅正亦位于前列，几不逊于《二南》《豳风》。而《毛序》释《秦风》时，亦多强调其礼乐文明对周文之效法与敬慕。

秦国之壮大，与秦地之富饶也密不可分。秦人不独有西垂之"畜牧为天下饶"，取岐丰之地后，据《汉书·地理志》，更有"鄠、杜竹林，南山檀柘，号称陆海，为九州膏腴"。南山，即终南山，在今西安市郊，为秦岭之一部分。《秦风·终南》中曾提及此山的物产：

终南何有？有条有梅。君子至止，锦衣狐裘。颜如渥丹，其君也哉？

《诗经》文化笔记 邦畿千里，维民所止——诸《国风》及其地理风土

终南何有？有纪有堂。君子至止，黻衣绣裳。佩玉将将，寿考不忘！

秦人收复岐西之地后，镐京附近的终南山即被纳入秦国国土。关中百二山河之地，终南山亦堪称其中形胜，据《左传·昭公四年》司马侯将终南山列为"九州之险"，其山势雄峻，可仰为国之屏藩。秦岭绵延，林木茂盛，如诗中所言"有条有梅"。据《尔雅·释木》："栲，山榎"，"梅，枏"。山榎即山楸，枏即楠。山楸木质细密柔韧，可做车板；楠木性坚耐水，是栋梁之材。以此二种树木起兴，不独表明终南之地物产丰富，更暗示它们可用于建造秦君的车驾与宫室，落笔堂皇。次章"有纪有堂"，则是写终南山有宽平根基，有险峻山崖，山形变化多端，气象万千。以如此一座丰饶巍峨的终南山起笔，是为了以物兴人，渲染秦君的风度，"锦衣狐裘"言其华贵，"黻衣绣裳"言其典重，"颜如渥丹"赞其形貌，"佩玉将将"喻其德行，一目了然是一位盛年有为、德才兼具的君王。

朱熹《诗集传》认为，"此秦人美其君之词"，《毛传》以为此诗主旨是"戒襄公也。能取周地，始为诸侯，受显服，大夫美之，故作是诗以戒劝之"。诗中对秦君的赞美溢于言表，更以他所佩戴的玉饰与国人对其长寿的祝祷暗示了其德行，而若其中有劝诫之意，也当是勉励君王自修其德，方能与这一方丰美的山川形胜相匹配。通篇文辞典雅雍容，赞美祝祷之外，又不失对德行的明喻与暗示，深具周人诗教温柔敦厚之风。

《左传》中记载季札观乐，"为之歌《秦》，曰：'此之谓夏声。夫能夏则大，大之至也，其周之旧乎！'"据梁启超《释四诗名义》，"雅"与"夏"古字相通，故夏声即雅音，亦即中原之正声。秦人以武立国，驱逐戎狄，兴盛于周之旧地，其歌诗在固有的尚武精神之外，也继承了中原之音的宏大端正，《秦风》慷慨不失端重的风格，便是由此而成。

宛丘之上：巫风轻靡的《陈风》

陈国为虞舜之后裔。《左传·襄公二十五年》载郑相子产之言，"昔虞阏父为周陶正，以服事我先王"，其中虞阏父即虞舜之三十三世孙，又

称遏父，于周文王时任陶正一职。其后周武王立国，行三恪之制，分封前代三个王朝之后裔，以延续其国之祭祀，便封虞阏父之子妫满于陈，并以长女太姬下嫁，以为姻亲，即《汉书·地理志》所载："周武王封舜后妫满于陈，是为胡公，妻以元女大姬。"子产同时也分析了陈国之封的原因，"先王赖其利器用也，与其神明之后也"，一则看重其陶正之职的功效，二则推崇其虞舜之后的身份。按《礼记·乐记》载，武王克商后，未及下车，即封黄帝之后于蓟，封帝尧之后于祝，封帝舜之后于陈。由此可知，陈国当为周代最早分封的诸侯国之一。

陈国地处黄河以南，淮水以北，国土大致为今河南东部和安徽西北部。其始建都城为株野，在今河南柘城；后迁都于宛丘，即今河南周口市淮阳县，秦汉之后的史书，多以此地为太昊伏羲氏之都城。按《左传·昭公十七年》有言"陈，大皞之虚也"，又言"大皞氏以龙纪，故为龙师而龙名"，二者虽同称太昊，但前者为星宿分野，后者为古帝事迹，并不能混为一谈。然而一则陈国封地原属东夷之地，确有太昊部族的遗风；二则在历史书写的不断蔓延中，东夷太昊部族与伏羲氏的传说逐渐合一，形成太昊伏羲氏这一人物，被视为上古帝王世系中的三皇之首，作八卦，造书契，功业昭彰；于是所谓"大皞之虚"，便被顺理成章地视作太昊伏羲氏的旧都。至《汉书·地理志》言"陈本太昊之虚"，便已将太昊伏羲氏的传说认定为实际发生过的古史；今日淮阳的伏羲陵，便是与之相关的重要古建筑遗存。

陈国既然有太昊传说，自身又是虞舜后裔，在崇尚德行的周文系统中，原本也应当被视作受古代圣王遗风熏染之国。然而季札观周乐，听到《陈风》时却评论道："国无主，其能久乎？"这和他对《唐风》"其有陶唐氏之遗民乎！"的赞誉大相径庭。陈国虽为周代始封的重要诸侯国之一，居黄、淮流域，地近中原，又与周王室通婚，其风俗却重视巫鬼祭祀，与周文明法天崇德的精神内核颇为相异。就此，《汉书·地理志》解释道，陈国"妇人尊贵，好祭祀，用史巫，故其俗巫鬼"。郑玄《诗谱》则进而将陈国的巫风传统归于太姬的求子之心："大姬无子，好巫觋祷祈鬼神歌舞之乐，民俗化而为之"，更在"妇人尊贵"这一基础上加入了重视宗族繁衍的元素。

然而陈国巫风的兴盛，并不仅仅源自这一单调的理由。太姬为周武王之女，纵然喜好祭祀，其礼俗也应存有周文明之风。而陈国之封，本是为了存虞舜之祀，且其封地又位于太昊之虚，太昊为古时东夷部族的重要人物，而据《孟子·离娄下》，"舜生于诸冯，迁于负夏，卒于鸣条，东夷之人也"，且《墨子》《史记》等皆有舜耕历山渔雷泽之说，则虞舜亦有东夷血统。又，《国语·鲁语》载"有虞氏禘黄帝而祖颛顼，郊尧而宗舜……商人禘舜而祖契"，可知殷商祭礼将舜视为其先祖。故此，陈国所秉之文化本就与来自西方的周人不同。此外，陈国所处的地理位置，更是当时的交通要地，以及多种古文化的交汇之所。陈国北方的杞国和宋国，分别为夏、商之后裔，各存其先代的祭祀与风俗；东方的徐国是淮夷所立之国，其历史始自夏朝，至周代仍为东夷诸国中最强大的国家；西南的楚国则属苗蛮，也有学者认为楚为淮夷之一支；此外，其东、南两面尚有群舒等蛮夷环伺。因此，陈国的风俗同时受到东夷、殷商和南蛮文化的交错影响，《陈风》诸诗多巫鬼乐舞之语，这是一个相当重要的原因。

　　陈国巫风所受影响，以楚文化为甚。《史记·货殖列传》载"陈在楚夏之交"，即是强调中原文化和楚文化在陈国的交汇，而楚国正是一个巫风盛行的国家。《汉书·地理志》言，楚人"信巫鬼，重淫祀"；王逸《楚辞章句》言，"楚国南郢之邑，沅湘之间，其俗信鬼而好祠，其祠必作歌乐鼓舞，以乐诸神"。楚人祭祀之风极盛，又好占筮，无论宫廷民间都盛行巫舞，这与郑玄笔下太姬所好的巫觋、祷祈、鬼神、歌舞诸事，可谓如出一端。

　　《汉书·地理志》谓："《陈诗》曰：'坎其击鼓，宛丘之下，亡冬亡夏，值其鹭羽。'又曰：'东门之枌，宛丘之栩，子仲之子，婆娑其下。'此其风也"，以《宛丘》与《东门之枌》二诗为《陈风》之代表。这两首诗都不同程度地以歌舞之貌为描绘对象，而以描绘巫女舞蹈场面的《宛丘》更为著称：

　　　　子之汤兮，宛丘之上兮。洵有情兮，而无望兮。
　　　　坎其击鼓，宛丘之下。无冬无夏，值其鹭羽。
　　　　坎其击缶，宛丘之道。无冬无夏，值其鹭翿。

诗中的宛丘是陈国地名。王应麟《诗地理考》谓，"陈都在宛丘之侧"，陈国都城亦因此得名。汉、晋古注多以宛丘为丘陵之属，对其形状则有不同之说，《毛传》言"四方高，中央下，曰宛丘"，郭璞《尔雅注疏》则以为"宛丘，谓中央隆峻，状如负一丘矣"，《正义》等皆从毛说。古《淮阳县志》载"宛丘在县东南"，又载城东八里之处有贮粮台，"俗呼平粮冢，高二丈，大一顷，有四门，林木郁然"，为淮阳城东南左近唯一的高地，故今《淮阳县志》以为此地即古之宛丘，可备一说。据考古发掘，此地现有楚墓群，当是春秋末年楚向北扩张灭陈之后，于此再度筑城的遗迹。

陈奂《诗毛氏传疏》言，"陈有宛丘，犹之郑有洧渊，皆是国人游观之所"。陈国之宛丘，与郑之溱洧、卫之桑间相类，都是声色冶游之处。又据《墨子·明鬼》："燕之有祖，当齐之社稷，宋之有桑林，楚之有云梦也。此男女之所属而观也。"所提及的诸地，除男女交游外，更为祷神祭祀之所。陈国既然巫风大行，又有太姬求子之事，都门之外的宛丘一带也当有祈求高禖的风俗。《宛丘》的作者于此见巫女歌舞，心生恋慕，在当时应是寻常之事。

《毛传》认为《宛丘》是国人讽刺陈幽公淫荒昏乱、国政衰败之作。朱熹《诗集传》亦言，"国人见此人常游荡于宛丘之上，故叙其事以刺之，言虽信有情思而可乐矣，然无威仪可瞻望也"。虽然也提及诗中情思动人，却仍将此诗作为一篇刺诗看待，所论威仪有无，同样是承《毛诗》观点，将诗中"子之汤兮"句叙写之人视作国之贵胄一流。这些论说与历代学者对《卫风》《郑风》的批评相类，多拘泥于道德意味，然而《宛丘》诗意之美，却全然超越了道德评判的层面。它在《陈风》十章中编次居首，也正堪作为巫风之下民情浪漫的诗性写照。

《宛丘》以高丘之上巫女热烈的舞姿开篇。"汤"字通"荡"，非是放荡之意，而是写巫女旋舞摇落、挥洒自如之姿，置一字而动态全出，令人目眩神迷。在高丘侧近凝视这舞姿的人，纵然心中满怀恋慕之情，却明知可望而不可即，此生无望。然而他仍旧坚执地追随凝望，巫女的舞步随着劲促鼓点，从宛丘之上舞到宛丘之下，又一路舞过都门通向宛丘的大道，始终敲在这个爱慕者的心上。在这样的凝视中，时间的流逝亦为之混沌，漫长的冬夜和夏日皆被有情者视若无物，他的眼中唯见到巫女手持的洁白鹭羽,随着那永恒热烈的舞姿飞扬。诗篇虽出自一个凝视者的视角,巫女的舞蹈却始终仿佛旁若无人,奔放而自由,似欲超越时空的局囿,直入永恒,而爱恋者专注的目光也仿佛化入了她周遭天高地广的旷野,令这激情得以与生命的古老节拍同在。篇中坎坎鼓声,声色交会,深得南楚巫风之浪漫神韵;而"无冬无夏"的反复咏唱,又使得这动人的巫舞笼上了一层朦胧的面纱,较楚风更具一种恍惚迷离的气质。

《东门之枌》的编次仅在《宛丘》之后,描绘陈国青年男女在春夏之际歌舞相会的场景,其间也不乏巫风传统的味道:

> 东门之枌,宛丘之栩。子仲之子,婆娑其下。
> 穀旦于差,南方之原。不绩其麻,市也婆娑。
> 穀旦于逝,越以鬷迈。视尔如荍,贻我握椒。

东门即陈国都城的东门,地近宛丘。陈国去中原核心地带不远,与郑、卫等国一样,也受到殷商遗民从事商业之风的影响,《史记·货殖列传》即载陈国"通鱼盐之货,其民多贾"。宛丘作为陈国中后期的都城,考古发现其城市布局和郑国相似,东门附近也是商业区所在。而所谓"南方之原",《水经注》载"沙水过陈县东南",陈县即陈国都城宛丘,因此"南方之原"也应如溱洧二水之滨一样,是一片有河流流过、生机繁盛的原野。陈国较之郑、卫,更多一层歌舞烂漫的巫风传统,其描叙青年男女相会于郊原的诗篇,声色尤其鲜活。

就《东门之枌》一篇,《毛序》同样认为这是讽刺陈幽公荒淫,导致民风败坏之作,"幽公淫荒,风化之所行,男女弃其旧业,亟会于道路,歌舞于市井尔"。姚际恒《诗经通论》也认为,"盖以旧传大姬好巫,而陈俗化之",又引王符《潜夫论》中陈国"不修中馈,休其蚕织,而起学巫觋,鼓舞事神,以欺诳细民"之说,以证陈国公室无德,巫风大行,导致其民众皆荒废生计,一味以歌舞娱神为事。而朱熹对此诗的态度却较之对《宛丘》要宽松,虽也提及民众弃业游玩之失,却将此诗定性为"男女聚会歌舞,而赋其事以相乐"的"慕悦之诗",重诗中之烂漫情思,此说得诗篇之旨。

《东门之枌》的首章仿佛一个长镜头，自陈国都城的东门到不远处的宛丘，一路绿荫茂密，有少女于其下尽情舞蹈，这与《宛丘》中巫女自宛丘之上舞到都门大道的动感差相仿佛。后两章中提及的"榖旦"为良辰吉日，如《郑风·溱洧》中所写的上巳节传统便属此类。古人重时序节俗，在这样的吉日里，一般国人理当去往郊外，或祭祀或狂欢，即便为此暂时放下生计，也无可指摘。诗中的少女抛开绩麻的活计，在市集上婆娑而舞，与心仪的少年相会时，便赠给他一握香气四溢的花椒果实，用以传情。花椒有馨香，在周代便供祭祀之用，《周颂·载芟》篇"有椒其馨"句，便是以椒酒作祭成礼；此外，花椒果实繁密，在当时被视为蕃息多子的象征，如《唐风·椒聊》篇言"椒聊之实，蕃衍盈升"，便是对子孙众多的赞颂；此外，椒与交音同，又可暗示二人相交情好。这一握花椒果实，可谓一举多得，其中欢悦之情，回味无限。

陈国早期政治清明，国力亦堪称强盛，然而在中后期却不得已先后依附于楚、晋等大国，更经历了数次内乱，几有亡国之祸。季札评论"国无主，其能久乎"之时，正是陈国后期政局越发动荡之时。历代经学家多以巫风之盛累及陈国政事民俗，也因而历历批评其诗篇的内容，然而《陈风》中所传唱的情思，不独深挚热烈，其歌舞不绝、奔放鲜活甚至超过郑、卫之风，于中原诸国的风诗之外，复使人得以窥见巫风传统熏染下贴近自然、近乎原始的烂漫生机。

周之始基：周公东征与《豳风》

豳地约在今陕西省郇邑一带。据《汉书·地理志》，"右扶风……栒邑，有豳乡，《诗》豳国，公刘所都"。豳地在古九州中属雍州，处岐山之北，是周人先祖曾居之地。早期的周部族经历过几次重要迁徙，各有其标志性的定居点和城邑，即《汉书·地理志》所谓，"昔后稷封釐，公刘处豳，大王徙岐，文王作酆，武王治镐"，其中"公刘处豳"就是周人的首次大迁徙。据《史记·周本纪》，后稷为帝尧之农官，初封于邰，即釐，

《诗经》文化笔记

邦畿千里,维民所止——诸《国风》及其地理风土

在今陕西武功一带,至夏代,太康失政,废弃农师,故后稷之子不窋失官,逃于戎狄之间。此即《国语·周语》祭公谋父所言"昔我先王世后稷,以服事虞、夏。及夏之衰也,弃稷不务,我先王不窋用失其官,而自窜于戎、狄之间"。至后稷四世孙公刘,虽处戎狄,仍勤于农事,领导周部族在豳地发展壮大,至公刘之子庆节,遂立国于豳。然而既然不窋已"自窜于戎、狄之间",公刘亦"在戎、狄之间",则公刘迁豳为周人首次大迁徙一事尚有可探讨之处。

《郑笺》认为,"公刘者,后稷之曾孙也。夏之始衰,见迫逐,迁于豳",将迁豳之事全盘归于公刘,郑玄《诗谱》同此说,"公刘以夏后大康时失其官守,窜于此地"。然而公刘为周人之重要先祖,若真有逃于戎狄之事,祭公谋父当不致将其事归于不窋,故此说犹可斟酌。《毛诗正义》提出,不窋逃亡戎狄之间,虽在豳地定居,却未放弃邰地,直至公刘,方大举将邰国之民迁至豳地,正式开辟新都,因此将迁徙之功归于公刘。《诗集传》则以为,公刘"在西戎不敢宁居",于是大举将其民迁于豳地。故公刘迁豳,有自邰迁与自北豳迁二说,而以自北豳南迁更为可能。

《括地志》云:"宁、原、庆三州为义渠戎之地,周不窋、公刘居之。"此三州即以今甘肃庆阳、平凉一带为主。庆阳一带又称北豳,夏商时为西戎所居,符合"戎狄之间"的记载。且《大雅·公刘》与《生民》《绵》等篇并被视为周代史诗,篇中详细描写了公刘在迁徙途中勘察地形、择宜居之所的过程,若公刘已先居豳地,再大举迁邰民至此,则与此描述不符。此外,早期周人之迁徙,重要原因之一皆为避戎狄之侵,公刘之后又八世,因豳地受戎狄袭扰,古公亶父又率周民南迁至岐下周原。由此推测,公刘自北豳南迁避戎,较之从邰地大举北迁至近于戎狄之境,当更合理。

《公刘》篇云:

  笃公刘,匪居匪康。乃场乃疆,乃积乃仓。乃裹糇粮,于橐于囊,思辑用光。弓矢斯张,干戈戚扬,爰方启行。

  笃公刘,于胥斯原,既庶既繁,既顺乃宣,而无永叹。陟则在巘,复降在原。何以舟之?维玉及瑶,鞞琫容刀。

笃公刘，逝彼百泉，瞻彼溥原，乃陟南冈，乃觏于京。京师之野，于时处处，于时庐旅，于时言言，于时语语。

笃公刘，于京斯依。跄跄济济，俾筵俾几。既登乃依，乃造其曹。执豕于牢，酌之用匏。食之饮之，君之宗之。

笃公刘，既溥既长，既景乃冈，相其阴阳，观其流泉。其军三单，度其隰原，彻田为粮。度其夕阳，豳居允荒。

笃公刘，于豳斯馆。涉渭为乱，取厉取锻。止基乃理，爰众爰有。夹其皇涧，溯其过涧。止旅乃密，芮鞫之即。

诗首章述公刘早期之治理，重农业，蓄民力，并开始引领民众进行迁徙。次章述公刘对豳地一带地理之勘察，时而登上丘陵，时而降至平原，反复考量宜居之地。三章述公刘在泉水与平原之间登上南面的山冈，望见了足以定居之所。其时公刘只是西陲一部族之领袖，但周人作《公刘》时，因已立国，兼推崇公刘之功业，故称其所建之城为"京"，即是豳之所在。篇中叙写周人开垦其地时言"豳居允荒"，盛称此地的广大。通观全篇，由公刘重农事，蓄民力至率民迁徙，择定其地，再至规划开垦，设宴庆贺等事，都条理分明，惟末章"于豳斯馆。涉渭为乱，取厉取锻"之句，公刘于豳地营建宫室房屋，使人渡河去取锻造之石，居然提到渭水，其事不甚明。按后稷时周部族尝居于渭水之北，即《水经注》言渭水"径釐县故城南，旧邰城也"，然而豳地在泾水北岸，离南方的渭水较远，即便离渭水北部支流漆、沮二水也并不太近，若要去渭水，当先渡漆、沮二水，再经周人旧居之邰地，又是一次长途跋涉，于事理地理皆不合。故谨慎推测，此处涉及之河流当为豳地南方的泾水，诗中言渭水，或当为周人立国后，为称公刘之功业，乃有夸大之辞。

《史记》盛称公刘之治，"虽在戎狄之间，复修后稷之业，务耕种，行地宜，自漆、沮度渭，取材用，行者有资，居者有畜积，民赖其庆。百姓怀之，多徙而保归焉。周道之兴自此始，故诗人歌乐思其德"。公刘迁豳之后，周部落以农耕立国，开始发展壮大。《汉书·地理志》言，"其民有先王遗风，好稼穑，务本业，故《豳诗》言农桑衣食之本甚备"。所提到的《豳诗》，即指《诗经》中最长的农事诗《豳风·七月》。

据《周礼·春官·籥章》，"凡国祈年于田祖，龡《豳雅》，击土鼓，以乐田畯"，"豳雅"即豳地之乐歌，考虑到《豳风》中其余诸篇均不涉农事，则此"豳雅"在其时或即指《七月》。通观其全篇，备言周人农桑之事，如"三之日于耜，四之日举趾。同我妇子，馌彼南亩；田畯至喜"，"九月筑场圃，十月纳禾稼。黍稷重穋，禾麻菽麦"，述春耕秋收；"女执懿筐，遵彼微行，爰求柔桑"，"七月流火，八月萑苇。蚕月条桑，取彼斧斨，以伐远扬，猗彼女桑"，述采桑养蚕；"一之日于貉，取彼狐狸，为公子裘。二之日其同，载缵武功。言私其豵，献豜于公"，述入冬田猎；"六月食郁及薁，七月亨葵及菽。八月剥枣，十月获稻"，"七月食瓜，八月断壶，九月叔苴。采荼薪樗，食我农夫"，则详述农耕之外的采摘，娓娓道来，展现了农耕文明中的人群对自然界植物的熟稔。

《毛序》认为，此诗为"周公遭变故，陈后稷先公风化之所由，致王业之艰难也"；郑玄《诗谱·豳谱》承此，认为"成王之时，周公避流言之难，出居东都二年"，此诗为周公避居洛邑时，追思历代先王之德而成。此流言之难，即《史记·周本纪》所载"管叔、蔡叔群弟疑周公"，《尚书·金縢》篇所载"管叔及其群弟乃流言于国，曰：'公将不利于孺子。'周公乃告二公曰：'我之弗辟，我无以告我先王'"。其后遂有管、蔡等三监挟武庚叛乱，周公东征平叛之事。此事之结果，《史记》言"周公奉成王命，伐诛武庚、管叔，放蔡叔"，《金縢》则言"周公居东二年，则罪人斯得"。二者所述实际都是周公东征，但《史记》更强调其奉王命的正统性。按《金縢》篇所载，此事之后，周公作《鸱鸮》诗送给成王，"王亦未敢诮公"，其君臣关系或许并不若《史记》所述般良好互信，亦未可知。至朱熹《诗集传》，则不提管蔡之事，仅言"周公旦以冢宰摄政。乃述后稷公刘之化，作诗一篇，以戒成王"。惟方玉润《诗经原始》纯从诗篇文本出发，认为"《豳》仅《七月》一篇，所言皆农桑稼穑之事。非躬亲陇亩久于其道者，不能言之亲切有味也如是。周公生长世胄，位居冢宰，岂暇为此？且公刘世远，亦难代言。此必古有其诗，自公始陈王前，俾知稼穑艰难并王业所自始，而后人遂以为公作也"。考虑到《七月》对农桑之事的细致阐释，此说或属确实。

按《豳风》诸篇，在《毛诗》阐释系统中多被附会于周公，或言周公所作，或述周公之事。如《伐柯》《九罭》《狼跋》，《毛传》皆以为"美周公也"，而其细事各不同。如《伐柯》为"朝廷群臣犹惑于管、蔡之言，不知周公之圣德，疑于王迎之礼，是以刺之"，故以"取妻如何？匪媒不得"之句，点明治国求贤当用其礼。《九罭》同为"周大夫刺朝廷之不知也"，以"是以有衮衣兮，无以我公归兮"之句，表达东都洛邑之人对周公的挽留，亦隐晦地讽刺成王不知周公之德。《狼跋》言："周公摄政，远则四国流言，近则王不知。周大夫美其不失其圣也。"以狼进退皆难而不失威严之貌，喻周公身处朝野流言之中，举动尚平稳有措的风度。而上所提及的《鸱鸮》篇，则被认为"周公救乱也。成王未知周公之志，公乃为诗以遗王，名之曰《鸱鸮》焉"。其诗如下：

> 鸱鸮鸱鸮！既取我子，无毁我室。恩斯勤斯，鬻子之闵斯！
> 迨天之未阴雨，彻彼桑土，绸缪牖户。今女下民，或敢侮予！
> 予手拮据，予所捋荼，予所蓄租，予口卒瘏，曰予未有室家！
> 予羽谯谯，予尾翛翛，予室翘翘。风雨所漂摇，予维音哓哓！

据姚际恒《诗经通论》载，曾有学者以为《豳风》"君臣相诮，不得为正，故为变风"，此说即从《尚书·金縢》对《鸱鸮》篇的记载而来。诗篇写一只雌鸟既丧其雏，又遭毁巢，憔悴不堪，在一片风雨飘摇中发出悲音。《毛诗》《诗集传》等皆以此为周公之自喻。《孟子·公孙丑》则引其文阐发治国之道，"诗云：'迨天之未阴雨，彻彼桑土，绸缪牖户。今此下民，或敢侮予。'孔子曰：'为此诗者，其知道乎！'能治其国家，谁敢侮之？"这一阐释虽未指向周公，但也有一定的政治色彩。

《豳风》中的《东山》《破斧》两篇，则都明确提及周公东征之事。如《破斧》篇"周公东征，四国是遒"，赞美周公平定三监与武庚的叛乱；《东山》篇"我徂东山，慆慆不归。我来自东，零雨其濛"，写东征结束后，士卒西归途中遇雨。东山一名蒙山，在今山东曲阜附近，西周初年为鲁国之地，周公东征平定三监后，又继续向东平定与商关系密切的东夷诸国，故至于

《诗经》文化笔记 邦畿千里，维民所止——诸《国风》及其地理风土

山东境内，可见这次东征时间之久，行程之远。

《左传·襄公二十九年》载季札观乐，"为之歌《豳》，曰：'美哉，荡乎！乐而不淫，其周公之东乎！'"认为豳风博大坦荡，且称其"乐而不淫"，有节制之德。"乐而不淫"一语，孔子后亦以之称赞《关雎》篇，言其情有节，无害于中和。这已经是极高的评价。而季札以"周公之东"来描述《豳风》，则在春秋之时人的认知中，《豳风》作为周之乐歌，与周公东征的联系十分紧密。

此外，在《左传》记载中，《豳风》的顺序在《齐风》之后，《秦风》之前，而现在传世的《诗经》版本，《豳风》列在十五国风之末。季札观乐是在公元前544年，此时孔子已出生，在他成长学习的过程中，对此事应当有所耳闻，了解原本的十五国风序列。而传世的《诗经》版本中的十五国风顺序有所变化，当是孔子编纂《诗经》时有目的的改动。何以有此改动，古史已不载，据姚际恒《诗经通论》推测，《豳风》"为王业之本，然既不可入于周、召，又不可杂于诸国，故系于末也，犹之系《商颂》于周、鲁之后之意"。然而《二南》固非周王室之乐歌，豳地与诸封国之关系，也不可与商周迭代对举。欧阳修《十五国次解》则认为，"《豳》能终之以正，故居末焉"，此说当更妥当。孔子既崇尚周文，今之《国风》序列，以《二南》之风化居始，《豳风》之古朴居终，由末及本，或更具卒章显志之功，足以彰明周文传统之终始。

附：桧、曹、鲁诸国

十五国风中，以桧、曹二国的诗篇最少，《左传》载季札观周乐，于《风》诗部分"自《桧》以下无讥焉"，也是就此二国而言，故此处亦仅以附录提及。此外，鲁以周公故，宋以殷商故，其诗歌皆称《颂》，不在诸《国风》之列，然而《鲁颂》中尚有对鲁国地理风土的叙述，故亦特附于此。《商颂》不涉宋之地理，故不再赘列。

《桧风》

桧国始封者不详，仅知为妘姓。妘为祝融八姓之一，为高辛氏之火正祝融之后，故其封地又称"祝融之虚"。据郑玄《诗谱》云："桧者，古高辛氏火正祝融之墟。……其后八姓，唯妘姓桧者处其地焉。"桧国封域在溱、洧二水之间，即今河南新密一带。

桧在西周时为子男之国，疆域不广，至西周末年，其国君贪利无谋。《国语·郑语》载周幽王时郑桓公虑及周室将危，向史伯询问如何谋求后路，迁徙族众，史伯便建议他以重赂向洛邑附近的虢、桧二国求地，认为"虢叔恃势；郐仲恃险，是皆有骄侈怠慢之心，而加之以贪冒。君若以周难之故，寄孥与贿焉，不敢不许"。《史记·郑世家》中，更言"虢、郐之君贪而好利，百姓不附。今公为司徒，民皆爱公，公诚请居之，虢、郐之君见公方用事，轻分公地。公诚居之，虢、郐之民皆公之民也"。史伯为桓公的长远谋划与桓公的经营，为东周初年郑武公吞并虢、桧二国并迁都于此奠定了基础。

季札至鲁观周乐时，桧国已不存，故季札于其乐与其政皆无评价。然而观《桧风》四篇，皆忧思显著。其首篇《羔裘》，即是大臣刺其君失道，耽于享乐的篇章：

> 羔裘逍遥，狐裘以朝。岂不尔思？劳心忉忉！
> 羔裘翱翔，狐裘在堂。岂不尔思？我心忧伤！
> 羔裘如膏，日出有曜。岂不尔思？中心是悼！

《毛序》述此诗主旨为"大夫以道去其君也。国小而迫，君不用道，好洁其衣服，逍遥游燕，而不能自强于政治，故作是诗也"。郑玄以为，古礼诸侯之朝服为缁衣羔裘；至岁暮大蜡，使民休息，则黄衣狐裘。而诗中之国君"羔裘逍遥，狐裘以朝"，已不合礼；且置逍遥游乐于前，朝会政务于后，更可知其本末倒置，故而臣子忧心忡忡。

此外《匪风》篇，"匪风发兮，匪车偈兮。顾瞻周道，中心怛兮"，叙游子思家的离情，《毛序》更阐发为"思周道也。国小政乱，忧及祸难，而思周道焉"。《隰有苌楚》篇，诗人见苌楚生长茂盛之姿，不禁发出"乐子之无知""乐子之无家""乐子之无室"的感叹，认为草木无愁，方能枝叶繁茂，而世情困苦，人挣扎于其间，尚不如草木，即朱熹《诗集传》所谓"政烦赋重，人不堪其苦，叹其不如草木之无知而无忧也"。见微知著，《桧风》中不同身份之人，无论是臣是民，皆怀有深忧，桧国之政可见一斑。

《曹风》

曹国在兖州陶丘之北，菏泽之野，北临济水，即今山东定陶一带。《水经注》载："济水又东北径定陶县故城南，侧城东注。县，故三鬷国也，汤追桀，伐三鬷，即此。周武王封弟叔振铎之邑，故曹国也。"此地原为夏之方国，名三鬷，《尚书·汤誓》述夏商迭代之战，有"夏师败绩，汤遂从之。遂伐三朡"的记载，在商代时，其地更名为曹。

曹国始封之君为周武王之弟曹叔振铎。现存史料中，对早期的曹国记载较少，《汉书·地理志》言曹国"其后稍大，得山阳、陈留"，可知其国力稍有发展。然而至春秋时，齐、晋、楚等国大兴，曹国地处其间，仅能为大国之附庸，颇受诸国侵削。据《左传》，襄公十七年"卫石买，孙蒯伐曹，取重丘"，定公十二年"卫公孟彄伐曹，克郊"，僖公三十一年，晋国"分曹地。自洮以南，东傅于济，尽曹地也"，都可知在当时的诸侯兼并中，其国势之艰难。至左传哀公八年（公元前487年），曹为宋所灭。

既然国势日渐衰颓，又无足以称道的明君，故《曹风》诸诗亦多做忧患之叹。如《下泉》篇：

> 洌彼下泉，浸彼苞稂。忾我寤叹，念彼周京。
> 洌彼下泉，浸彼苞萧。忾我寤叹，念彼京周。
> 洌彼下泉，浸彼苞蓍。忾我寤叹，念彼京师。
> 芃芃黍苗，阴雨膏之。四国有王，郇伯劳之。

诗篇前三章都以冷泉浸没野草起兴，反复表达时人对周都的思念，末章则反述从前盛世之况，下民如禾苗被雨水滋润，四方诸侯安定，都来朝见周王，又有贤臣郇伯帮助周王治理。今昔对比，感时追忆之下，其忧思十分深远动人，可谓卒章显志。

《毛序》以为，"《下泉》，思治也。曹人疾共公侵刻下民，不得其所，忧而思明王贤伯也"。民众因曹共公之政刻薄，故思念周之盛时。《左传》载，晋文公为公子时出亡诸国，至曹，曹共公"闻其骈胁。欲观其裸。浴，薄而观之"。可谓失礼失德之行，后招致晋文公攻打曹国，以为报复。《毛序》认为此诗刺共公，或即因此事见微知著。朱熹则以为曹国之衰为天下大势使然，不在国君一人，《诗集传》言"王室陵夷，而小国困弊。故以寒泉下流，而苞稂见伤为比，遂兴其忾然以念周京也"。认为其民感慨战乱，故而向往前代的明主与治世。汉末王粲于离乱中作《七哀诗》，有"南登霸陵岸，回首望长安。悟彼下泉人，喟然伤心肝"之句，在汉文帝的陵墓前提到《下泉》诗，正是用其中思念明主之含义。

然而《汉书·地理志》述曹地风俗，亦有可观者，"昔尧作游成阳，舜渔雷泽，汤止于亳，故其民犹有先王遗风，重厚多君子，好稼穑，恶衣食，以致畜藏"。成阳在定陶北部，雷泽之南，亦有尧都之称；雷泽即雷夏泽，其西有历山，即《史记·五帝本纪》所称"舜耕历山，渔雷泽"；亳在定陶之南，为商汤之都城。曹地既然曾受到前代贤君之风化，至周代又以农耕为主，故其民有勤劳厚朴之风。此外，周初分封重要亲族时，如康叔封卫、叔虞封晋、伯禽封鲁等，皆有文诰教导其治国之理。曹叔振铎为武王之弟，又未跟随三监作乱，或也曾受此治国之教，对曹国早期之施政有一定助益。

《曹风·鸤鸠》篇盛赞有威仪、能治国的君子之德，方玉润认为此篇之旨为赞美曹叔振铎，虽无实据，或其来有自：

> 鸤鸠在桑，其子七兮。淑人君子，其仪一兮。其仪一兮，心如结兮。
> 鸤鸠在桑，其子在梅。淑人君子，其带伊丝。其带伊丝，其弁伊骐。
> 鸤鸠在桑，其子在棘。淑人君子，其仪不忒。其仪不忒，正是四国。
> 鸤鸠在桑，其子在榛。淑人君子，正是国人。正是国人，胡不万年。

鸤鸠即布谷，古人以为它哺育雏鸟平均如一，没有偏私。诗篇以此鸟起兴，除了这一德性方面的暗示外，更反复强调"鸤鸠在桑"而其子长大飞去，以明君子之德一以贯之，养成教育，风化深远。"其带伊丝，其弁伊骐"，述其仪容节度之美好不移，"其仪不忒，正是四国"，"正是国人，

《诗经》文化笔记 邦畿千里，维民所止——诸《国风》及其地理风土

胡不万年",明其威仪风度可教化四方。而"其仪一兮,心如结兮"更是点睛之笔,仪乃在外之举止,心为在内之情志,在君子人格中,此二者是合一的。上博竹简《孔子诗论》谈到《鸤鸠》篇时言:"《尸鸠》曰:'其仪一兮','心如结'也,吾信之。"正是从道德人格方面进行的阐释。

而《毛序》认为此诗刺"在位无君子,用心之不一也",即君主失德,不能平均待下,以致国人思念真正的君子。诗篇本身固然全为赞美之词,但联系曹国后期之衰弊,此亦可为一端之说。

《鲁颂》

鲁为周代重要诸侯国之一,然而《国风》中并无鲁国之诗。《诗谱》认为"周尊鲁,巡守述职,不陈其诗",《正义》以为"天子巡守,采诸国之诗,观其善恶,以为黜陟。今周尊鲁,若王者巡守述职,不陈其诗,虽鲁人有作,周室不采"。周尊崇鲁国的地位,不采诗以观其政,是由于周王室推崇周公之故。周公连续辅佐武王与成王两代,于周王室有大功,其封国也受到周王室的褒奖。《史记·鲁周公世家》载,"成王乃命鲁得郊祭文王。鲁有天子礼乐者,以褒周公之德也",鲁国得以享有郊祀文王的天子礼乐,即属周公之余荫。

西周初年,封周公于鲁,国都在今山东曲阜一带,封地百里,在周初时为大国。而鲁国的第一任治理者实际为周公之子伯禽。周公东征,平定三监之乱后,其军队继续进入今山东境内,灭奄、薄姑等曾依附于商的东夷国家与部落。商人本有东夷之血统,且殷商南庚、阳甲两代君王都以奄为都城,奄国与商之关系尤为密切,至西周初,奄与另一东夷国家薄姑仍是当时山东一带较为重要的势力。因此,这次东征的胜利,令周王朝得以扫荡殷商与东夷的主要残余势力,获取对东部泰山一带与古济水流域的全面掌控权。

《左传·定公四年》载,周王室灭奄后,"因商奄之民,命以伯禽,而封于少皞之虚"。少昊为早期东夷部族之重要领袖,其活动区域主要在今山东一带,少昊之墟即鲁都曲阜。鲁国所治为少昊部族之故地,其地理与政治意义都非常重要。将奄国之民封予伯禽,也是为了加强对东夷的控制。而据《史记·鲁周公世家》所载,伯禽也曾参与周公的东征:"伯禽即位之后，有管、蔡等反也，淮夷、徐戎亦并兴反。于是伯禽率师伐之于肸，作《肸誓》……遂平徐戎，定鲁"，则是伯禽曾从鲁国出兵，帮助周王室平定东夷、淮夷诸国，而后又获得旧奄国之地。《史记》所载之《肸誓》，为《尚书·费誓》篇之误。而《费誓》篇言："鲁侯伯禽宅曲阜，徐夷并兴，东郊不开，作《费誓》"，则伯禽已立都于曲阜，可与之参证。故鲁国之封，与齐国相同，均为周初镇伏东方诸夷势力的重要政治举措。

直至春秋时，鲁国仍与东方的异族时有战争，其中最著名的为鲁僖公伐淮夷之战。其时鲁国国力渐弱，至鲁僖公而有一定作为。《诗谱》言，"十九世至僖公，当周惠王、襄王时，而遵伯禽之法，养四种之马，牧于坰野。尊贤禄士，修泮宫，崇礼教。僖十六年冬，会诸侯于淮上，谋东略，公遂伐淮夷。……至于复鲁旧制，未遍而薨"。鲁僖公在位时，对内增强国力，重视文治，对外多次参与诸侯会盟，讨伐淮夷，试图复兴鲁国旧制，是颇有作为之君。如《鲁颂·駉》篇描写鲁国的畜牧业发达，是鲁僖公重视马政之故，郑玄以为"必牧于坰野者，辟民居与良田也"，也侧面反映出修马政时对农业的保护。

《鲁颂·閟宫》作于鲁僖公新修郊庙之际，其中有数章提及鲁国之山川地理，及鲁僖公的对外征伐：

> 乃命鲁公，俾侯于东。锡之山川，土田附庸。周公之孙，庄公之子，龙旂承祀，六辔耳耳，春秋匪解，享祀不忒。皇皇后帝，皇祖后稷。享以骍牺，是飨是宜，降福既多。周公皇祖，亦其福女。
> …………
> 泰山岩岩，鲁邦所詹。奄有龟蒙，遂荒大东，至于海邦，淮夷来同。莫不率从，鲁侯之功。
> 保有凫绎，遂荒徐宅。至于海邦，淮夷蛮貊。及彼南夷，莫不率从。莫敢不诺，鲁侯是若。

诗中言道，鲁国受封于东，拥有东方广袤的山川田地，其国倚巍峨的泰山为形胜，境内又有龟山、蒙山、凫山、绎山等重要的山峰，其国土一直延伸到海滨之国。鲁僖公时，率军讨伐淮水流域的淮夷之国徐国，将疆界拓展到徐人的土地，使这一带的异族都服从于鲁。春秋时对异族的战争仍然频繁，也可以回溯起鲁国受封于东方的原因，以及周人在此与东夷、淮夷的长期相持。此外，《閟宫》篇还提及"戎狄是膺，荆舒是惩"，可知在鲁僖公时，也曾与北方的戎狄与南方的楚国作战；而"居常与许，复周公之宇"，则意味着对一些早年失去的旧地予以收复。由是观之，鲁国国力在僖公时确曾一度提升。《閟宫》全篇语言雅正，笔墨铺陈，格局盛大庄严，与周人《雅》诗之《江汉》《常武》《采芑》等篇风格相类，虽写战事，亦可观其文德之煊赫。

《鲁颂·泮水》篇也以大量篇幅赞颂鲁僖公平定淮夷的武功：

思乐泮水，薄采其芹。鲁侯戾止，言观其旂。其旂茷茷，鸾声哕哕。无小无大，从公于迈。

思乐泮水，薄采其藻。鲁侯戾止，其马蹻蹻。其马蹻蹻，其音昭昭。载色载笑，匪怒伊教。

思乐泮水，薄采其茆。鲁侯戾止，在泮饮酒。既饮旨酒，永锡难老。顺彼长道，屈此群丑。

穆穆鲁侯，敬明其德。敬慎威仪，维民之则。允文允武，昭假烈祖。靡有不孝，自求伊祜。

明明鲁侯，克明其德。既作泮宫，淮夷攸服。矫矫虎臣，在泮献馘。淑问如皋陶，在泮献囚。

济济多士，克广德心。桓桓于征，狄彼东南。烝烝皇皇，不吴不扬。不告于讻，在泮献功。

角弓其觩，束矢其搜。戎车孔博，徒御无斁。既克淮夷，孔淑不逆。式固尔犹，淮夷卒获。

翩彼飞鸮，集于泮林。食我桑黮，怀我好音。憬彼淮夷，来献其琛。元龟象齿，大赂南金。

泮水为泗水支流，流经曲阜一带，鲁国都城附近，水畔座落着鲁国的泮宫。诗篇描写鲁僖公至泮宫行受俘之礼，及前后祭祀饮宴的盛况。"其旂茷茷，鸾声哕哕"，"其马蹻蹻，其音昭昭"，写鲁侯仪仗的威仪庄重；"矫矫虎臣，在泮献馘"，"桓桓于征，狄彼东南"，"角弓其觩，束矢其搜。戎车孔博，徒御无斁"等句，则描写鲁国军队的英武之姿与雄壮气势。

泮宫一名，历代学者所说不一，或以为郊庙，或以为学宫。《毛诗正义》认为"泮宫，学名。能修其宫，又修其化"。强调建泮宫及歌咏泮宫蕴含的道德化育意义。篇中写鲁僖公来到泮宫时"载色载笑，匪怒伊教"，正与《卫风·淇奥》篇描写卫武公"善戏谑兮，不为虐兮"之笔相类，写君王的和睦平易之姿，以明其德之温润，可谓内外兼备，治之有绪。其后，诗篇又以"穆穆鲁侯，敬明其德。敬慎威仪，维民之则"，"明明鲁侯，克明其德"，"济济多士，克广德心"等句，昭示鲁国文治之盛。鲁僖公庄严肃穆，以德化下，为民典范，鲁国的诸臣工也都具备德行，上下一心，因此，鲁国大军能够不骄不躁、不争不夺地赢得这场战争，鲁国之民也能够"思乐泮水"，"无小无大，从公于迈"，积极愉悦地参与到国家的大典中来。这场庄严平稳的献俘仪式，自然透露出鲁国自上而下的道德风化。

而在《泮水》篇卒章显志的升华部分，更暗示淮夷的臣服不仅是因为鲁国的武力征伐，更是受到其文治教化的影响，自然来归。"翩彼飞鸮，集于泮林。食我桑黮，怀我好音"四句，描写淮夷之感服归化，其景一派和乐。按《尚书·大禹谟》篇载，苗民不受教化，帝舜令禹前去征伐，三旬后苗民依然如故，于是"益赞于禹曰：'惟德动天，无远弗届。满招损，谦受益，时乃天道。帝初于历山，往于田，日号泣于旻天、于父母，负罪引慝，祗载见瞽瞍，夔夔斋栗，瞽亦允若。至诚感神，矧兹有苗？'禹拜昌言，曰：'俞。'班师振旅。帝乃诞敷文德，舞干、羽于两阶。七旬，有苗格"。周人之思想，法天崇德，重文教甚于武功，《大禹谟》篇所叙，即是认为，舜、禹等古之贤君，其政令亦当顺德而行，与其以武力征服异族，不如修文德使之归化。其后《国语》所谓"先王耀德不观兵"，孔子所言"远人不服，则修文德以来之"（《论语·季氏》），皆属这一思想的流播。以鲁僖公比之舜、禹，未免过度，刘勰《文心雕龙》以上述"翩彼飞鸮"四句为夸饰过度之语，诚属确实，然而这一夸张的修辞手法，更凸显出《鲁颂》篇章秉承周文、崇尚文德的特点。

《诗经》文化笔记

邦畿千里，维民所止——诸《国风》及其地理风土

鲁国之政，在征伐东夷的政治与军事功能之外，本就更重视礼乐文教的化育功能。周初将伯禽封于鲁时，曾作《伯禽之命》，此篇虽已不存，但推测其内容，应与《康诰》相类，为教导治理之方的文诰。据《史记·鲁周公世家》，伯禽至鲁，于最初施政时即全盘更易东夷之旧俗，代以周之礼乐制度，"变其俗，革其礼，丧三年然后除之"。移风易俗，费时甚久，伯禽不辞艰辛，于风俗方面行长远之化，以三年时间初具规模，鲁国文教传统之厚重，即由此始。齐与鲁同为治理东夷旧地的诸侯国，齐国姜太公之政，则"因其俗，简其礼"，因地制宜，一定程度上保留东夷旧俗，简化周之礼制，故五个月即有成效。在《史记》中，借周公之口比较齐鲁二国的施政高下，评价鲁国之政令不能平易近人，使民亲近，后世将北面臣服于齐，然而这一观点未免近似于结果论，而淡化了伯禽之政于鲁国的意义。

孔子曾言"齐一变，至于鲁，鲁一变，至于道"（《论语·雍也》），从推崇王政之角度肯定鲁国之政。西汉刘向《说苑·政理》篇在孔子之言的基础上重述并改写了《鲁周公世家》中的这段故事，言太公之政用三年，为霸者之迹，伯禽之政用五年，为王者之迹，并借周公之口评价，"太公之泽及五世"，"鲁之泽及十世"，认为"鲁有王迹者，仁厚也；齐有霸迹者，武政也"，故齐不如鲁，充分肯定鲁国的政教。此外，《汉书·地理志》言鲁地"其民有圣人之教化"，郑玄《诗谱》称赞鲁僖公之贤德，则言其用"伯禽之法"，都可知鲁国政教文明昌盛，合乎正道。

鲁为周之同姓，得享天子礼乐，《礼记·明堂位》记载，"凡四代之服、器、官，鲁兼用之。是故鲁，王礼也"。在立国之初采取全面移风易俗、广布周之文教的治理政策，这些都令周之礼乐文明制度得以深植于鲁地。至春秋时，《左传·昭公二年》载晋韩宣子访鲁，有"周礼尽在鲁矣"之叹。其后，孔子在鲁广习礼乐，希冀复兴周文，遂立儒学之根基。《史记·儒林列传》载，"及高皇帝诛项籍，举兵围鲁，鲁中诸儒尚讲诵习礼乐，弦歌之音不绝，岂非圣人之遗化，好礼乐之国哉？"至秦末楚汉之争时，兵火之间，其礼乐传统仍然不废。以上种种，皆可观鲁国之政于周文传承之深远意义。

《淮南子·齐俗训》对伯禽、太公治国故事的又一改写，则较为犀利地指出了两国之政各自的缺陷。在这一版本里，周公的形象成为直接与姜太公对话，相互评判的另一端，以呈现圣贤的见微知著之能："昔太公望、周公旦受封而相见。太公问周公曰：'何以治鲁？'周公曰：'尊尊亲亲。'太公曰：'鲁从此弱矣。'周公问太公曰：'何以治齐？'太公曰：'举贤而上功。'周公曰：'后世必有劫杀之君。'其后齐日以大，至于霸，二十四世而田氏代之。鲁日以削，至三十二世而亡。"齐国之政尊贤事功，因此能够称霸，然而其公室终被后起之秀所取代；鲁国之政全面依循周之宗法礼制，故虽然社会稳定，民风淳厚，却也随着周道之衰，在日趋变革的天下大势中缓慢走向没落。

《诗经》文化笔记 邦畿千里，维民所止——诸《国风》及其地理风土

七月流火，九月授衣
——节序轮转与四时生活

> 民事必本于时，时序必本于天。
> ——郑樵《通志·总序》

历法是农耕文明早期的重要发明。上古三代时，人力相较于自然十分微弱，人们必须依循自然的变化来谋求自身的发展，由此便形成了古人对自然规律的朴素探索。在有精密的计时仪器之前，先民们通过观察日月星辰的轮转、草木的生长凋零等自然现象来区别四时，制定历法，从而安排整个族群的生活节律。因此，在《尚书·尧典》篇中，帝尧治理天下，下达的第一道政令就是"敬授人时"，向民众颁布历法，使他们知晓一年四时的变化，依循自然规律安排农事生活。

敬授人时：先秦之历法

先秦时代，不同朝代对"年"有不同的称谓，据《尔雅·释天》："夏曰岁，商曰祀，周曰年，唐虞曰载。"岁取岁星行一周之义，祀取四时一终之义，年取禾谷一熟之义，载取物终更始之义，从天文、季节、农事与四时终始等不同层面关注着一年四季的轮转变化。因自然界之周而复始，遂有历法中总结四时运转规律，区分月份，规定岁首之举。

山西襄汾陶寺古观象台遗址距今约4700年，当时的先民已能通过使用圭表测量日影，与通过13根夯土柱缝隙观测日出方位等方法来确定二分二至。能观测二分二至，表示当时的历法已经初具雏形。这一考古学发现，可与《尚书·尧典》中"日中星鸟，以殷仲春"，"日永星火，以正仲夏"，"宵中星虚，以殷仲秋"，"日短星昴，以正仲冬"这一涉及二分二至的记载互为参证，故当今考古界提出，此处遗址极大可能为古代传说中帝尧之都城。然而《尚书》为主要反映周代政治文化之典籍，《尧典》开篇即言"曰若稽古"，更可知其成篇并不在帝尧之时，故仅可谨慎认为其中保留了一定的周代之前所观测的天文现象与历法雏形，而其中涉及到的以二分二至与二十八宿天文系统相对应等，当有周文之痕迹。

《诗经》文化笔记 ｜ 七月流火，九月授衣——节序轮转与四时生活

《诗经》文化笔记 七月流火，九月授衣——节序轮转与四时生活

《左传·昭公十七年》载郯子之言，更将二至二分的测定由帝尧时代向前推至少昊时代："我高祖少昊挚之立也，凤鸟适至，故纪于鸟，为鸟师而鸟名：凤鸟氏，历正也；玄鸟氏，司分者也；伯赵氏，司至者也；青鸟氏，司启者也；丹鸟氏，司闭者也。"此说认为，少昊时已经建立了完整的官员系统来执掌历法，体现出对立、至、分等节气的重视。以鸟来命名这些官职，固然是因东夷部族以鸟为图腾的传统，也和古人对鸟类活动特性的观察与了解相关。其中只有凤鸟为神话传说中的生物，古人认为凤鸟知天时，故以名历正之官，总掌历法，以尊崇其事。除此之外，玄鸟为燕子，春分飞来，秋分飞去，故以名司分之官；伯赵即伯劳，夏至鸣叫，冬至止鸣，故以名司至之官；青鸟为鸧鴳，或以为仓庚，即黄鹂，立春鸣叫，立夏止鸣，古时以立春、立夏为启，故以名司启之官；丹鸟为鷩雉，为锦鸡之属，立秋鸣叫，立冬止鸣，古时以立秋、立冬为闭，故以名司闭之官。《左传》这段记载，同样应当经过周文系统之整理修饰，不能作为少昊时历法的确证，然而也可与《尧典》等篇章对参，以明二至二分观测之久远，兼及农耕文明中将历法与物候关联之传统。

二分二至既定，遂有四季之分。据《今本竹书纪年》载，夏禹元年曾"颁夏时于邦国"，然而夏代之历法，至今尚无出土文字证据，惟古之学者多以为《大戴礼记》中《夏小正》篇当为夏之历书。考《夏小正》篇中，并未提及二至二分，然而已将一年分为四季，又将一季分为孟、仲、季三月，将不同月份的天文现象、物候变化与人类活动相结合，形成对农事生活的指引。《夏小正》成篇应在西周春秋之际，不可避免地打上了周文明的印记，故其关于四季的记载又不能完全视为夏历的成果，将之作为由夏至周时古人于历法与物候关系方面的经验积累总结，似较妥当。此外，殷商甲骨文中保存了许多天文资料，可推定商代中期历法当为阴阳历，已设闰月，如武丁时期卜辞多有"十三月"的记载，当为年终置闰，至祖甲至乙辛时期则无"十三月"记载，而有两个"七月""八月"的记载，当为年中置闰，且其中已有春秋二分的记载。董作宾作《殷历谱》，更认为商人已能分定四季；而于省吾、唐兰、陈梦家等学者则有不同之说，认为商人仅知春秋，不别夏冬，其历法中尚未出现完整的四时。

《诗经》文化笔记

七月流火，九月授衣——节序轮转与四时生活

商人的季节划分不可确知，然而据《诗经·小雅·四月》篇中，"四月维夏，六月徂暑"，"秋日凄凄，百卉具腓"，"冬日烈烈，飘风发发"等句，可推断最迟至西周晚期，古人必然已经形成系统的四时观念，并与十二月之划分相配合。此外《礼记·乡饮酒义》言，"东方者春，春之为言蠢也，产万物者圣也。南方者夏，夏之为言假也，养之、长之、假之，仁也。西方者秋，秋之为言愁也，愁之以时察，守义者也。北方者冬，冬之为言中也，中者藏也"。是以万物的生、养、敛、藏之规律，明一年终始之义，这与周文明中以德配天的思想是相合的。

古之朝代更替，必然改易正朔，《尚书·甘誓》有"三正"之说，即夏正建寅，商正建丑，周正建子。而后秦正又变周制，为建亥。所谓建寅，即将周天划为十二个方位，以黄昏北斗斗柄指向寅位时为正月。郑玄注《礼记·月令》言"此云孟春者，日月会于诹訾，而斗建寅之辰也"，即是以孟春之月为建寅之正月。以此类推，商正建丑，是以夏历十二月为正月，时在季冬之月；周正建子，是以夏历十一月为正月，时在仲冬之月，秦正建亥，是以夏历十月为正月，其时已在孟冬之月。汉代历法最初承秦正，至汉武帝元封七年（公元前104年），作太初历，复采用夏正，以寅月为岁首。年代稍前的《淮南子·天文训》中，"帝张四维，运之以斗，月徙一辰，复反其所。正月指寅，十二月指丑，一岁而匝，终而复始"，也反映出赞同夏历建寅的倾向。自此，中国历法于季节与月份的关系方面，即为沿用《太初历》于夏历基础上修订而成的系统。

《论语·卫灵公》有言："行夏之时，乘殷之辂，服周之冕。"孔子认为，最好的治国策略之一，就是使用夏朝的历法来指导农时，即所谓"行夏之时"。故《史记·夏本纪》言"孔子正夏时，学者多传《夏小正》"。这是因为，在夏商周三代的历法中，夏正建寅，以孟春之月为正月，其所对应的四季轮转，与农耕文明中春耕夏长、秋收冬藏的人类生活最为相宜，并进而得以与天下秩序的构建相应。此即朱熹《论语集注》所释"夏以寅为人正，商以丑为地正，周以子为天正也。然时以作事，则岁月自当以人为纪"。据《汉书·律历志》载，昭帝元凤三年，太史令张寿王上书反对《太初历》，言"今阴阳不调，宜更历之过也"，而经过数次治历推演，"寿

109

王课疏远"，"逆天道"，其历"乃太史官《殷历》也"，遂将张寿王下狱。由此可知，与其余诸历相比，以夏历为基础的《太初历》确实更为精确，也更符合天道观念。

此外，周代虽然改易正朔，但因周人社会以农耕为基础，故他们也同时使用更宜于指导农时的夏历。于《诗经》的《豳风·七月》篇中，即可以见到当时夏历与周历并行的现象，"一之日觱发，二之日栗烈"，"三之日于耜，四之日举趾"之类为周历之月，"七月流火，九月授衣"，"四月秀葽，五月鸣蜩"之类则为夏历之月，即顾炎武《日知录》所谓"一篇之中，凡言月者皆夏正，凡言日者皆周正"。对照下表中夏商周秦之建正及与四季的对应，即可知夏历对于中国古代农耕文明的意义所在。

附表：夏、商、周、秦建正对照

农历	孟春	仲春	季春	孟夏	仲夏	季夏	孟秋	仲秋	季秋	孟冬	仲冬	季冬
干支	寅	卯	辰	巳	午	未	申	酉	戌	亥	子	丑
夏正建寅	正月	二月	三月	四月	五月	六月	七月	八月	九月	十月	十一月	十二月
商正建丑	二月	三月	四月	五月	六月	七月	八月	九月	十月	十一月	十二月	正月
周正建子	三月	四月	五月	六月	七月	八月	九月	十月	十一月	十二月	正月	二月
秦正建亥	四月	五月	六月	七月	八月	九月	十月	十一月	十二月	正月	二月	三月

与时偕行：物候与人事

《尔雅·释天》提到，周人将一年称为"年"，是由于农耕文明对禾谷成熟这一现象的格外关注。《周礼·冬官》也在叙述天道按一定的时令化育万物时，举草木以为例，"天有时以生，有时以杀，草木有时以生，有时以死"。对自然界中诸多植物的观察，于早期农耕文明中的人类具有十分重要的意义。

随着四时轮转,不同的植物依次开始其生发与凋谢的过程,中国古人观察它们的发芽、开花、抽穗、落叶,逐渐总结其变化规律,又在这样细致入微的观察中,结合天文、气候等规律总结,将一年划分为春夏秋冬四季,每季三个月,依次以孟、仲、季来命名,由此便构建了早期的历法与节令。从中国古人为农历月起的诸多别名中,就可以了解各个农历月份中较为常见或重要的植物;而与中国北方地区纬度相近、古时亦重视农耕的日本,也有相似的命名方式。

附表:以物候作为别名的中国与日本农历月

中国农历	正月	二月	三月	四月	五月	六月	七月	八月	九月	十月	十一月	十二月
中国别称	杨月	杏月 花月	桃月 蚕月 莺月 桐月 樱笋时	槐月 麦月 梅月	蒲月 榴月 鸣蜩	荷月 焦月 暑月	巧月 瓜月 兰月	桂月	菊月 青女月 霜序	露月	葭月 寒月	腊月 冰月 星回节
日本农历	睦月	如月	弥生	卯月	皋月	水无月	文月	叶月	长月	神无月	霜月	师走
日本别称	初春月	梅月 雪解月 木芽月	樱月 花见月 桃月	鸟月 得鸟 羽月	橘月 早苗月 菖蒲月	葵月 常夏月 鸣雷月	兰月 女郎花月	月见月 木染月 雁来月	菊月 红叶月	雷无月 初霜月	霜降月 雪见月 露染叶月	蜡月 果月 梅初月 春待月

　　与此同时,人们也注意到动物在一年四季中的生长与习性变化,并同样将它们纳入到对自然规律的总结中。故《左传·昭公十七年》除玄鸟司分,伯赵司至,青鸟司启,丹鸟司闭外,还提到"九扈为九农正"。九扈

即九种农桑候鸟，孔颖达《正义》引贾逵《春秋左氏传解诂》，"春扈鳻鶞，相五土之宜，趣民耕种者也。夏扈窃玄，趣民耘苗者也。秋扈窃蓝，趣民收敛者也。冬扈窃黄，趣民盖藏者也。棘扈窃丹，为果驱鸟者也。行扈唶唶，昼为民驱鸟者也。宵扈啧啧，夜为农驱兽者也。桑扈窃脂，为蚕驱雀者也。老扈鷃鷃，趣民收麦令不得晏起者也"。这即是以当时人类所观察到的诸多鸟类的活动，细致地与一年中的农桑之事相对应，不独反映先秦时人对农耕的重视，也显示了其时人类生活与四时物候的密切联系。

"敬授人时"是农耕文明的根本需求，人们需要通过历法来了解四时物候的变化。在《夏小正》与《礼记·月令》这两部重要的先秦历法著作中，不单记录了每个月的天文、气象、物候等自然现象，还或详或略地罗列了其时人们所应从事的农事或政事，约束农耕文明中的人类生活，调和人与自然的关系。其中《夏小正》多被认为虽成书年代较晚，但对夏历仍有传承，而《礼记·月令》的成书年代，以及它究竟反映了何时的历法，古之学者有一定争议。

《隋书·牛弘传》中，总述了唐代以前关于《月令》作者及年代的几种主要观点：

> 今《明堂月令》者，郑玄云："是吕不韦著，《春秋十二纪》之首章，礼家钞合为记。"蔡邕、王肃云："周公所作《周书》内有《月令》第五十三，即此也。各有证明，文多不载。束皙以为夏时之书。"刘献云："不韦鸠集儒者，寻于圣王月令之事而记之。不韦安能独为此记？"今案不得全称《周书》，亦未可即为秦典，其内杂有虞、夏、殷、周之法，皆圣王仁恕之政也。

束皙以为是夏代之书，蔡邕、王肃以为是周公之作，二说均过于理想化。按《玉烛宝典》序："束皙又云：'案《月令》四时之月，皆夏数也，殆夏时之书，而后人治益。'"目前古文献中涉及夏历者，以《夏小正》最为著称，但其成书较晚，尚无法视作纯粹反映夏代历法与农业生活的文献。《礼记·月令》较《夏小正》篇幅更巨，叙述更详，更有二十八宿、诸节气之说，皆产生于周秦之时，故束晳以为"后人治益"，有一定依据。然而，断不可仅因其四时用夏令之数，即言夏代便有其书。至于《周书·月令》，其篇久佚，后人虽将之托于周公，但无证据证明《周书·月令》就是《礼记·月令》。

郑玄以《月令》为吕不韦所著，即《吕氏春秋·十二纪》之首章，后被汉代经学家总为《礼记》之篇章，故其注《周礼》时认为《月令》为秦代之典。刘献则认为《月令》成篇非吕不韦一人之力，而是他组织当时学者，搜求古代圣王之事编纂而成。魏徵等编《隋书》时，遂总合郑、刘之说，认为《月令》所载都是仁恕之政令，故并非秦制，然而亦不可视为周公一人所作，当是吕不韦门客搜集史料，兼及虞夏商周之制而成。

此外，近人杨宽著《月令考》，认为《月令》当为春秋晋人之作，而为吕不韦门客所割裂修订，遂成为《吕氏春秋·十二纪》之首。同时杨宽又以为，现今所称的夏正亦为晋人所创制。夏正起于何时，尚未有实证，但《论语》载孔子有"行夏之时"之言，而孔子当不至于将一诸侯国创制之历法与夏王朝之历法混为一谈，故杨宽此论不妥。然而杨说与郑玄、刘献及《隋书》之说主脉相似，皆将《月令》成书归于吕不韦作《吕氏春秋》之时。《月令》篇中固然杂入战国晚期阴阳家的思想，考其制度，又不可完全归于周、秦、汉中的一朝，而在时序与人事的对应方面，与《诗经·豳风·七月》篇的记载也稍有出入。然而其以人事合于时序的主旨，仍与周人法天崇德的思想一脉相承，故当可推测其书仍受到周制较深的影响，而所记诸物候、政令，亦可在一定程度上反映周代之实际情况。

自古至今，各个朝代所用历法虽有沿革，然而四时物候大致相似，因此古人所定的四季节气，至今三千余年仍然不废。若由此推想，夏商周三代均主要控制黄河流域的中原地区，其所观察记载之物候也不应相去太远。《夏小正》与《礼记·月令》所记述的天文现象，此前章节中有对参分析，已可知其差异不大。在此，当再分别对比二者所录之物候，以察其异同，明其时令。

《诗经》文化笔记 七月流火，九月授衣——节序轮转与四时生活

附表：《夏小正》与《礼记·月令》物候记录对照

农历月	《夏小正》	《礼记·月令》
正月 孟春	启蛰。 雁北乡。 雉震呴。 鱼陟负冰。 寒日涤冻涂。 獭献鱼。 鹰则为鸠。 梅、杏、杝桃则华。 鸡桴粥。 囿有见韭。时有俊风。田鼠出。 柳稊。缇缟。	蛰虫始振。 鸿雁来。又《月令》季冬：雁北乡。 《月令》季冬：雉雊。 鱼上冰。 东风解冻。 獭祭鱼。 《月令》仲春：鹰化为鸠。 《月令》仲春：桃始华。 《月令》季冬：鸡乳。
二月 仲春	来降燕。 昆小虫，抵蚳。 有鸣仓庚。 《夏小正》正月：杝桃则华。 《夏小正》正月：鹰则为鸠。 初俊羔，助厥母粥。祭鲔。荣堇 采蘩。剥鱓。荣芸，时有见稊。	玄鸟至。 蛰虫咸动。 仓庚鸣。 桃始华。 鹰化为鸠。 始雨水。雷乃发声，始电。
三月 季春	摄桑。 螜则鸣。 田鼠化为鴽。 拂桐芭。 鸣鸠。 祈麦实。 委杨。羊。采识。	戴胜降于桑。 《月令》孟夏：蝼蝈鸣。 田鼠化为鴽。 桐始华。 鸣鸠拂其羽。 《月令》孟夏：麦秋至。 虹始见，萍始生。
四月 孟夏	王萯秀。 《夏小正》三月：螜则鸣。 《夏小正》三月：祈麦实。 取荼。 囿有见杏。鸣蜮。	王瓜生。 蝼蝈鸣。 麦秋至。 苦菜秀。 蚯蚓出。靡草死。

（续表）

农历月	《夏小正》	《礼记·月令》
五月 仲夏	鴃则鸣。 良蜩鸣。唐蜩鸣。 浮游有殷。乃瓜。祈灌蓝蓼。鸠为鹰。煮梅。蓄兰。菽糜。	鵙始鸣。 蝉始鸣。 螳螂生。反舌无声。鹿角解。半夏生，木堇荣。
六月 季夏	鹰始挚。 煮桃。	《月令》孟秋：鹰乃祭鸟。 温风始至，蟋蟀居壁，鹰乃学习，腐草为萤。土润溽暑。大雨时行。
七月 孟秋	寒蝉鸣。 《夏小正》六月：鹰始挚。 秀雚苇。狸子肇肆。湟潦生苹。 莠秀。灌荼。	寒蝉鸣。 鹰乃祭鸟。 凉风至，白露降。
八月 仲秋	《夏小正》九月：遰鸿雁。 《夏小正》九月：陟玄鸟蛰。 丹鸟羞白鸟。（《夏小正》言丹鸟为丹良，即萤，白鸟为蚋，则是丹鸟以白鸟为食，与《月令》之"群鸟养羞"或非一事。） 剥瓜。剥枣。栗零。鹿人从。駕为鼠。	鸿雁来。 玄鸟归。 群鸟养羞。 盲风至。日夜分，雷始收声，蛰虫坏户。
九月 季秋	陟玄鸟蛰。 遰鸿雁。 雀入于海为蛤。 荣鞠。 《夏小正》十月：豺祭兽。 熊罴貊貉鼫鼬则穴。树麦。	《月令》仲秋：玄鸟归。 鸿雁来宾。（《礼记正义》："上仲秋直云'鸿雁来'，今季秋云'来宾'，以仲秋初来则过去，故不云宾。今季秋'鸿雁来宾'者，客止未去也。"） 爵入大水为蛤。 鞠有黄华。 豺乃祭兽戮禽。 霜始降。草木黄落。蛰虫咸俯在内。

《诗经》文化笔记　七月流火，九月授衣——节序轮转与四时生活

115

（续表）

农历月	《夏小正》	《礼记·月令》
十月 孟冬	豺祭兽。 玄雉入于淮，为蜃。 黑鸟浴。	《月令》仲秋：豺乃祭兽戮禽。 雉入大水为蜃。 水始冰，地始冻。虹藏不见。
十一月 仲冬	陨麋角。	麋角解。 冰益壮，地始坼，鹖旦不鸣，虎始交。 芸始生，荔挺出，蚯蚓结。水泉动。
十二月 季冬	陨麋角。（《大戴礼记解诂》："十一月一阳来复，阳气早见，已有陨麋角之事矣。十二月亦有陨者，物候各有不齐，故经重记之。"） 《夏小正》正月：雁北乡。 《夏小正》正月：雉震呴。 《夏小正》正月：鸡桴粥。 鸣弋。元驹贲。纳卵蒜。	《月令》仲冬：麋角解。 雁北乡。 雉雊。 鸡乳。 鹊始巢。征鸟厉疾。冰方盛，水泽腹坚。

　　《夏小正》与《礼记·月令》在最终成篇前，其主要内容都可能在或长或短的历史时期中经过一定的传写与整理。而一般以为《月令》较《夏小正》更为完备，主要在于《月令》的体系形成较晚，为结合天文、五行、阴阳、时序、人事等各方面的思想与发现而成，其行文亦有一定规律与格局；《夏小正》中则大多只错杂记录物候现象与农事安排，书写较为粗疏。然而，具体到对各月物候的观察与记录，《月令》并没有明显地较《夏小正》更为详尽，二者所记的条目于实际数目上出入不大。此外，《月令》与《夏小正》的记载还存在一些差异。对比可知，其中一些物候或仅见于《夏小正》，或仅见于《月令》，这或是因为二者的产生地域不同，导致人们对自然环境的关注点并不统一。在一些二者均有记载的物候方面，则物候所对应的时令可能有所出入，其误差多在一个月间，而这些记录差异尤以季冬、孟春之交为多，在判别冬春之际的分野时，仍然具有相当的模糊性。若以《夏小正》为经过周人整理之夏历，而以《月令》为周代晚期的作品，便可知周人虽也在《诗经》等文本中使用夏历体系，但这一体系的时令划分，

也应与最初的夏历有一定出入。

《夏小正》之内容，于物候变化之外，对人类生活亦有少量记载，如正月"农纬厥耒""农率均田""初服于公田"，二月"往耰黍"，三月"妾、子始蚕"，四月"执陟攻驹"，五月"颁马"，十一月"陈筋革"，十二月"虞人入梁"等，但失之疏简，尚未构成足以指导农事之详尽体系；而其内容又重在具体的农业经验总结，对天人相应的展现尚有所不足。《礼记·月令》则不单对各月中的农政活动记述甚详，其将天象物候与人类活动交错书写、往复呼应的形式，又充分展现了周文系统因天时而制人事的理念。故下表按《月令》所述，逐月罗列其物候与人事，以形成天人之际的直观对比。按，此处所谓之人事，仅指较为务实之农事与政事，至于《月令》中亦属重要的五行、礼乐、祭祀诸仪式等，则不列在内。

附表：《礼记·月令》各月的物候与农政诸事

月份	物候	农政诸事
孟春	东风解冻，蛰虫始振，鱼上冰，獭祭鱼，鸿雁来。 天气下降，地气上腾，天地和同，草木萌动。 是月也，以立春。	王命布农事，命田舍东郊，皆修封疆，审端经术，善相丘陵、阪险、原隰，土地所宜，五谷所殖，以教道民。 命祀山林川泽，牺牲毋用牝。禁止伐木。毋覆巢，毋杀孩虫、胎、夭、飞鸟，毋麛毋卵。
仲春	始雨水，桃始华。仓庚鸣，鹰化为鸠。玄鸟至。 日夜分，雷乃发声，始电，蛰虫咸动，启户始出。	耕者少舍，乃修阖扇，寝庙毕备。 毋作大事，以妨农之事。 毋竭川泽，毋漉陂池，毋焚山林。 祀不用牺牲。
季春	桐始华，田鼠化为鴽，虹始见，萍始生。 生气方盛，阳气发泄，句者毕出，萌者尽达，不可以内。 鸣鸠拂其羽，戴胜降于桑。	命司空曰："时雨将降，下水上腾，循行国邑，周视原野，修利堤防，道达沟渎，开通道路，毋有障塞。田猎罝罘、罗罔、毕翳、喂兽之药，毋出九门。" 命野虞无伐桑柘。 省妇使，以劝蚕事。 乃合累牛腾马，游牝于牧。牺牲、驹、犊，举书其数。

《诗经》文化笔记　七月流火，九月授衣——节序轮转与四时生活

117

（续表）

月份	物候	农政诸事
孟夏	蝼蝈鸣，蚯蚓出，王瓜生，苦菜秀。靡草死，麦秋至。是月也，以立夏。	毋起土功，毋发大众，毋伐大树。命野虞出行田原，为天子劳农劝民，毋或失时。驱兽毋害五谷，毋大田猎。农乃登麦。
仲夏	小暑至，螳螂生，䴗始鸣，反舌无声。日长至，阴阳争，死生分。鹿角解，蝉始鸣，半夏生，木堇荣。	农乃登黍。令民毋艾蓝以染。毋烧灰，毋暴布。门闾毋闭，关市毋索。游牝别群，则絷腾驹。班马政。
季夏	温风始至，蟋蟀居壁，鹰乃学习，腐草为萤。土润溽暑。大雨时行。	命渔师伐蛟、取鼍、登龟、取鼋。命泽人纳材苇。命妇官染采。树木方盛，乃命虞人入山行木，毋有斩伐。不可以兴土功，不可以合诸侯，不可以起兵动众。烧薙行水，利以杀草，如以热汤。可以粪田畴，可以美土彊。
孟秋	凉风至，白露降，寒蝉鸣，鹰乃祭鸟，用始行戮。是月也，以立秋。天地始肃。	乃命将帅选士厉兵，简练桀俊，专任有功，以征不义。命有司修法制，缮囹圄，具桎梏，禁止奸，慎罪邪，务搏执。农乃登谷。命百官始收敛。完堤防，谨壅塞，以备水潦。修宫室，坏墙垣，补城郭。
仲秋	盲风至，鸿雁来，玄鸟归，群鸟养羞。日夜分，雷始收声，蛰虫坏户，杀气浸盛，阳气日衰，水始涸。	乃命司服，具饬衣裳。乃命有司申严百刑，斩杀必当。毋或枉桡。可以筑城郭，建都邑，穿窦窖，修囷仓。乃命有司趣民收敛，务畜菜，多积聚。乃劝种麦，毋或失时，其有失时，行罪无疑。易关市，来商旅，纳货贿，以便民事。

（续表）

月份	物候	农政诸事
季秋	鸿雁来宾，爵入大水为蛤，鞠有黄华，豺乃祭兽戮禽。 霜始降。 草木黄落。 蛰虫咸俯在内。	乃命冢宰，农事备收，举五谷之要。 乃命有司曰："寒气总至，民力不堪，其皆入室。" 天子乃教于田猎，以习五戎，班马政。 乃伐薪为炭。 皆墐其户。乃趣狱刑，毋留有罪。
孟冬	水始冰，地始冻，雉入大水为蜃，虹藏不见。 是月也，以立冬。 天气上腾，地气下降。天地不通，闭塞而成冬。	命百官谨盖藏。命司徒循行积聚，无有不敛。坏城郭，戒门闾，修键闭，慎管籥，固封疆，备边竟，完要塞，谨关梁，塞徯径。 劳农以休息之。 天子乃命将帅讲武，习射御，角力。 乃命水虞、渔师收水泉池泽之赋。
仲冬	冰益壮，地始坼，鹖旦不鸣，虎始交。 日短至，阴阳争，诸生荡。 芸始生，荔挺出，蚯蚓结，麋角解，水泉动。 日短至。	命奄尹申宫令，审门闾，谨房室，必重闭。省妇事，毋得淫。 农有不收藏积聚者，马牛畜兽有放佚者，取之不诘。山林薮泽，有能取蔬食田猎禽兽者，野虞教道之。其有相侵夺者，罪之不赦。 伐木，取竹箭。 涂阙廷门闾，筑囹圄，此以助天地之闭藏也。
季冬	雁北乡，鹊始巢，雉雊，鸡乳。 征鸟厉疾。 冰方盛，水泽腹坚。 日穷于次，月穷于纪，星回于天，数将几终。岁且更始。	命渔师始渔。 命取冰。令告民，出五种。命农计耦耕事，修耒耜，具田器。 乃命四监收秩薪柴。 专而农民，毋有所使。 天子乃与公、卿、大夫，共饬国典，论时令，以待来岁之宜。

《月令》中的农政诸事安排，已明确按照四时所分别象征的生、养、敛、藏运转。春天万物萌生，则不为竭川泽、漉陂池、焚山林、伐桑柘、

《诗经》文化笔记 七月流火，九月授衣——节序轮转与四时生活

兴田猎等既害生、又妨农之事；夏天为万物继长之时，则为农驱兽，不做大田猎，不伐大树，不动兵革，在保护农业的同时，也令自然万物得以自由地生发成熟；秋天为收敛之时，于是可以收五谷，行田猎，伐薪烧炭，整饬军队，享受这一年的收获，以迎接冬天的到来；冬天为贮藏之时，又是一年之终，自然界即将进入下一个轮回，于是在与民休息之际，又转而为次年春天的耕作做准备。《礼记·王制》言："獭祭鱼，然后虞人入泽梁。豺祭兽，然后田猎。鸠化为鹰，然后设罻罗。草木零落，然后入山林。昆虫未蛰，不以火田，不麑，不卵，不杀胎，不殀夭，不覆巢。"《礼记·曲礼》亦有"国君春田不围泽，大夫不掩群，士不取麑卵""水潦降，不献鱼鳖"等基于季节的规定。这些贵生重农、顺时取物的政令安排，不独尊重天道轮回的规律，且具备朴素的保护自然的意识。而如刑狱、军事、水利、营造等诸事，也或循时令之生杀，或依农事之闲暇而逐一安排妥帖。此外，《月令》尚不厌其烦地详细叙述了各月不行其令的严重后果，仅举孟春之月为例："孟春行夏令，则雨水不时，草木蚤落，国时有恐。行秋令，则其民大疫，猋风暴雨总至，藜莠蓬蒿并兴。行冬令，则水潦为败，雪霜大挚，首种不入。"以周人对天道的崇敬，认为祥瑞灾异无非上天对人事之臧否，则这些灾难无疑昭示着为政者的倒行逆施。不按时行令，便会破坏天人之际的节律，导致天时至人事的全面失序。《国语·周语》中载周幽王时地震，大臣伯阳父认为"周将亡矣"，并释其原因为"夫天地之气，不失其序；若过其序，民乱之也"，即是这种思想的延伸。

《月令》更从正面强调了国家政令颁布与官员行事得当的作用，即在每个月都有效地授民以时，使国计民生都整饬有序。在它所描叙的山川水泽田野的四季景象中，时而闪现各类农官勤于政事的身影，以使民不失时。篇中提及野虞、水虞、渔师、四监、司空、冢宰等官职，除司空隶属冬官，掌营造，冢宰属天官，统百官外，其余皆属地官之职。按《周礼·地官》，仅在执掌农事方面，即设有草人、稻人、司稼、土训、诵训等官，以教农业，告风俗；场人、廪人、仓人、舂人等官，以备仓储；牧人、牛人等官，以作畜牧；山虞、林衡、川衡、泽虞、迹人、矿人、囿人等官，掌山林川泽之出产；土均、角人、羽人、掌葛、掌染草、掌炭、掌荼、掌蜃等官，

收田野山川之赋税。如此分门别类，对农事关注之细致，掌握之严谨，不独可见周人农政官职之齐备，从治理的角度而言，也更容易使政令合乎天道四时与万物运生，有秩序地循环往复。天子与群臣"共饬国典，论时令，以待来岁之宜"的治理方式，也因而成为良政的典范。

然而《月令》毕竟为战国晚期成形的著作，在被汉儒编入《礼记》时或许也经过整理，其中所记的官职名称、农政时间等，并不完全为周代之格局，也可能杂入了秦汉之时的制度片段。纯粹属于周代的例证尚需要到《诗经》中去寻找。如《鄘风·定之方中》篇中，卫国中兴之君卫文公对时令的把握即受到国人的赞美：

> 定之方中，作于楚宫。揆之以日，作于楚室。树之榛栗，椅桐梓漆，爰伐琴瑟。
> 升彼虚矣，以望楚矣。望楚与堂，景山与京，降观于桑。卜云其吉，终焉允臧。
> 灵雨既零，命彼倌人。星言夙驾，说于桑田。匪直也人，秉心塞渊。騋牝三千。

《郑笺》认为"定星昏中而正，于是可以营制宫室，故谓之营室。定昏中而正，谓小雪时"，营室星出现在南天，为夏历十月，时在孟冬，为农闲之时，可以动用民力建造宫室。此《豳风·七月》之"九月筑场圃，十月纳禾稼……我稼既同，上入执宫功"可以互参。又按《礼记·月令》，仲春"毋作大事，以妨农之事"，孟夏"毋起土功"，至仲秋时方"可以筑城郭，建都邑"，仲冬仍有"涂阙廷门闾，筑囹圄"的土功记载，再至季冬，则应"专而农民，毋有所使"，则《诗经》二篇所载之周人的营造时间，也在《月令》可行营造的时段区间之内，二者的规模与思路大体一致，都是为了避开农忙之时。故《毛序》认为此篇主旨为"美卫文公也。……文公徙居楚丘，始建城市而营宫室，得其时制，百姓说之，国家殷富焉"。

在遵守时序之外，《定之方中》也强调了卫文公对农桑诸事的重视。次章写"降观于桑"，即是对楚丘一带水土是否宜于农桑的考察。末章"灵

《诗经》文化笔记 七月流火，九月授衣——节序轮转与四时生活

雨既零，命彼倌人。星言夙驾，说于桑田"，则是卫文公在夜雨之后亲自乘车去桑田，勉励农人劳作。国君效法天道，勤于农政，卫国的复兴可想而知。方玉润《诗经原始》亦言，"不数年而戎马浸强，蚕桑尤盛，为河北巨邦。其后孔子适卫犹有庶哉之叹，则再造之功不可泯也"，特别提及"蚕桑尤盛"，当是为应和此二章中对桑事的叙写。

周人主张人事与天时的相配，将四时的变化规律与人类社会的运作节律融二为一，秩序井然中，又充分展现对"时"的看重与把握。其后孔子继承周文，治国理念中便有"使民以时"（《论语·学而》）一条，强调使用民力当在农闲之时。在《周易》中，更是多次强调"时"的重要性。《周易》取象立义，本就源自人类对自然界的理解与效法，而如《象传》之"观乎天文，以察时变"，"与时偕行"，更是看重天人之际的互动关系，将自然规律内化于人类社会，于体察世界的变动不居中，使人类生命依归于流转之永恒。

农桑画卷：农人的四时

《释名·释天》认为："时，期也，物之生死，各应节期而止也。"不独四时物候有其节期，如费正清所言，在中国的农耕文明传统中，人的生活周期同样"是同精耕细作的季节周期紧密地交织在一起的。人的生死同贯穿在庄稼的栽种和收获中的旋律相协调……村、家和个人按季节和庄稼收获的旋律，按出生、结婚、死亡的旋律展开活动"。一时有一时之事，不可彼此错杂、逾越。在时序的搏动中，生命的节律不断代谢，却又在更宽广的意义上周而复始。

《豳风·七月》为《国风》中最长的篇章，亦是中国最古老优美的农事诗，描叙周人交织于物候中的四时生活。其作者不能确考，《毛序》以为周公所作，"陈后稷先公风化之所由，致王业之艰难也"。然而方玉润《诗经原始》言："《七月》一篇所言皆农桑稼穑之事。非躬亲陇亩，久于其道者，不能言之亲切有味也如是"，认为作者当为非常熟悉农事节律之人。周代重视农政，即便是身在高位的王臣，亦当对农事不乏了解，故《毛序》

托为周公，也可成说。而在逐章细读《七月》之后，当可对周人的农桑生活及其自然环境有非常深入细致的体会：

> 七月流火，九月授衣。一之日觱发，二之日栗烈，无衣无褐，何以卒岁？三之日于耜，四之日举趾。同我妇子，馌彼南亩；田畯至喜。

本章作为《七月》的首章，以节令变化为脉络，总写农人秋去春来的生活轨迹。"七月流火"，即在夏历七月，大火星从正南天空移向西方。夏历的七、八、九三个月分别对应孟秋、仲秋、季秋之月，周人看到这一标志性的天文现象，便知道天气即将转凉，需要裁制寒衣。"九月授衣"，九月季秋一过，便是凛冽的冬天，周历中所言"一之日""二之日"，正是夏历十一月仲冬、十二月季冬的严寒之时。而在冬寒之后的"三之日""四之日"，即夏历正月孟春、二月仲春，农人便应当收拾农具，下田劳动。男人耕作，女人和孩子送饭，正是一派生机勃勃的景况。

诗中写气候之变化，实是为写冬衣与春耕二事，一并点明衣与食这两个不可或缺的生存之本，以总领全篇。其起笔切入不在一岁之初，反而由一岁之中的夏秋之交写起，延至来年春天，正强调了四季轮转的周而复始，生生不息，于是其下诸章遂皆循此笔法，逐一展开这幅宏大细腻的农事风俗画卷。此外，章末细笔又延及对人事与人情的描写。郑玄训"喜"当作"饎"，即田官与农人分享酒食，《正义》以为这正是"民爱其吏"的体现。农人勤于其事，田官尽其职守，二者关系十分融洽，以一"喜"字收束，正可见其地其国治理之安定有序。

> 七月流火，九月授衣。春日载阳，有鸣仓庚。女执懿筐，遵彼微行，爰求柔桑。春日迟迟，采蘩祁祁。女心伤悲，殆及公子同归。

诗的次章与三章转入对"衣"的叙写，而主在蚕桑之事。次章仍以"七月流火，九月授衣"始，由授衣之事，一笔转到次年春日采桑之景。春为一年之始，在白昼转长，黄莺鸣叫时，农女依循物候，开始采桑饲蚕。而

《诗经》文化笔记 七月流火，九月授衣——节序轮转与四时生活

《诗经》文化笔记 七月流火，九月授衣——节序轮转与四时生活

在此时，也有诸多采蘩之人。蘩，《尔雅·释草》有皤蒿、菟蒵二解，菟蒵不知何物，郭璞注《尔雅》，认为皤蒿即白蒿。白蒿春日初生，至秋香美可食，《召南·采蘩》所采即为此物，以用于祭祀。而《毛传》以蘩为皤蒿，认为"可以生蚕"，《诗集传》复言"白蒿所以生蚕，今人犹用之，盖蚕生未齐，未可食桑。故以此咦之也"，可知此处采初生白蒿，是因其叶柔嫩，可饲新蚕，与前所言"爰求柔桑"也可形成呼应，以见农人在蚕事之初的精心照拂。《小雅·出车》篇有"春日迟迟，卉木萋萋。仓庚喈喈，采蘩祁祁"之句，描绘春日明丽景象，与此章如出一辙。然而由于《七月》这一章主要写女性的活动，故于春景之外，复着以"懿筐""微行""柔桑"等细笔，更予人以婉转细腻之感。

此章最末的"女心伤悲，殆及公子同归"则荡开一笔，指向人类在衣食等生存需求之外的婚嫁繁衍等活动，亦可谓由农事而及人事。按《礼记·月令》，仲春之月，仓庚鸣，玄鸟至，为祭祀高禖之时，《周礼》则言"仲春之月，令会男女。于是时也，奔者不禁"，则春日万物生发，当行嫁娶，如《豳风·东山》言"仓庚于飞，熠耀其羽。之子于归，皇驳其马"，即在其时。古人认为，春女秋士之悲，皆因感物化而生，春日阳气上腾，女子或会念及归嫁之事，不愿随诸侯之女远嫁他国。于是，在辛勤的农事劳作之余，诗中亦涉及了普通人的生活与情感细节，由此亦可一观当时之风俗。

> 七月流火，八月萑苇。蚕月条桑，取彼斧斨，以伐远扬，猗彼女桑。七月鸣鵙，八月载绩。载玄载黄，我朱孔阳，为公子裳。

三章继续述蚕桑之事，而承前两章的笔法，仍由秋天说起。大火星西流之后，农人已经需要收割芦苇，《毛传》谓"豫畜萑苇，可以为曲也"，曲即养蚕所用的蚕箔。在秋天就要为次年春天的蚕桑之事做准备，十分真切地展现了农事生活环环相扣的连贯性。接下来，诗篇即由蚕箔的编制跳跃至来年春天修整桑枝，采摘桑叶等事。此处虽也写采桑，但与主要描写女性采桑活动的上一章侧重有所不同，前后观之，又有相互映衬之妙。

至后半章，桑事已毕，诗句的时令之兴又重新回到七八月间。䴗，《尔雅·释鸟》认为是伯劳，诗中言"七月鸣䴗"，应与下文"五月鸣蜩"相类，是以其初鸣作为物候之征。然而《左传》载"伯赵氏，司至者也"，《礼记·月令》亦言仲夏之月"䴗始鸣"，都与夏至相关，但夏历七月已至孟秋，伯劳此时鸣叫未免过晚，故《郑笺》提出"伯劳鸣，将寒之候也，五月则鸣。豳地晚寒，鸟物之候从其气焉"，认为豳地伯劳晚鸣，当与其晚寒的气候相关。寒既将至，织染裁衣诸事便也提上日程。在八月间，农女们不仅要收割芦苇以备次年的桑事，也要开始染缯绩麻，完成这一年的纺织裁衣等工作。于是，这一章对蚕桑诸事的叙写便形成了一个完整的时序轮回。而"八月载绩"，又与前两章起笔之"九月授衣"形成呼应，虽笔法错落，却勾连紧密。至此，《七月》开篇便提到的"衣"之一事，方才被写尽。此外，织物所着的玄、黄、朱等正色，或用于祭祀之服，或用于贵人之裳，寥寥数笔，也勾染出当时社会层次的隐约轮廓。

四月秀葽，五月鸣蜩。八月其获，十月陨萚。一之日于貉，取彼狐狸，为公子裘。二之日其同，载缵武功。言私其豵，献豜于公。

在前几章中，周代农人所熟悉的时序轮回已然大致完整，而其书写主要侧重于春日蚕桑，秋日授衣等事。此章则更侧重夏冬两季的物候变化与人事。"四月秀葽"，《尔雅·释草》有葽绕，一名蒺藱，即今之远志，其花期在阳历5—7月。郑玄则引《夏小正》"四月，王萯秀"，认为葽或是王瓜，而《月令》亦有孟夏四月"王瓜生，苦菜秀"的记载。则知春夏草木萌生，物候诸多，均可成为时序的标志。"五月鸣蜩"，仲夏月亦称鸣蜩月，《夏小正》与《月令》皆有相关记载。

夏日万物的尽情生长之后，就是秋天的收获季节，即《月令》孟秋之"农乃登谷"至仲秋之"趣民收敛"。随后，在木叶飘零之时，便到了孟冬十月，至此，前半章中时序的流逝与积累方才指向了具体的人事。入冬农闲，便是习武田猎之时。"取彼狐狸，为公子裘"，不只是写打猎的收获与社会阶层的划分，且又为前几章中已经完成的"衣"这一主题添上了意外却合理的一笔。此外，猎人们聚在一起，谈论猎物的分配，这一细节也饶有趣味。

> 五月斯螽动股，六月莎鸡振羽。七月在野，八月在宇，九月在户，十月蟋蟀入我床下。穹室熏鼠，塞向墐户。嗟我妇子，曰为改岁，入此室处。

秋冬之际，鸣虫逐暖，依人而居，已有《唐风·蟋蟀》中"蟋蟀在堂，岁聿其莫"，表现时人对物候的熟悉，见蟋蟀在堂，便知道一岁将尽。然而《七月》对鸣虫的这段描写，是更为生动和细致入微之笔。仿佛一个就人的视野展开的长镜头，时空皆悠悠流逝，唯有蟋蟀的跳跃和叫声由远而近，由乡野而田园，直至隐没在室内床下。而这几度跳跃，一缕鸣声，便带过由夏入冬的半年光阴。陈继揆《读风臆补》言此篇"一句一事"，即便所提到的鸣虫也不止一种。斯螽即螽斯，莎鸡即纺织娘，陆玑《毛诗草木鸟兽虫鱼疏》以为前者以股鸣，后者振羽有声，与蟋蟀相并，愈生夏日田野间一派错杂嘈切之感。而朱熹《诗集传》认为，"斯螽、莎鸡、蟋蟀，一物随时变化而异其名。动股，始跃而以股鸣也。振羽，能飞而以翅鸣也"，则将三者混淆为一，其说虽误，却也意外强调了蟋蟀这一意象持续的动感。

而经由"蟋蟀入我床下"，人的存在被自然地揭示出来，诗句的描写也由景物转向人事。鸣虫蛰伏，时在秋冬之际，农人们需要开始修葺房屋，以度严寒。《月令》季秋言"蛰虫咸俯在内"，"寒气总至，民力不堪，其皆入室"，可为这一章之佐证。

> 六月食郁及薁，七月亨葵及菽。八月剥枣，十月获稻。为此春酒，以介眉寿。七月食瓜，八月断壶，九月叔苴。采荼薪樗，食我农夫。

这一章接续了首章便提出的"食"之主题。据《夏小正》，孟夏四月即"囿有见杏"，五月"煮梅"，六月"煮桃"，八月"剥瓜"、"剥枣"，从夏天开始，山野园囿中的果菜次第成熟，成为农家采撷收获的对象。《七月》中所提及的植物与《夏小正》有一定出入，但同样展现了自然的丰饶。

郁，《毛传》言为棣属，陆玑《疏》认为"其树高五六尺，其实大如李，色赤，食之甘"，即今郁李。薁，《毛传》以为"蘡薁"，《广雅·释草》亦言"燕薁，蘡舌也"，即山葡萄。而孔颖达《正义》将二者混同，认为"车下李即郁，薁李即薁，二者相类而同时熟"，但《七月》言简义丰，上章写草间鸣虫，也是一句一物，此处必不至有重复之事。

葵，《说文》言即葵菜，即今之冬苋菜。《齐民要术》将之列为蔬菜之首，《本草纲目》言其"为百菜之主，备四时之馔"，又载其别名露葵，则王维诗"松下清斋折露葵"，即为此菜。又按《本草》，"六、七月种者为秋葵；八、九月种者为冬葵，经年收采；正月复种者为春葵。然宿根至春亦生"，则葵菜一年中皆可种植，《七月》中所采，当是新长的秋葵。此外，《尔雅》谓蓳为苋葵，芹为楚葵，菺为戎葵，《毛传》释《鲁颂·泮水》又言"茆，凫葵"，葵字在植物别称中的广泛使用，证明了它在周人生活中的常见与普遍。

菽为豆类之称。《太平御览》言"主夏者火，火昏中，可以种黍菽"，则种菽当在农历五六月间。至于其成熟收获，《七月》于此章之下即言，十月收获的农作物有"禾麻菽麦"，《小雅·小明》"岁聿云莫，采萧获菽"，也当在秋冬之交。于是，"七月亨葵及菽"，所烹煮的都是新而嫩的菜蔬，便有一种及时尝新的乡野风味。

此外，壶为葫芦，一名甘瓠，《小雅·南有嘉鱼》"南有樛木，甘瓠累之"即此。苴为麻子，《正义》以为"以麻九月初熟，拾取以供齑菜"。至于食瓜、剥枣、获稻，都无需赘述。荼即苦菜，陆玑《疏》言"苦叶，生山田及泽中，得霜甜脆而美"，亦即《大雅·绵》之"周原膴膴，堇荼如饴"，体现了周人对采摘时令的把握。

章中历数种种出产，以见周人田园山野的繁茂丰美，然而若仅是按月罗列诸物，也觉乏味。故其间特地打断叙述节奏，延出一笔，"为此春酒，以介眉寿"。春酒，《毛传》以为冻醪，寒时所酿，经春而成。《礼记·月令》四月孟夏，有"天子与群臣饮酎"的记载，郑玄注"酎之言醇，谓重酿之酒，春酒至此始成"。眉寿，即长寿，郑玄以为此句言酿酒以助于养老。周人岁末蜡祭，本有饮酒劳农之风俗，如《礼记·王制》载岁末"休老劳

《诗经》文化笔记　七月流火，九月授衣——节序轮转与四时生活

农，飨养之"，亦即《周礼·地官》所谓"国索鬼神而祭祀，则以礼属民，而饮酒于序以正齿位"。则对于周之农人，春酒经冬而成，至次冬蜡祭可以享用，同时又酿新酒以待来年，如此循环不已。因此，获稻酿酒的这一细节实则充满张力，既使人对将到来的蜡祭宴饮有所期盼，又可以展望来年的春酒酝熟至岁暮蜡祭，不独展现了农忙之后的休憩与温情，也真切地感受到生命在时序中的轮回往复。

九月筑场圃，十月纳禾稼，黍稷重穋，禾麻菽麦。嗟我农夫！我稼既同，上入执宫功：昼尔于茅，宵尔索绹，亟其乘屋，其始播百谷。

此章承上章"十月获稻"，在"食"之一事上再添最重一笔，即秋收冬藏。场圃，郑玄注以为"场圃同地耳，物生之时，耕治之以种菜茹，至物尽成熟，筑坚以为场"，秋初菜蔬成熟之后，便将田地筑为场圃，以备收纳谷物。"黍稷重穋，禾麻菽麦"，一字一物，充分展现了谷物品类之繁多。黍稷二名，诗经中常见，如《王风·黍离》之"彼黍离离，彼稷之苗"，《小雅·出车》之"昔我往矣，黍稷方华"，后世沿用，遂成谷物之通称。按《礼记正义》，"谷秫者曰黍"，而《说文》言"秫，稷之黏者也"，可知黍稷是以有无黏性区分，即《本草》所总结的"黏者为黍，不黏者为稷"。又孔颖达认为，"谷之黄色者，惟黍、稷耳"，今多以黍为糜子或黄米，以稷为粟或高粱。《毛诗正义》则以为黍稷"二物大时相类，但以稷比黍，黍差为稙"，黍比稷成熟较早，此说与下文之重穋有所重复。重穋，《毛传》"后熟曰重，先熟曰穋"，是以其成熟早晚分，而《七月》一句一事，在句中当无前后重复之理，故黍稷之别，仍当以《本草》等说为是。"禾麻菽麦"句，则是以类区分，分别为谷、麻、豆、麦之总称，因周人首重谷物，上句中特地以"黍稷重穋"，专写禾谷之众多，而稻、秫、菰、粱等尚略而未言，由此已可推知其收获之丰；下句展示其作物大类，便可想象，麻、菽、麦等物，也是一样的丰收景象。寥寥数字，已足以见周人农业之昌盛富足。

收获之后，便到了冬天农闲时节。《月令》谓"天地不通，闭塞而成冬"，到了修葺房屋宫室之时。农人自己的房屋修整，已于前章"穹窒熏鼠，

塞向墐户"处写过，此处便专写其修筑宫室的服役。这与《鄘风·定之方中》所言十月营室星现于南天，可筑宫室的事例是相合的。此时，农人们也会再度展望次年的春耕，修葺工作之后，春天便将到来，"其始播百谷"。这一句与首章中的"三之日于耜，四之日举趾"也形成了回环的照应，将春耕夏长、秋收冬闲的整个序列完整地呈现出来。

《七月》写农人一年的生活，诸事毕备，疏密不同，而重中之重即在耕作。从开篇的"三之日于耜，四之日举趾"，到其间各章穿插"八月其获"，"十月获稻"，"九月筑场圃，十月纳禾稼"，"其始播百谷"，至终章仍收以"九月肃霜，十月涤场"，对耕作时令的关注与强调贯穿终始，堪称全篇之总纲，充分展现农耕文明下周人对于自身命脉的把握与依循。

周人未立国时即有重农之传统，始祖后稷在尧舜时便为农官。《史记·周本纪》载，后稷幼时，"其游戏，好种树麻、菽，麻、菽美。及为成人，遂好耕农，相地之宜，宜谷者稼穑焉，民皆法则之"。其后，公刘迁豳，"复修后稷之业，务耕种，行地宜……周道之兴自此始"，即《大雅·公刘》篇之"度其隰原，彻田为粮"。至古公亶父，复迁于岐山之下，《大雅·绵》言"周原膴膴，堇荼如饴"，土地肥沃的周原更令周人得以安居乐业，继续壮大，至古公亶父之孙周文王时，遂得为周王朝奠基。因此，周人的祭祀祝祷诗中，多见对农事成果的描叙，如《小雅·楚茨》"自昔何为？我蓺黍稷。我黍与与，我稷翼翼。我仓既盈，我庾维亿"，与《周颂·丰年》"丰年多黍多稌。亦有高廪，万亿及秭"，都是赞美丰收，以祀先祖之作。《大雅·生民》篇的四至六章中，则极力铺陈周之先祖后稷的农业天赋，细致描绘作物抽苗、秀穗、成熟的过程，也展示了周人农作物品类之盛：

> 实覃实訏，厥声载路。诞实匍匐，克岐克嶷，以就口食。蓺之荏菽，荏菽旆旆，禾役穟穟，麻麦幪幪，瓜瓞唪唪。
>
> 诞后稷之穑，有相之道。茀厥丰草，种之黄茂。实方实苞，实种实褎，实发实秀，实坚实好，实颖实栗，即有邰家室。
>
> 诞降嘉种，维秬维秠，维糜维芑。恒之秬秠，是获是亩。恒之糜芑，是任是负，以归肇祀。

《诗经》文化笔记　七月流火，九月授衣——节序轮转与四时生活

《诗经》文化笔记

七月流火，九月授衣——节序轮转与四时生活

篇中提及的作物有荏、菽、禾、麻、麦、瓜、瓞、黄茂、秬、秠、穈、芑等。《尔雅·释草》言，"戎叔谓之荏菽"，又言"苏，桂荏"，则荏或是大豆，或为白苏，其种均可榨油。黄茂则是因黍稷色黄，被视为嘉谷，成为二者之美称。穈亦为黍之类。此外仍据《释草》，秬为黑黍，芑为白苗，秠则为一壳二米之黍类。这些丰富的作物，也可作为《七月》中收获之景的参照。

二之日凿冰冲冲，三之日纳于凌阴。四之日其蚤，献羔祭韭。九月肃霜，十月涤场。朋酒斯飨，曰杀羔羊。跻彼公堂，称彼兕觥，万寿无疆！

《七月》的后几章，主要内容皆落在收获敛藏的秋冬之时，修葺房屋、收获粮食、营造、酿酒等事，其时序回环亦越发紧密，不断强调岁末之敛藏。此章为《七月》末章，其所涉之事，更都在一年之终的冬季。《礼记·月令》载，季冬之时"冰方盛，水泽腹坚，命取冰"。负责取冰藏冰的官员名为凌人，即《周礼·天官·凌人》所载，"凌人掌冰，正岁十有二月，令斩冰，三其凌。春始治鉴"。藏冰之室名为凌阴。到了周历"四之日"，即仲春之月，这些藏冰方能够被取用，即《月令》之"天子乃鲜羔开冰，先荐寝庙"。至于祭韭，《礼记·王制》有"春荐韭，夏荐麦，秋荐黍，冬荐稻"之说，又言有田为祭，无田为荐，可知天子诸侯与庶人之祭祀，所称虽异，所用之物当相同。故汉末《四民月令》有二月祠太社"荐韭、卵"之记载，《太平御览》也以为春日祭祀"荐尚韭柳"，均承此而来。藏冰是冬天之事，而诗句特意提及第二年开冰，仍保持着《七月》篇中随时可见的时序往复之感。

篇中叙写的农桑诸事，直至末章上半的藏冰备暑，都是随时而兴的劳作，最终收束于农闲时的宴飨。《毛传》以为"飨者，乡人饮酒也"，为民间之乡饮酒礼；《郑笺》则以为这是国君飨群臣的宴席，"十月，民事男女俱毕，无饥寒之忧，国君闲于政事而飨群臣"。在一年时序之终，上下皆闲适无忧，故此能够酒食尽欢，而无论是国君之燕乐还是常人之乡饮

酒，都是以有节度的宴飨来渲染和乐的氛围，即《礼记·燕义》所谓"是以上下和亲而不相怨也。和宁，礼之用也"。人际关系与情感，上下长幼之礼义，尽在其中。此外，农闲之宴飨，也可回溯至首章春耕时"田畯至喜"的酒食分享，这一和乐氛围也仿佛贯穿于整年的时序中。故此，宴饮于周人的意义不独在饮食，更在社会群体的礼俗与人伦之中，《七月》以和乐融融的宴飨祝祷总收全篇，正是卒章显志之笔，将周人群体的有序生活，及这一节律自身，都安置于礼乐文明的境界之内。

朱熹作《诗集传》，便着重从时令与政教相结合的方面生发《七月》之时义："仰观星日霜露之变，俯察昆虫草木之化，以知天时，以授民事。女服事乎内，男服事乎外，上以诚爱下，下以忠利上。父父子子，夫夫妇妇，养老而慈幼，食力而助弱。其祭祀也时，其燕享也节。此《七月》之义也。"即是强调时序与人事的关联，认为《七月》篇中符合时序、节制有度的生活，足以成为天人合律、上下通情的典范。

此外，历代诸家对《豳风·七月》篇的评价亦均极高。如孙鑛《评诗经》言："衣食为经，月令为纬，草木禽虫为色，横来竖去，无不如意，固是叙述忧勤，然即事感物，兴趣更自有余。"这一评价本身便深得《七月》之神，其文字亦极具诗意之美。通观《七月》全篇，每章所述都不限于一月一季之事物，而是随着时序流转铺卷，展现不同时令的物候次第，人间生活。其叙事一句一事，朴质宏正，能放能收；笔法若即若离，跳跃灵动，又隐然不失其章；通篇气韵则舒展流畅，回转如意。

方玉润《诗经原始》称赏《七月》的文辞风力，认为后来诸山水田园诗人皆有所不及："今玩其辞，有朴拙处，有疏落处，有风华处，有典核处，有萧散处，有精致处，有凄婉处，有山野处，有真诚处，有华贵处，有悠扬处，有庄重处。无体不备，有美必臻。晋、唐后，陶、谢、王、孟、韦、柳田家诸诗，从未见臻此境界。"陶渊明虽然归隐躬耕，其《归园田居》诸诗中也有种豆种苗之叙，但其诗之气象贵在一人之性灵；《七月》则叙周代农人一年之生计，视野既广，对时序中的生命亦存在周而复始的普遍关怀。谢灵运与王、孟等经行山水，自然闲居，隐逸气与文人气具足，然而其诗中仍多是个人情感的抒发，不及具体农事生活，故无《七月》的沉着宏大。

《诗经》文化笔记　七月流火，九月授衣——节序轮转与四时生活

韦应物以下,尤其是两宋士大夫,虽然贴近民生,书写民生之苦乐,但其诗多为旁观视角,写一时一事。即便至范成大《四时田园杂兴》,以联章组诗之格局写全年农事生活,然而同样一事一诗,如册页小景,不如《七月》的长卷铺陈,浑然一体。

姚际恒《诗经通论》更将《七月》所记与众多前代典籍相比拟,突出其作为一部周人社会生活史的意义:"鸟语虫鸣,草荣木实,似《月令》;妇子入室,茅綯升屋,似《风俗书》;流火寒风,似《五行志》;养老慈幼,跻堂称觥,似庠序礼;田官染职,狩猎藏冰,祭献执宫,似国家典制书。其中又有似《采桑图》、《田家乐图》、《食谱》、《谷谱》、《酒经》:一诗之中,无不具备,洵天下之至文也。"牛运震《诗志》同此,而更称赞《七月》圆转如意的章法结构:"此诗以编纪月令为章法,以蚕衣农食为节目,以预备储蓄为筋骨,以上下交相忠爱为血脉,以男女室家之情为渲染,以谷蔬虫鸟之属为点缀,平平常常,痴痴钝钝,自然、充悦、和厚、典则、古雅,此一诗而备三体,又一诗中而藏无数小诗,真绝大结构也。"

这一囊括了时令、物候、人事、教化等诸重要方面,隐然呈现整部周人社会生活史的"天下至文""绝大结构",或者唯有古希腊诗人赫西俄德《工作与时日》可与之相提并论。《工作与时日》铺叙古希腊四时中的天象变化,植物生长,候鸟来去,又将农事、航海、祭祀等诸事融于其中,谆谆教诲。二者虽文化背景相异,体量不同,但在格局方面却皆宏大有容,故《工作与时日》为西方农事长诗之祖,而《豳风·七月》则成为中国诗歌史上四时田园诗的母题。

附：婚嫁与时节

《豳风·七月》中有"女心伤悲，殆及公子同归"之句，《郑笺》认为"悲则始有与公子同归之志，欲嫁焉"，是对女性感时而向往婚姻的描写。按《诗经》中提及婚嫁之篇，多涉周时时令礼俗，故在此为一附记。

《唐风·绸缪》篇描写一个美好的新婚夜晚，"绸缪束薪，三星在天。今夕何夕，见此良人？子兮子兮，如此良人何？""三星在天"，有冬夜出现的参宿三星以及夏夜出现的心宿三星两种解读，分别体现了对周代婚姻之时的不同理解，即王肃注《孔子家语》所论，季秋霜降，为嫁娶之时，仲春农事始起，为期尽之时，以及《毛诗正义》中郑玄认为"嫁娶者当用仲春之月"。而对照《诗经》中的其余篇章，或当以郑说更具可能。

《诗》中诸篇，大凡涉及婚娶之事，或赋或兴，多用春日之物候。如《豳风·东山》言"仓庚于飞，熠耀其羽。之子于归，皇驳其马"，描绘了一次在春天黄莺啼鸣时发生的婚礼。《召南·何彼秾矣》写王姬出嫁，以"何彼秾矣？唐棣之华"，"何彼秾矣？华如桃李"起兴，一派春气盎然的景象。即便是《召南·鹊巢》以"维鹊有巢，维鸠居之"兴婚嫁之事，也是以春时禽鸟筑巢繁衍为喻。《周南·桃夭》更是一篇书写春日及时嫁娶的婚姻诗：

> 桃之夭夭，灼灼其华。之子于归，宜其室家。
> 桃之夭夭，有蕡其实。之子于归，宜其家室。
> 桃之夭夭，其叶蓁蓁。之子于归，宜其家人。

《诗集传》言"然则桃之有华，正婚姻之时也"，认为春日花发草长，正是婚姻之时。而《桃夭》篇中，更以时序发生的层次来组织其结构，推进其寓意，故解读时应重视对诗篇中"时"这一范畴的把握。由开花到结实，是桃树由春而夏的生长过程，而后遂有全树枝叶繁茂的风姿，如此层层递进，以比喻女子出嫁生子、主持一家事务的姿容与美德。所谓"宜"，有合宜之义，这一婚姻的发生既合节序，又合礼俗，正可谓年时俱当。

《召南·摽有梅》，《毛序》同样以为是"男女及时"之作：

摽有梅，其实七兮。求我庶士，迨其吉兮。
摽有梅，其实三兮。求我庶士，迨其今兮。
摽有梅，顷筐塈之。求我庶士，迨其谓之。

郑玄笺云："梅实尚余七未落，喻始衰也。谓女二十，春盛而不嫁，至夏则衰。"梅子黄熟，纷纷坠落时，嫁娶之期已过，故女子作诗叹息其时，迫切之意，逐章推进。首章"迨其吉兮"，还有选择良时之余地，而末章"迨其谓之"，《毛传》认为"不待备礼也。三十之男，二十之女，礼未备则不待礼会而行之者，所以蕃育民人也"，援引《周礼》仲春时"奔者不禁"之语，认为既然当婚嫁之时已至，则可从权而不必用礼。周人社会虽有礼俗制度，然而人礼原本法于天道，故《毛传》以为时序可重于礼制，也属合宜。此外，闻一多《诗经新义》以为，"古俗于夏季果熟之时，会人民于林中，士女分曹而聚，女各以果实投其所悦之士，中焉者或以佩玉相报，即相约为夫妇焉"，以夏天果熟时为嫁娶时令，亦可备一说。

按《夏小正》二月即有"绥多女士"的记载，将男女偕行作为春天的标志之一。《周礼·地官》述媒氏之职，更将婚恋作为国人在春天需奉行的习俗与制度："中春之月，令会男女。于是时也，奔者不禁。若无故而不用令者，罚之。司男女之无夫家者而会之。"则在周时，"生气方盛，阳气发泄"（《礼记·月令》）的春天本就是青年男女相会之期，爱恋嫁娶，皆当其时。相对而言，《月令》对冬天的描述则不宜于此。孟冬之月"天气上腾，地气下降，天地不通，闭塞而成冬"，仲冬之月"命奄尹申宫令，审门闾，谨房室，必重闭。省妇事，毋得淫"。"君子齐戒，处必掩身，身欲宁，去声色，禁耆欲，安形性，事欲静，以待阴阳之所定。"这些叙述都强调从天时到人事的沉静闭敛，认为人在此时应当杜绝声色，等待阳气的再度滋长，至春天，方随着天子"以大牢祠于高禖"，迎接一年中繁衍生息的时刻。

除隆重的嫁娶之外，春日男女相恋的景致也常见于《诗经》中。如《召南·野有死麕》，"林有朴樕，野有死鹿。白茅纯束，有女如玉"，王质《诗总闻》以为"女至春而思有所归，吉士以礼通情"。《郑风·野有蔓草》，"野有蔓草，零露漙兮。有美一人，清扬婉兮。邂逅相遇，适我愿兮"，《正义》以为"二月始有露，故云蔓草生而有露，谓仲春时也"。这些都是发生在春天的恋情。各诸侯国也多有春日使男女相会的风俗。卫之桑间濮上，郑之溱洧，陈之宛丘等，都是著名的相会之地，产生了《鄘风·桑中》《郑风·溱洧》等爱情诗歌。

又，《郑风·溱洧》不独为符合节令的诗篇，其内容更与中国古代的上巳节传统相关：

溱与洧，方涣涣兮。士与女，方秉蕑兮。女曰："观乎？"士曰："既且。""且往观乎！洧之外，洵讦且乐。"维士与女，伊其相谑，赠之以勺药。

溱与洧，浏其清矣。士与女，殷其盈矣。女曰："观乎？"士曰："既且。""且往观乎！洧之外，洵讦且乐。"维士与女，伊其将谑，赠之以勺药。

蕑，陆玑《疏》言："即兰，香草也……其茎叶似药草泽兰，广而长节，节中赤，高四五尺"，即《楚辞》所谓"纫秋兰以为佩"之秋兰。又《太平御览》引南朝盛弘之《荆州记》："都梁县有小山，山水清浅，其中生兰草。俗谓兰为都梁，即以号县。"而清人多隆阿《毛诗多识》复引此，以为"盛氏《荆州记》云：都梁县有山，山下有水清泚，其中生兰草，名都梁香，因山为号。其物可杀虫毒，除不祥，故郑人方春三月于溱洧之上，士女相与秉蕑而祓除"，认为兰草可驱虫，故郑人秉蕑而游。按《太平御览》引《广志》曰："都梁，出淮南。"而都梁县在今湖南武冈，即周时楚国之南陲，与郑国相去较远，由此亦可一观上巳祓禊风俗之流布。

先秦文献中尚未见上巳日之明确记载，但《周礼·春官·女巫》有"女巫掌岁时祓除、衅浴"的制度，而郑玄注言，"岁时祓除，如今三月上巳如水上之类。衅浴，谓以香熏草药沐浴"，将祓除衅浴与上巳日联系在一起，其后诸说多从此。按《汉书·五行志》有"高后八年三月，祓霸上"之说，《后汉书·礼仪志》中亦提及三月上巳洗濯祓除的风俗，《宋书·礼志》又引《韩诗》言："郑国之俗，三月上巳，之溱、洧两水之上，招魂续魄，秉兰草，拂不祥"，则上巳祓除之俗最晚在汉初当已确立，至曹魏而固定为每年三月三日。其后晋人兰亭之会，亦为此风俗之延续。

怀柔百神，及河乔岳
——祭祀传统与天人秩序

是故昔者天子为藉千亩，冕而朱纮，躬秉耒；诸侯为藉百亩，冕而青纮，躬秉耒，以事天地、山川、社稷、先古，以为醴酪齐盛于是乎取之，敬之至也。

——《礼记·祭义》

祭祀的本质，是宗教或类宗教性的活动。在原始宗教中，它是先民们祈求神灵保护的举措，而当礼乐文明兴盛时，祭祀便被赋予了更多的政治与教化功能。周人认为，人以虔敬示于天地鬼神，天地鬼神便会以福祉回馈，而人的虔敬，一方面在于典礼、祭品、颂歌、乐舞等丰厚的物质奉献，另一方面则在于内心的真诚与行为的恭谨，前者固然重要，后者更必不可少。《礼记·祭统》所谓"夫祭者，非物自外至者也，自中出生于心也。心怵而奉之以礼，是故唯贤者能尽祭之义"，便是对诚敬之心的充分肯定。这源自周人对上天的尊崇。在周人的天道观中，天命惟德是辅，以道德为依归，诚与敬便是人内心德性的体现，历代圣王不独以此心通达上天，更以此理凝聚家国，教化民众，建构天人合一的社会秩序。《国语·楚语下》所谓"孝息民，抚国家，定百姓"，《礼记·祭统》所谓"祭者，教之本"，《论语·学而》所谓"慎终追远，民德归厚矣"，都展现了祭祀被赋予的道德教化功能。在天人秩序的奠定与流转中，人类的德性也随之凝定光大。

昊天成命：百神与先祖

在人类社会的蒙昧时期，先民们由于面对自然时的弱小与被动，形成了万物有灵的观念，因而在原始宗教中广泛信仰天地四方、山林川泽之神，通过祭祀来祈求神灵的护佑。《礼记·表记》言，商人"率民以事神，先鬼而后礼"，可知直至商代，人们仍将宗教信仰与祭祀看得极重。在殷商甲骨文中，可以看到商人自然崇拜的体系，首先存在一位作为至高天神的"上帝"，此外便是一系列与人类生活相关的自然神，如日、东母、西母、云、风、雨、社、四方、山、川等，都在祭祀之列。

周人代商之后，虽然改变了商人独重鬼神的天道观，赋予其道德理性精神，但在祭祀层面上同样注重与鬼神的沟通，将之与礼乐系统结合，形

《诗经》文化笔记　怀柔百神，及河乔岳——祭祀传统与天人秩序

成了一套更加完备的多神祭祀体系，以祈祷福祉，教化民众。如《礼记·祭法》所载，"埋少牢于泰昭，祭时也。相近于坎、坛，祭寒暑也。王宫，祭日也。夜明，祭月也。幽宗，祭星也。雩宗，祭水旱也。四坎、坛，祭四方也。山林、川谷、丘陵能出云，为风雨，见怪物，皆曰神。有天下者祭百神。诸侯在其地则祭之，亡其地则不祭"，四时四方、日月星辰、寒暑水旱，乃至一切奇异的自然现象与生物等，都被称为神，纳入周人的祭祀体系之中。周人还依循其礼制，根据社会等级来规定不同身份之人的祭祀对象，天子可祭祀百神，诸侯只能祭祀其境内的神灵。《礼记·王制》同样记载了这种等级规约，"天子祭天地，诸侯祭社稷，大夫祭五祀。天子祭天下名山大川，五岳视三公，四渎视诸侯。诸侯祭名山大川之在其地者"。祭祀活动虽具备普遍性，但仍需受礼的规约，可谓宗教性与政治性兼具。

《国语·楚语》中，观射父为楚昭王言，上古民神杂糅，人神可以沟通，至颛顼高阳氏，方"命南正重司天以属神，命火正黎司地以属民，使复旧常，无相侵渎，是谓绝地天通"，使神人相分，天地各有其序。《尚书·周书·吕刑》则将"乃命重、黎绝地天通"的作为归于帝尧。但无论"绝地天通"之事托名于哪位上古圣王，其核心意义都在于暗示早期国家政治对原始宗教的整合。楚昭王问"《周书》所谓重、黎实使天地不通者，何也？若无然，民将能登天乎？"实际便是在问，若没有完备的官方祭祀体系规约，是否下民便同样得以广兴祭祀，以通达于天地神明。观射父的答复指出了民神杂糅的弊病，"民匮于祀，而不知其福。烝享无度，民神同位。民渎齐盟，无有严威。神狎民则，不蠲其为"，即社会普遍缺乏法度、诚信、敬畏之心，而"绝地天通"的政治行为即是对这些弊病的规约，将祭祀的功能与法则收归于帝王与核心政权所有，建构法度，施行教化，使民敬畏，实现社会秩序的重构与稳固。《礼记·祭统》总结了祭祀中蕴含的十种伦理秩序："见事鬼神之道焉，见君臣之义焉，见父子之伦焉，见贵贱之等焉，见亲疏之杀焉，见爵赏之施焉，见夫妇之别焉，见政事之均焉，见长幼之序焉，见上下之际焉。此之谓十伦。"由此可见，在等级制度鲜明、各有其分的周文明中，以天道与王权为基准的核心权力是如何通过大小祭典，广为贯彻到大至邦国、小至家庭等不同层次的社会领域之中。

《诗经·周颂·时迈》篇中描绘了周王顺承天命，遍祭百神，以巩固国家治理的政治与宗教活动：

> 时迈其邦，昊天其子之。实右序有周。薄言震之，莫不震叠。怀柔百神，及河乔岳。允王维后！明昭有周，式序在位。载戢干戈，载櫜弓矢，我求懿德，肆于时夏。允王保之。

《毛序》以为此篇主旨是"巡守告祭柴望也"，柴为祭昊天之礼，望为祭山川之礼。《左传》言此诗为武王克商后所作的颂歌，《国语·周语》则认为诗篇的作者为周公。综上所述，《时迈》当为武王得国后，巡行天下、祭祀四方神灵的乐歌，无论其作者为谁，诗中体现的都是周人立国之初敬神明而致太平的思想。篇中先强调周武王为天命所归的天子，故而能够克伐殷商，震服各邦国，随后便立即提到武王巡行中对百神山川的祭祀。广祭百神，一方面是对天命所降进行普遍回应，一方面又是以天命之威仪镇抚所经行的各国，同时奠定与完善了天人两方面的秩序。在天人相合的秩序之下，周人遂进而息武崇文，法天修德，以使基业永固。全诗将天命、祭祀置于修德之前，固然体现了自天而人的脉络，但周人认为"皇天无亲，惟德是辅"（《尚书·蔡仲之命》），天命中固有道德因素，《时迈》篇末提及"我求懿德"，就是对开篇"昊天其子之"的呼应。既然道德因素隐然贯穿于全篇，居于天人之际的"怀柔百神"这一宗教行为，便又获得了政治治理与德性风化的双重内涵。

在农耕文明的传统中，人们认为四时百物的生机都由天所赋予。周人如此重视天道与天命，也是为了维护天人之间的和谐，使人类社会为了生息蕃衍所进行的行为都与上天的节律相合，因而，在四时轮转的节点上便产生了诸多的祭祀活动。如《礼记·月令》记载，孟春之月为诸物萌生之时，天子当"祈谷于上帝"，"乃修祭典。命祀山林川泽"，祈祷万物的生发滋长；仲夏之月，暑热易旱，当"命有司为民祈祀山川百源。大雩帝"，祈祷雨水丰足，都是为了一年的农事活动顺利完成而举办的祭祀。

《诗经》中对与农业生产相关的祭祀场景颇有涉及，如《小雅·甫田》

《诗经》文化笔记　　怀柔百神，及河乔岳——祭祀传统与天人秩序

篇为周王祭祀方社田祖的乐歌，其中不独描绘祭祀，也同样展现了周人因祭祀与劳作的双重努力而获得丰收的喜悦：

　　倬彼甫田，岁取十千。我取其陈，食我农人，自古有年。今适南亩，或耘或耔，黍稷薿薿。攸介攸止，烝我髦士。
　　以我齐明，与我牺羊，以社以方。我田既臧，农夫之庆。琴瑟击鼓，以御田祖。以祈甘雨，以介我稷黍，以穀我士女。
　　曾孙来止，以其妇子，馌彼南亩。田畯至喜，攘其左右，尝其旨否。禾易长亩，终善且有。曾孙不怒，农夫克敏。
　　曾孙之稼，如茨如梁。曾孙之庾，如坻如京。乃求千斯仓，乃求万斯箱。黍稷稻粱，农夫之庆。报以介福，万寿无疆！

诗中首先以"今适南亩，或耘或耔，黍稷薿薿"点明春夏之交的时令，而后描绘隆重的祭祀仪式，"以我齐明，与我牺羊，以社以方""琴瑟击鼓，以御田祖。以祈甘雨，以介我稷黍，以穀我士女"，这些对甘雨与丰年的祈祷，与诗中"倬彼甫田，岁取十千""乃求千斯仓，乃求万斯箱"的丰收景象相映衬，无不展现出周人对农耕的仰赖与自豪。

《小雅·大田》为《甫田》的姊妹篇，是周王在秋收之后祭祀田祖，用以告成的乐歌：

　　大田多稼，既种既戒，既备乃事。以我覃耜，俶载南亩。播厥百谷，既庭且硕，曾孙是若。
　　既方既皂，既坚既好，不稂不莠。去其螟螣，及其蟊贼，无害我田稚。田祖有神，秉畀炎火。
　　有渰萋萋，兴雨祈祈，雨我公田，遂及我私。彼有不获稚，此有不敛穧；彼有遗秉，此有滞穗，伊寡妇之利。
　　曾孙来止，以其妇子，馌彼南亩，田畯至喜。来方禋祀，以其骍黑，与其黍稷。以享以祀，以介景福。

篇中描绘了农夫的辛勤劳作，他们整饬农具，下地播种，举火驱虫，因甘雨而喜悦，最后喜迎"彼有遗秉，此有滞穗"的一目了然的丰年；而与之错杂描写的，便是作物逐渐生长成熟的过程，从"既庭且硕"的挺拔，到"既方既皂，既坚既好，不稂不莠"的秀穗成熟。最终，在丰收的喜悦中，周王来到田间，举行庄重的祭典收束，以太牢牺牲，五谷收成祭祀田祖，祈祷福祉，这一番虔敬肃穆的举动，令诗篇中的人类劳作借此获得了依天时、安天命的意义升华。

《周颂》中的《臣工》《噫嘻》等篇，均是春祭籍田之礼的乐歌；《丰年》《良耜》等篇，则是秋收之后祭祀土地与谷神的乐歌；《载芟》则因描绘了整个农事生产与祭祀的过程，有春祭、秋祭两种解释。此外，《大雅·云汉》篇为《诗经》中较为少见的、周王逢旱祈雨的乐歌，"靡神不举，靡爱斯牲。圭璧既卒""不殄禋祀，自郊徂宫。上下奠瘗，靡神不宗"等句，描绘周王面临大旱时奉献牺牲、广祭百神的虔敬行为，与《月令》所载夏日需"祈祀山川百源"也是相合的。

岁末蜡祭百神，则是一年之终、新旧交替之时的大祭。《礼记·郊特牲》载："天子大蜡八，伊耆氏始为蜡。蜡也者，索也。岁十二月，合聚万物而索飨之也。蜡之祭也，主先啬而祭司啬也。祭百种，以报啬也。飨农及邮表畷、禽兽，仁之至，义之尽也。古之君子，使之必报之。迎猫，为其食田鼠也。迎虎，为其食田豕也。迎而祭之也。祭坊与水庸，事也。曰：'土反其宅，水归其壑，昆虫毋作，草木归其泽。'"凡自然界中有助于农事之物，皆获得祭飨，以明人对天地万物的回馈，故此称为仁至义尽。

至东汉应劭《风俗通》，又有腊祭先祖之说。《风俗通》载，蜡祭"夏曰嘉平，殷曰清祀，周曰大蜡。汉改为腊"，又言，"腊者，猎也。言田猎取兽以祭祀其先祖也。或曰腊者，接也。新故交接，故大祭以报功也"，认为周之蜡祭即是汉之腊祭，为辞故纳新之际的先祖祭祀。然而按《郊特牲》所载，天子八蜡，都是以祭祀回馈于农事有功的自然物，并未涉及先祖。至隋代杜台卿著《玉烛宝典》，遂认为天子八蜡称蜡祭，宗庙祭祀称腊祭，二者都在新旧年交接之时，故名目混淆，即"蜡即是蜡，腊亦是蜡，《周官》有蜡而无腊，《月令》有腊而无蜡，先圣当以同在一月之中，名义兼通，随机而显"之论。

然而《礼记·明堂位》有"夏礿，秋尝，冬烝，春社，秋省而遂大蜡，天子之祭也"之语，《礼记·祭统》又言，"凡祭有四时，春祭曰礿，夏祭曰禘，秋祭曰尝，冬祭曰烝"，二者相参照，强调了蜡祭与宗庙祭祀的关系。按《祭统》所载，四时礿、禘、尝、烝，都是宗庙祭祀。《周颂·丰年》描绘丰收后之祭祀，"丰年多黍多稌。亦有高廪，万亿及秭。为酒为醴，烝畀祖妣，以洽百礼，降福孔皆"，《毛序》以为此篇所述为"秋冬报也"，郑玄进而解释道，报即是烝尝之祭。可知在农事活动中，先祖祭祀与社稷田祖等祭祀本就是并行不悖的。《明堂位》的记载中同样列出礿、尝、烝三祭，只是礿祭与《祭统》所载之时令不同；此外，秋省即秋狝，《周礼·夏官》载大司马之职有"遂以狝田，如蒐之法，罗弊致禽以祀祊"，则秋省亦为宗庙祭祀。春社祭祀的对象固然为社稷土地，然而郑玄注《礼记》以为"不言春祠，鲁在东方，主东巡守以春，或阙之"，被春社所替代的春祠，同样是宗庙祭祀。按此，《明堂位》记述中的四时祭祀，也应主要指向先祖与宗庙，"而遂大蜡"，则是这一系列四时祭祀的最终收束。《月令》季冬之月言，"凡在天下九州之民者，无不咸献其力，以共皇天、上帝、社稷、寝庙、山林、名川之祀"，可知周人蜡祭，乃是在一岁之终、万物更始之时，对百神与先祖最隆重的一次敬飨与报功，以毕是年之功业，兼祈来年之福祉。

《礼记·祭义》言，"建国之神位，右社稷而左宗庙"。除天地百神之外，周人的历代先祖也在立国之初便被纳入祭祀的体系。因周人首敬神明之故，宗庙祭祀位居社稷祭祀其次，但这一系列的祭祀同样四时不绝，且在大祭中占据重要的一席之地。《月令》季夏之月有"令民无不咸出其力。以共皇天上帝，名山大川，四方之神。以祠宗庙社稷之灵，以为民祈福"的记载，遍祭鬼神，与季冬之月的大蜡有相应之处。此外，《月令》中亦多见天子以各月时新物产"荐于寝庙"，在以农耕为本、仰赖天命的周王朝，此举实将对天地化生之德的感念与对历代先祖的追思合而为一。

如《时迈》开篇"时迈其邦，昊天其子之"，将周王朝的奠基立国归功于天，至《周颂·昊天有成命》则进一步将天道信仰与先祖祭祀相关联：

> 昊天有成命，二后受之。成王不敢康，夙夜基命宥密。於缉熙，单厥心，肆其靖之。

《毛序》以为《昊天有成命》为郊祀天地之作，然而考诗意，"二后"为文王、武王，其下所述又都是周成王能夙兴夜寐，使基业稳固、民众安康之德。这种笔法，与《商颂·玄鸟》"天命玄鸟，降而生商，宅殷土芒芒。古帝命武汤，正域彼四方"是相似的，都是以君王世系传承受命于天来证明其统治的正当性。因此，周人的宗庙乐歌中，便有将历代有功之先祖配于天地的传统。如《周颂·思文》，祭祀周之始祖后稷：

> 思文后稷，克配彼天。立我烝民，莫匪尔极。贻我来牟，帝命率育。无此疆尔界，陈常于时夏。

后稷被周人视为农业之祖，诗篇虽然也赞颂这一点，但最重要的一笔是以后稷"克配彼天"，在天人一脉的思想笼罩下，以天道来保障王权，凝聚邦国人心。此外，同属《周颂》的《清庙》《我将》，均为祭祀周文王的乐歌，其中"秉文之德，对越在天""畏天之威，于时保之"等句，或昭示文王与上天的关系，或祈求上天的护佑，也与此一脉相承。

在以农事为本的周文明中，四时宗庙祭祀同样与天道生生不息的节律相合。《礼记·祭义》载，"是故君子合诸天道，春禘秋尝。霜露既降，君子履之必有凄怆之心，非其寒之谓也。春，雨露既濡，君子履之必有怵惕之心，如将见之"。周人敏锐地感知四时变化，并因天地之往复化育而思念至亲养育之德，欲予以回报，遂有四时礿、禘、尝、烝之祭。《礼记·孔子闲居》言"天有四时，春秋冬夏，风雨霜露，无非教也"，正是周人法于天道自然、以其所念所感来构建人事规则的体现。周人致力于保持心灵的敏锐与鲜活，使人的生命流转与自然节律相合，敬事天地鬼神，足以形成其礼乐道德教化的根基。《左传·昭公二十五年》有"为温慈惠和，以效天之生殖长育"之句，可知善好的德性虽是效法天道而成，最终仍实现于人事与人心。

《诗经》文化笔记 —— 怀柔百神，及河乔岳 —— 祭祀传统与天人秩序

鼓舞相合：祭祀用乐

《礼记·郊特牲》言"殷人尚声……声音之号，所以诏告于天地之间也"，商人的祭祀具备较浓重的原始宗教色彩，其特质在于其宏博热烈的气势沟通天地，感染人心，故其祭祀用乐必然嘹亮雄浑。《周易》更言"雷出地，奋豫，先王以作乐崇德，殷荐之上帝，以配祖考"，直接以雷鸣之声象征祭祀之乐，可见商周之际的祭祀用乐有一脉相承之处。祭祀之时，不独用乐歌，更配以舞蹈，古人认为可通神、娱神，亦有教化之功。按《尚书·大禹谟》载，舜时苗民不服，舜使禹征伐未果，后用伯益之言，"诞敷文德，舞干、羽于两阶。七旬，有苗格"。即是以乐舞展现其文明教化，令苗民在宗教与文化两个层面都得以敬服。

《那》为《商颂》首篇，一般以之为祭祀商人开国之君成汤的乐歌，其中描绘了商人祭祀时乐舞并作的场景。郑玄《商颂谱》言，商王之中，商汤、大戊、武丁三位"有受命中兴之功，时有作诗颂之者"。至周代，封微子于宋，以存商之祭祀，但是随着宋国政治衰落，商之礼乐亦随之散佚，至西周晚期周宣王时，宋戴公在位，《国语·鲁语》载宋大夫正考父"校商之名颂十二篇于周太师，以《那》为首，归以祀其先王"，重兴了宋国所继承的商代礼乐。因此，《商颂》诸篇不可避免地经历过周文明的融汇改造，其中固然保留了商代乐舞的痕迹，但一些描绘也与《周礼》相合：

> 猗与那与，置我鞉鼓。奏鼓简简，衎我烈祖。汤孙奏假，绥我思成。鞉鼓渊渊，嘒嘒管声。既和且平，依我磬声。於赫汤孙，穆穆厥声。庸鼓有斁，万舞有奕。我有嘉客，亦不夷怿。自古在昔，先民有作。温恭朝夕，执事有恪。顾予烝尝，汤孙之将。

篇中涉及的主要乐器有鼓、管、磬、钟等，以鼓出现的次数最多，且不止一种，可见这种音色浑厚的乐器在祭祀用乐中非常重要。首先被提及的是鞉鼓，《毛传》言，"鞉鼓，乐之所成也。夏后氏足鼓，殷人置鼓，周人县鼓"，而《郑笺》以为置通植，故鞉鼓乃是以木贯穿的鼓，摇动发声，"鞉虽不植，贯而摇之，亦植之类"。郑注《周礼》以为"鼗如鼓而小，持其柄摇之，旁耳还自击"，更为清晰地勾勒了其形态，即今之拨浪鼓。《礼记·明堂位》亦言"夏后氏之鼓足，殷楹鼓，周县鼓"，楹鼓亦是以木贯穿之意。然而按周人悬鼓的规模推测，商人之"置鼓""楹鼓"，其形制亦当较大，即是立木于地，贯之以鼓，如此方能作为祭祀时的主要乐器使用。若鼗鼓为拨浪鼓，只能作为打击配乐之乐器，无法营造"鼗鼓渊渊"的宏大声势。故郑玄以鼗鼓为手持小鼓，当是"植木"这一设计理念经过周人改造之后的形态，而《那》中提到"置我鼗鼓"，所用应当是商代的形制。

至于"奏鼓简简"，《郑笺》认为是奏堂下之乐，又言"以金奏堂下诸县"，按《周礼·春官》，"镈师掌金奏之鼓。凡祭祀，鼓其金奏之乐"，郑注以为"谓主击晋鼓，以奏其钟镈也"，则此处金奏之鼓应是晋鼓。晋鼓为为周之六鼓之一，《周礼·地官》言鼓人"以晋鼓鼓金奏"，可与此参证。至于"庸鼓有斁"，庸为大钟，此句为描绘舞蹈时钟鼓并作的场景，并未说明鼓的类型，然而据《周礼·春官》"路鼓路鼗，阴竹之管，龙门之琴瑟，《九德》之歌，九磬之舞，于宗庙之中奏之，若乐九变，则人鬼可得而礼矣"，则此处所用当为路鼓，与《地官》"以路鼓鼓鬼享"的记载亦可相合。《那》篇为宣王末年宋国大夫正考父向周之乐官求校而来的十二乐章之首，篇中同时提到商人的鼗鼓与周人的晋鼓、路鼓，反映了殷商乐舞与周乐的融合。

《周颂·有瞽》为周王祭祀宗庙的乐歌，其仪式上也同时使用周人之县鼓与商人之鼗鼓，然而其规模仍以周乐为主，而此处的鼗鼓也是经过周人改造的小型乐器，即郑玄所谓之"鼗"：

> 有瞽有瞽，在周之庭。设业设虡，崇牙树羽。应田县鼓，鼗磬柷圉。既备乃奏，箫管备举。喤喤厥声，肃雝和鸣，先祖是听。我客戾止，永观厥成。

县鼓即悬鼓之总称。"设业设虡，崇牙树羽"，描绘悬鼓的木架，虡为直立之木，业为横木的装饰板，横木上刻有锯齿，饰以羽毛。因是祀宗庙所用，故此处所悬之鼓可能仍是路鼓。此外，《毛传》以为"应，小鞞也。田，大鼓也"，按《周礼·春官》言小师掌管击应鼓，则应鼓当为小鼓。郑玄则据《春官》太师"令奏鼓欶"，释田为欶，认为田亦是小鼓，为鞞之属。而《大雅·灵台》篇言"虡业维枞，贲鼓维镛"，写钟鼓悬于木架，《毛传》以为贲鼓即大鼓，《毛诗正义》则认为贲即"鼖"，为周人六鼓之一。如此可知，周人的大钟、大鼓之类主要乐器，都悬于木架之上，"应田县鼓"所描写的当是分布于四周的小鼓与悬于架上的大鼓，整体形成一套形制较大的鼓乐组合。

吸纳自商人乐器的鞉鼓则与磬、柷、圉同列，磬为悬玉或悬石，柷为中空木箱，《说文》认为其功能是"所以止音为节"，圉一名敔，为背刻锯齿的木虎，刘熙《释名》认为"所以止乐也"。在周人的礼乐体系中，悬鼓较鞉鼓之类乐器的规格为高。按《周礼·地官》："鼓人掌教六鼓、四金之音声，以节声乐，以和军旅，以正田役。教为鼓而辨其声用，以雷鼓鼓神祀，以灵鼓鼓社祭，以路鼓鼓鬼享，以鼖鼓鼓军事，以鼛鼓鼓役事，以晋鼓鼓金奏"，可知周人六鼓，皆用于祭祀、军事、劳役等国之大事。《大雅·绵》描写古公亶父在周原营建城邑，有"百堵皆兴，鼛鼓弗胜"之句，即是劳役时奏鼛鼓之证。而《周礼·春官》言，"小师掌教鼓鼗、柷、敔、埙、箫、管、弦、歌"，则鞉、磬、柷、圉乃至箫管之类都是单独的乐器，以与作为主要乐器的悬鼓相配合。

《有瞽》篇中先描绘悬鼓的木架装饰，再写悬鼓与配套的小鼓，而后历数次要的打击乐器，直至写奏乐方提及箫管之和声，是一种主次分明的写法。对鼓乐的突出强调，也足以令人想象整套仪式用乐之宏大。《那》中"鞉鼓渊渊，嘒嘒管声。既和且平，依我磬声"的描写，先提及鞉鼓的声音，再写管、磬之和声，也是相似的笔法。

《那》篇中还提到祭祀时所用的舞蹈，即"万舞有奕"。万舞也是《诗经》中唯一提及其名称的舞蹈。此外，《诗经》文本中尚有两次提到万舞，一为《邶风·简兮》写卫国宫廷乐舞，有"简兮简兮，方将《万》舞"之句；一为《鲁颂·閟宫》写鲁之祭祀，有"笾豆大房，万舞洋洋"之句。《商颂》为宋国之诗，存续殷商的祭祀礼乐，《邶风》出自卫国，其地为殷商故地，也有商乐传统；而《鲁颂》为鲁国之诗，代表周之礼乐精华。此三国都有万舞，可视为商周礼乐部分相融合的证明。然而万舞究竟为商之乐舞，在改朝换代后被周乐所吸纳，抑或为周之新兴乐舞，在周代礼乐的推广中与宋、卫等国的殷商旧乐相合，尚未可知。

《邶风·简兮》直接描绘了舞者跳万舞的场景。诗中所赞美的舞者高大健美，在有节奏的鼓声中手持籥管与翟羽舞蹈，被视为力与美的结合：

> 简兮简兮，方将《万》舞。日之方中，在前上处。
> 硕人俣俣，公庭《万》舞。有力如虎，执辔如组。
> 左手执籥，右手秉翟。赫如渥赭，公言锡爵。
> 山有榛，隰有苓。云谁之思？西方美人。彼美人兮，西方之人兮！①

对于何为万舞，前代学者有两种主要的解释。一是《公羊传》言"万者何？干舞也"，郑玄从此说。二是《毛传》传《简兮》，以为"以干羽为《万》舞，用之宗庙山川，故言于四方"。按《公羊传》与郑玄之论，《简兮》中的舞蹈不止一种，舞者实际上先作干舞，即万舞，再作羽籥之舞，因此前两章言"方将《万》舞""公庭《万》舞"，第三章"左手执籥，右手秉翟"已跳至羽舞；而按《毛传》的观点，万舞乃是诸舞之合称，其所谓"用之宗庙山川"，宗庙为先祖祭祀，山川为自然神祭祀，在周人的祭祀系统中不可混为一谈，所用乐舞亦有差异，故以万舞为总名，无论干舞羽舞，都可列入其中。

《简兮》中的舞蹈有如下两个特点。其一，尚武。周人固有干舞与羽舞之名，干舞是执盾之舞，羽舞是执羽之舞，其中以干舞更具尚武倾向。以干作万舞，也是《公羊传》与《毛传》的共通点，但这一点在诗中却没有明确凭据，仅可从"有力如虎，执辔如组"之句，联系到干舞的尚武特质。其二，用羽作舞具，一定程度上具备羽舞的特质。诗中"右手秉翟"之句，证明了《毛传》执羽而舞之说。此外"左手执籥"，又提到干、羽之外的

---

① 《毛诗》分此诗为三章，每章六句，即以"简兮简兮"至"公庭《万》舞"为第一章，以"有力如虎"至"公言锡爵"为第二章，余下为第三章。文中所循为朱熹《诗集传》所改定者。

《诗经》文化笔记　怀柔百神，及河乔岳——祭祀传统与天人秩序

第三种舞具，籥为竹制之管，是当时的吹奏乐器。而《公羊传》以为"万者何？干舞也。籥者何？羽舞也"，明确万舞与羽舞并非一事，郑玄亦从此说，认为万舞即是干舞。于是，要界定万舞，尚需涉及到周人乐舞的种类、命名与祭祀用途的区分。

周人之乐舞，有大舞、小舞之分，其规格与功能皆有所不同。郑玄注《周礼》，认为周人成年之前所学为小舞，成年之后方习大舞。《周礼·春官》载大司乐"以乐舞教国子：舞《云门》《大卷》《大咸》《大磬》《大夏》《大濩》《大武》"，共七种乐舞。其中《云门》以祀天神，《咸池》以祭地祇，《大磬》以祀四望，《大夏》以祭山川，《大濩》以享先妣，《大武》以享先祖；郑玄以为，上述六种祭祀，依次用黄帝、尧、舜、禹、汤、武王之乐，而《大卷》与《云门》同为黄帝之乐，故祀天神用《云门》之后，即不书《大卷》。以此与下文"乐师掌国学之政，以教国子小舞"相参，可知上述七舞即为周人之大舞。周人小舞据《春官》，共有六种，"凡舞，有帗舞，有羽舞，有皇舞，有旄舞，有干舞，有人舞"。

大舞的舞具，《周礼》没有提及，小舞的名称则大多与其舞具相关。郑众以为随着祭祀仪式不同，舞人所执之舞具也不同。其中，帗舞之具制以完整的鸟羽，祀社稷；羽舞之具制以拆散的羽穗，祭宗庙；皇舞戴羽冠，以翡翠羽饰衣，祀四方；旄舞之具制以牦牛尾，用于辟雍；干舞执盾，用于军事；人舞不执舞具，祭星辰。而郑玄以为帗舞之具制以五彩缯之穗，皇舞之具制以五彩羽毛，此外在诸舞功能上，与郑众所谓亦有出入，即"四方以羽，宗庙以人，山川以干，旱暵以皇"。据此二种观点，除干舞可确实判定为盾舞外，帗舞、羽舞、皇舞都有以羽毛作为舞具的记载，二郑的分歧主要在于帗舞之具。而据汉桓谭《新论》，楚灵王"信巫祝之道，斋戒洁鲜，以祀上帝，礼群神。躬执羽绂，起舞坛前"，羽绂之称，或与帗舞之具有所关联，则帗舞、羽舞、皇舞之舞具形制大致相同，只是在羽毛的颜色与完整程度上有所差异，帗舞用完整的羽毛，羽舞用白羽，皇舞用彩羽。《陈风·宛丘》中提及巫女之舞，有"值其鹭羽""值其鹭翿"之句，所跳的即是羽舞。

按《毛传》"以干羽为《万》舞"之说，干、羽只是舞具，而并非舞名。

此与《尚书·大禹谟》"舞干、羽于两阶"相似。《大禹谟》提及这两种舞具，但未涉及万舞之名。然而可以推知，无论"以干羽为《万》舞"还是"舞干、羽"，其内容都可能同时涵盖干舞、旄舞、羽舞、皇舞四种。而《周礼·地官》所提及的自然神祭祀，所用的舞蹈也正是上述四种："舞师，掌教兵舞，帅而舞山川之祭祀；教帗舞，帅而舞社稷之祭祀；教羽舞，帅而舞四方之祭祀；教皇舞，帅而舞旱暵之事。凡野舞，则皆教之。凡小祭祀，则不兴舞。"此处之兵舞与干舞应为一事，都是执武器作舞。旄舞与人舞一用牦牛尾，一不用舞具。故《地官》之文，所记的正是以干、羽作舞的代表。至于《地官》中未涉及旄舞与人舞，贾公彦《周礼注疏》以为，这是由于"卑者之子不得舞宗庙之酎"。舞师可以将兵舞、帗舞、羽舞、皇舞四种舞蹈教于"野人"，率之舞蹈，但是旄舞用于辟雍，人舞用于宗庙，"野人"没有资格学习，故不在舞师的职责之列。

此外《地官》又载，鼓人所掌，除六鼓之外，尚有"凡祭祀百物之神，鼓兵舞、帗舞者"，则较小规模的自然祭祀当用兵舞与帗舞，如以前文兵舞祀山川，帗舞祀社稷而论，小祭祀具体而微，亦延用此二舞，也属合宜。综上所述，周人小舞多执干、羽，用于山川社稷等自然祭祀，且一般是规模较大的祭祀，而以所祭对象与舞具不同，又有名目之别。

干舞与兵舞相类，在于舞蹈时所执的都是武器之类，《周礼》中将掌管舞具的官员称为"司干"，体现了对这一类执兵之舞的重视。因此，从汉代开始，对周人乐舞系统，即有文武二舞的区分，认为在乐舞的使用方面，周王朝更崇尚武舞。如《乐府诗集·舞曲歌辞》总言："雅舞者，郊庙、朝飨所奏文武二舞是也。古之王者，乐有先后，以揖让得天下，则先奏文舞，以征伐得天下，则先奏武舞，各尚其德也。黄帝之《云门》，尧之《大咸》，舜之《大韶》，禹之《大夏》，文舞也。殷之《大濩》，周之《大武》，武舞也。"据《礼记·内则》，周代男性十三岁可学乐诵《诗》，作《勺》舞，十五岁成童，可舞《象》，二十而冠，可舞《大夏》。《勺》一般被认为是《大武》乐章之一，而《礼记·明堂位》有"朱干玉戚，冕而舞《大武》"之语，因此十三岁初学乐即舞《勺》，确实体现周人对武舞的重视。此外，《小雅·鼓钟》篇有"以雅以南"，《郑笺》认为"雅，万舞也"，

《诗经》文化笔记　怀柔百神，及河乔岳——祭祀传统与天人秩序

认为周乐尚武，故将万舞称为"雅"，也是基于这一观念。

《左传·庄公二十八年》亦明确记载了万舞的尚武倾向。楚令尹子元在文夫人的宫室旁边建造馆舍，"而振万焉"，文夫人评论道，"先君以是舞也，习戎备也"。据此，万舞的内容当具备相当的军事性，《毛传》和《公羊传》强调其尚武特质，其来有自。

然而《左传·宣公八年》又有"壬午，犹绎。万入，去籥"之语。《郑笺》以为当时因是卿佐之丧，不宜作乐，"故内舞去籥，恶其声闻"，不令管乐器发声。而《周礼·春官》言"籥师掌教国子舞羽吹籥"，则可明确籥并非单纯的舞具，有发声功能，此与"万入，去籥"的记载十分相合。羽、籥同用，也合乎《简兮》"左手执籥，右手秉翟"句的描写。《毛传》传《小雅·宾之初筵》，也有"秉籥而舞，与笙鼓相应"的判断。《简兮》中提及的万舞，秉羽执籥，而独未提及执干，当可推测，它与帗舞、羽舞、皇舞有类似之处，所用舞具都为羽毛制成，然而绝非《公羊传》所谓的干舞。

《左传·隐公五年》亦载祭祀时用万舞之事："九月，考仲子之宫，将万焉。公问羽数于众仲。……于是初献六羽，始用六佾也。"周人乐舞行列随等级不同而有不同规格，天子八佾，诸侯六佾，卿大夫四佾，士二佾。《左传·昭公二十五年》载，"将禘于襄公，万者二人，其众万于季氏"，以责季氏之僭越，可知万舞亦循此规则，有等级之分。在将用万舞时，鲁隐公问当用的羽数，实际是问舞者方阵的规模，由此也可知万舞与羽舞有近似处。至于《简兮》言舞者之位"在前上处"，居于行列之前，也合于周人乐舞队列的方阵形态。

因此，《毛传》言"以干羽为《万》舞"，以及《公羊传》言万舞即干舞，都有不确之处。万舞虽循周人传统，突出尚武特质，本身却并非执兵之舞，而更近似于羽舞的形态，然而它在《诗经》中的几次出现，并未因不执干戈而气势减弱。殷商同样以征伐得天下，《商颂·那》篇言"庸鼓有斁，万舞有奕"，气势十分雄浑浩大。鲁国因周公之故，存有天子之礼乐，《鲁颂·闷宫》次章写周对商的战争，"后稷之孙，实维大王。居岐之阳，实始翦商。至于文、武，缵大王之绪。致天之届，于牧之野"，在下一章写祭祀时承以"万舞洋洋"，场面盛大，也可形成一种昭示武德的呼应。卫国始封之君为武王之弟，其《简兮》篇先提及"公庭《万》舞"，再描写舞者的健硕有力，同样是对勇武的强调。

《那》与《简兮》两篇直接描绘祭祀乐舞场景的诗歌，都描写鼓乐与舞蹈并作的宏大景象。鼓在《诗经》中的几种用法，或用作动词，如"鼓钟钦钦""并坐鼓瑟"；或与钟并举，成为礼乐之器的代表，如"钟鼓乐之""子有钟鼓"；或用作通名，如"击鼓其镗""钲人伐鼓"；少数时候则用于专名，如"鼗鼓渊渊""鼛鼓弗胜"。在后两种语境下，当它涉及祭祀或燕乐时，通常与舞蹈相结合。如《陈风·宛丘》"坎其击鼓，宛丘之下。无冬无夏，值其鹭羽"，无论冬夏，始终有鼓声伴随着巫女的舞蹈，便是一个鲜明的例证，且可与《新论》载楚灵王"躬执羽绂，起舞坛前，吴人来攻，其国人告急，而灵王鼓舞自若"对照，展现在祭祀场景中鼓与舞的结合。而在非祭祀的场合，鼓乐与舞蹈也时见对举，如《小雅·伐木》"坎坎鼓我，蹲蹲舞我"，《小雅·宾之初筵》之"籥舞笙鼓，乐既和奏"，《鲁颂·有駜》"鼓咽咽，醉言舞"等，在早期尚具备原始宗教性的舞蹈中，鼓舞相合这一特征，成为《诗经》中乐舞描写的重要展现。

尽物与志：器用与供奉

周人敬畏天之秩序，并试图法天之则，以规范人事。敬事天地百神、历代先祖的祭祀活动，便是他们通达于天人之际的主要手段。因此，在周人的物质生活建设中，如宫室、器用、供奉等，大凡涉及到祭祀之物，其优先级都很高。如《礼记·曲礼》言，"君子将营宫室，宗庙为先，厩库为次，居室为后"，《礼记·王制》言，"大夫祭器不假，祭器未成，不造燕器"，自天子至大夫，自宫室至用器，都应以祭祀为先。《论语·泰伯》中孔子称赞大禹"菲饮食，而致孝乎鬼神；恶衣服，而致美乎黻冕；卑宫室，而尽力乎沟洫"，其享祀丰洁、祭服端美，都是从敬事鬼神的层面而言。

《鄘风·定之方中》描写卫文公迁都楚丘，营造宫室，其首章便反映了对祭祀的重视：

《诗经》文化笔记

怀柔百神，及河乔岳——祭祀传统与天人秩序

> 定之方中，作于楚宫。揆之以日，作于楚室。树之榛栗，椅桐梓漆，爰伐琴瑟。

在描述建造宫室的同时，诗篇也提到六种树木的种植。榛、栗两种树木的果实皆用于祭祀。《周礼·天官》载，笾人掌管四笾之食，用于祭礼，其中"馈食之笾，其实枣、栗、桃、干䕩、榛实"。栗即栗，在这一祭祀馈献的环节中，同时使用栗实与榛实。其后的加笾环节也使用栗实，"加笾之实，菱、芡、栗、脯"。而椅、桐、梓、漆四种树木，据陆玑《毛诗草木鸟兽虫鱼疏》言，椅为"梓实桐皮"，是梓树之类，梓为"楸之疏理白色而生子者"，桐为梧桐，漆为漆树，前三者木质佳，可制琴瑟，漆树则可为琴瑟上漆。琴瑟两种乐器广泛用于周人的祭祀礼乐，《周礼·春官》载大司乐之职司，其中有"云和之琴瑟""空桑之琴瑟""龙门之琴瑟"，分别用于冬至祭天神，夏至祭地祇，宗庙祭人鬼，这些都是非常重要的祭祀仪式。因此，《定之方中》记述卫国人在营造宫室之初就栽种这些树木，无疑是对它们日后生生不息，成为祭祀中器用与供奉的来源有所展望与期待。此外，营室星出现时正值农闲，于此时兴土木营建的行为，本身就是合乎时令，法于天道的，这与诗中对祭祀的郑重态度可谓浑然一体。

周人的大小祭祀众多，用于祭祀的馈献亦品类繁多，不胜枚举，其中尤以食物类为多。在周王室设立的众多官职中，有相当一部分都涉及到祭祀馈献的供给，上述笾人掌管四笾之食，仅是其中之一隅。据《周礼》，尚有甸师，"共萧茅，共野果蓏之荐"；兽人，"共其死兽生兽"；渔人，"共其鱼之鲜薨"；鳖人，"共廆、蠃、蚔"；腊人，"共豆脯，荐脯、䐄、胖，凡腊物"；酒正，"共五齐三酒，以实八尊"；凌人，"共冰鉴"；醢人，"共荐羞之豆实"；醯人，"共祭祀之齐菹，凡醯酱之物"；盐人，"共其苦盐、散盐"；舂人，"共其齍盛之米"，等等。《周颂·潜》言"猗与漆沮，潜有多鱼。有鳣有鲔，鲦鲿鰋鲤。以享以祀，以介景福"，便是描写周人在漆沮二水中捕捞众多鱼类，用于祭祀祈福。

《礼记·祭统》记载了周人在祭祀中穷尽百物的缘由，"水草之菹，陆产之醢，小物备矣。三牲之俎，八簋之实，美物备矣。昆虫之异，草木之实，

阴阳之物备矣。凡天之所生，地之所长，苟可荐者，莫不咸在，示尽物也。外则尽物，内则尽志，此祭之心也"。供奉的繁复与丰盛，是为了尽可能地在祭祀中以天地赐予的百物回馈天地祖宗，以表达自身的虔敬之心。周王躬行祭祀之仪，以虔敬为万民示范，本身即具备相当的德化意义。

在部分《诗经》篇章中，提及采摘野外的植物用于祭祀之事。如《鲁颂·泮水》，写鲁僖公在泮宫行献俘之礼，据《礼记·礼器》，"鲁人将有事于上帝，必先有事于頖宫"，故知泮宫大典当与告庙祭祀相关。诗篇前三章分别以"思乐泮水，薄采其芹""薄采其藻""薄采其茆"起兴，芹为水芹，《小雅·采菽》亦有"觱沸槛泉，言采其芹"之句；藻为聚藻，茆为莼菜。《周礼·天官》言醢人掌芹菹、茆菹，描写祭祀准备的《召南·采蘋》中亦有"于以采藻？于彼行潦"之句，可知《泮水》中提及的这些水生植物腌制之后，都可作为祭祀仪式的供奉。以此起兴，即是以祭物品类的繁多来衬托仪式的盛大庄重。

《周南·关雎》中反复提及"参差荇菜"，《毛传》以为这同样是对采摘祭物的暗示，且将这一工作归于女性，"后妃有关雎之德，乃能共荇菜，备庶物，以事宗庙也"。此说由《周礼》而来。按《周礼·天官》，九嫔在祭祀时有助祭之责，"赞玉齍，赞后荐彻豆笾"；世妇掌管祭祀，"诏陈女宫之具，凡内羞之物"；女御在祭祀时襄助世妇，女祝掌管王后之内祭祀。周代贵族女性在祭祀中承担诸多职责，其中也包括准备与呈献祭品。

又据《礼记·内则》，女子未嫁时，需要学习祭祀的整套仪式，即"观于祭祀，纳酒浆、笾豆、菹醢，礼相助奠"，在出嫁后便可主持家中祭祀。《召南》中的《采蘩》与《采蘋》两篇，都描绘周代女子在准备祭品、襄助祭祀时的工作。《采蘩》言：

> 于以采蘩？于沼于沚。于以用之？公侯之事。
> 于以采蘩？于涧之中。于以用之？公侯之宫。
> 被之僮僮，夙夜在公。被之祁祁，薄言还归。

蘩，《尔雅》以为即皤蒿。陆玑《疏》以为"凡艾白色为皤蒿，今白蒿。

《诗经》文化笔记　怀柔百神，及河乔岳——祭祀传统与天人秩序

155

《诗经》文化笔记

怀柔百神，及河乔岳——祭祀传统与天人秩序

春始生，及秋香美可生食"。《毛传》释宫为庙，在水边采蘩，是为了用于公侯的祭祀。采撷之事，未必由贵族女性亲力亲为，然而她们必须妆饰端严，主持或襄助仪式的完成，诗的末章即描述她们在祭祀时的夙夜辛劳。

《采蘋》更展现了贵族女性作为主祭时，采摘、烹制与呈献祭物的整个过程：

> 于以采蘋？南涧之滨。于以采藻？于彼行潦。
> 于以盛之？维筐及筥。于以湘之？维锜及釜。
> 于以奠之？宗室牖下。谁其尸之？有齐季女。

蘋为大萍，藻为聚藻。诗中，它们被采下之后，盛装在有方有圆的筐内，用或有足或无足的锅子烹调，而后被敬献于祠堂的窗下。据《礼记·昏义》，周代女性出嫁前，要学习德容言功之类，学成之后复行祭祀之礼，蘋与藻都是其祭物，"古者妇人先嫁三月，祖庙未毁，教于公宫。祖庙既毁，教于宗室。……教成，祭之，牲用鱼，芼之以蘋藻"。诗中的"有齐季女"，齐一作斋，此句即写未嫁之少女，在诸礼学成之后，斋戒以主祭，即诗中所谓"尸"。《左传·隐公三年》有"涧、溪、沼、沚之毛，蘋、蘩、蕰藻之菜，筐、筥、锜、釜之器，潢、汙、行潦之水，可荐于鬼神，可羞于王公"之论，《左传·襄公二十八年》叔孙豹言，"济泽之阿，行潦之蘋、藻，置诸宗室，季兰尸之，敬也"，提及的祭物、器用、主祭等，都与《采蘋》的描写十分相类。

周代社会等级分明，祭祀亦为上下各当其分之事。随着祭祀对象、时令以及祭祀品级的不同，所呈献的祭物也有诸多差别。如《礼记·王制》记载，"天子社稷皆大牢。诸侯社稷皆少牢。大夫、士宗庙之祭，有田则祭，无田则荐。庶人春荐韭，夏荐麦，秋荐黍，冬荐稻。韭以卵，麦以鱼，黍以豚，稻以雁。祭天地之牛角茧栗，宗庙之牛角握，宾客之牛角尺。诸侯无故不杀牛，大夫无故不杀羊，士无故不杀犬豕，庶人无故不食珍"。自天子至士，各有其祭祀规格，即便是庶人的四时祭祀，也规定了相应使用的主要祭品与配祭之物。《礼记》还规定，祭祀用牲的大小由祭祀规格决定，非祭飨

之时不可杀祭祀用牲，等等，明确了祭祀仪式中"礼"的作用。此外，《国语·楚语》中，观射父为楚昭王论祭祀，也提出"天子举以大牢，祀以会；诸侯举以特牛，祀以太牢；卿举以少牢，祀以特牛；大夫举以特牲，祀以少牢；士食鱼炙，祀以特牲；庶人食菜，祀以鱼"，从而得出"上下有序，民则不慢"的结论，祭祀仪式就这样以其等级秩序规约着整个社会。

诸多祭祀中，以王家祭祀的品类规模最为丰厚，《诗经》中涉及这一部分的篇章也最多。《礼记·曲礼》记载了周王祭祀宗庙所用的部分馈献，"牛曰'一元大武'，豕曰'刚鬣'，豚曰'腯肥'，羊曰'柔毛'，鸡曰'翰音'，犬曰'羹献'，雉曰'疏趾'，兔曰'明视'，脯曰'尹祭'，槁鱼曰'商祭'，鲜鱼曰'脡祭'。水曰'清涤'，酒曰'清酌'。黍曰'芗合'，粱曰'芗萁'，稷曰'明粢'，稻曰'嘉蔬'，韭曰'丰本'，盐曰'咸鹾'。玉曰'嘉玉'，币曰'量币'"。在各种食物之外，也包括玉帛之类，且这些祭品都被赋予了一个美称，更形庄严。牛是周代最为重要的祭品之一，而最高级的祭祀用器大多为玉制品，《大雅·旱麓》为周王祭祀宗庙所用的乐歌，篇中即提及了这些祭品与用器：

> 瞻彼旱麓，榛楛济济。岂弟君子，干禄岂弟。
> 瑟彼玉瓒，黄流在中。岂弟君子，福禄攸降。
> 鸢飞戾天，鱼跃于渊。岂弟君子，遐不作人。
> 清酒既载，骍牡既备。以享以祀，以介景福。
> 瑟彼柞棫，民所燎矣。岂弟君子，神所劳矣。
> 莫莫葛藟，施于条枚。岂弟君子，求福不回。

次章中提到的玉瓒，为祭祖仪式上的奠酒用器。据《周礼·冬官》玉人之职，"祼圭尺有二寸，有瓒，以祀庙"，其形制当是在玉圭末端加以勺形器。《礼记·祭统》有祭祀时君执圭瓒，大宗执璋瓒之说，圭瓒即《旱麓》篇中之"瑟彼玉瓒"，而璋形如半圭，璋瓒当与圭瓒相似，同样是在其末端加以勺形器。《大雅·棫朴》篇描绘周王祭祀的场景，有群臣助祭，"济济辟王，左右奉璋。奉璋峨峨，髦士攸宜"，所谓"奉璋"，即是璋

《诗经》文化笔记　怀柔百神，及河乔岳——祭祀传统与天人秩序

《诗经》文化笔记

怀柔百神，及河乔岳——祭祀传统与天人秩序

瓒之类。"黄流在中"，据《毛传》"黄金所以饰流鬯也"，一方面言圭瓒饰以黄金，描写其庄重华贵，一方面提及所奠之酒。《周礼》有"郁鬯"与"秬鬯"之称，秬鬯为黑黍所酿之酒，郁鬯则在黑黍酒中调以郁金汁，使之香气更盛。贾公彦《周礼注疏》以为"祭祀宗庙先灌，灌用郁"，可知篇中周王以饰金的玉瓒奠酒降神，所用为郁鬯。篇中还提到清酒，《周礼·天官》言酒正掌"辨三酒之物，一曰事酒，二曰昔酒，三曰清酒"，郑众以为清酒即祭祀之酒，郑玄则以为是冬酿之酒，以接于来年夏天之用。《豳风·七月》有"为此春酒，以介眉寿"之语，《毛传》以为春酒即是冬酿，与郑玄之说亦相合。在这一祭祀上，最重要的祭品是"骍牡"，即赤色公牛，可知这一祭祀为天子太牢之祭，非常隆重。柞为栎木，《小雅·车辖》有"析其柞薪"句，可知周人伐柞为薪。棫一说为柞，一说为白桵。周人砍伐柞木与棫木，堆起柴堆，焚烧祭品，他们认为，随着烟气的升腾，先祖会感知到他们的敬意，从而赐福于周王乃至整个国家。

《礼记·明堂位》中提及周成王祭祀周公的仪式，罗列了诸多祭品与礼器，其中同样有玉瓒、郁鬯、公牛等物："季夏六月，以禘礼祀周公于大庙，牲用白牡，尊用牺、象、山罍，郁尊用黄目，灌用玉瓒大圭，荐用玉豆雕篹，爵用玉盏仍雕，加以璧散、璧角。俎用梡嶡。"此外尚有牺尊、象尊、黄彝、玉豆、竹笾、玉盏、玉爵、梡嶡等礼器。禘祭为天子的宗庙大祭，《礼记·丧服小记》言，"王者禘其祖之所自出，以其祖配之。而立四庙"，成王以禘祭祀周公，即以周公配享宗庙。而《鲁颂·閟宫》中"秋而载尝，夏而楅衡。白牡骍刚，牺尊将将。毛炰胾羹，笾豆大房，万舞洋洋"的描绘，也提及成王禘祭时所用的白色公牛与牺尊两项。此外诗中所谓"毛炰胾羹"，即豚肉羹，《周礼·天官》言"亨人掌共鼎镬……祭祀，共大羹、铏羹"，可知这也是天子太牢的一部分。鲁国因周公之功，得周成王之命，可以于周公之庙行禘祭，祀文王，而以周公配享，这是诸侯国中独此一家的破格之礼。《閟宫》描写鲁僖公行告庙之礼的仪式，用成王祀周公之规格，即是鲁国一直沿用天子禘祭的证明。其后孔子以鲁国禘祭为非礼，有"禘自既灌而往者，吾不欲观之矣"（《论语·八佾》）之论。

周人书写其先祖后稷事迹的《大雅·生民》篇中，因后稷开启了周王

朝的农耕传统，故在他准备的祭品中也首先强调五谷的地位：

> 诞我祀如何？或舂或揄，或簸或蹂。释之叟叟，烝之浮浮。载谋载惟，取萧祭脂。取羝以軷，载燔载烈。以兴嗣岁。
>
> 卬盛于豆，于豆于登，其香始升。上帝居歆，胡臭亶时？后稷肇祀，庶无罪悔，以迄于今。

诗的末两章描写后稷准备祭祀上天的祭品时，先详细地历数舂谷、舀米、簸糠、去皮的过程，乃至淘米时的沙沙水声，蒸饭时的腾腾热气，然后才提到焚烧萧草与祭牲的油脂，乃至燔祭剥皮的公羊，以及高足的豆、瓦制的登等盛装祭品的容器。后稷首创的这一祭祀礼仪，一直流传于后世，直至被写入《生民》篇中。

萦绕在这一典型的周人祭祀场景中的，是各种祭品升腾的香气。陆玑《疏》认为，萧并非艾蒿，而是"今人所谓荻蒿者是也。或云牛尾蒿，似白蒿，白叶、茎粗、科生，多者数十茎，可作烛，有香气，故祭祀以脂爇之为香"，此与《礼记·郊特牲》所谓"既奠，然后爇萧合馨香"相合。蒸饭的热气中酝酿着五谷的馨香，荻蒿混合着油脂焚烧散发异香，与燔祭公羊的烟气混合，袅袅上升到空中，直达于神明所居的上天。《周礼》有"以禋祀祀昊天上帝"的记载，郑玄注以为"禋之言烟，周人尚臭，烟，气之臭闻者也"，周人在祭典上奉予天神所享用的，正是各种祭品散发出的香气。因此，《左传》中写贵族少女的祭祀，言"季兰尸之"，特地提出少女佩戴着有香气的兰草；郁鬯的制作，也格外在酒中调以郁金汁，增添其香气，这些举动都是为了增加祭典上的香气来源，以娱神明。

《小雅·信南山》为周王室祭祀祖先的乐歌，描绘了同样笼罩在香气中的完整的祭祀仪式：

> 信彼南山，维禹甸之。畇畇原隰，曾孙田之。我疆我理，南东其亩。上天同云，雨雪雰雰。益之以霢霂，既优既渥，既沾既足。生我百谷。疆场翼翼，黍稷彧彧。曾孙之穑，以为酒食。畀我尸宾，寿考万年。

《诗经》文化笔记 怀柔百神，及河乔岳——祭祀传统与天人秩序

《诗经》文化笔记

怀柔百神，及河乔岳——祭祀传统与天人秩序

中田有庐，疆場有瓜。是剥是菹，献之皇祖。曾孙寿考，受天之祜。祭以清酒，从以骍牡，享于祖考。执其鸾刀，以启其毛，取其血膋。是烝是享，苾苾芬芬，祀事孔明。先祖是皇。报以介福，万寿无疆。

诗篇的前两章描绘周人丰美的田畴土疆，由于上天雨雪的滋润，得以百谷丰登。自第三章开始，便从谷物等农作物开始，逐一罗列祭品。收获的谷物可以蒸饭酿酒，田畔生长的瓜果可以腌制为菹，周人更宰割赤色的公牛，取其血肉脂膏以为燔祭。篇中虽只描写了几种主要的祭品，却已经可以作为周人祭祀时穷极百物的一个缩影，"苟可荐者，莫不咸在"（《礼记·祭统》）。各种祭品的香气混合升腾于空中，渲染出仪式的隆重与庄严。与之流程相似而更为细致的描写出现在《小雅·楚茨》中：

楚楚者茨，言抽其棘。自昔何为？我蓺黍稷。我黍与与，我稷翼翼。我仓既盈，我庾维亿。以为酒食，以享以祀。以妥以侑，以介景福。
济济跄跄，絜尔牛羊，以往烝尝。或剥或亨，或肆或将。祝祭于祊，祀事孔明。先祖是皇，神保是飨。孝孙有庆，报以介福，万寿无疆！
执爨踖踖，为俎孔硕，或燔或炙。君妇莫莫，为豆孔庶，为宾为客。献酬交错，礼仪卒度，笑语卒获。神保是格，报以介福，万寿攸酢！
我孔熯矣，式礼莫愆。工祝致告："徂赉孝孙。苾芬孝祀，神嗜饮食。卜尔百福，如几如式。既齐既稷，既匡既敕。永锡尔极，时万时亿。"
礼仪既备，钟鼓既戒。孝孙徂位，工祝致告。神具醉止，皇尸载起。鼓钟送尸，神保聿归。诸宰君妇，废彻不迟。诸父兄弟，备言燕私。
乐具入奏，以绥后禄。尔肴既将，莫怨具庆。既醉既饱，小大稽首。"神嗜饮食，使君寿考。孔惠孔时，维其尽之。子子孙孙，勿替引之。"

首章描写农人在田间的劳作，清除荆棘，种植禾黍，作物蓬勃生长，展开一片丰收的场景。而这持续大半年的辛勤劳作正是为了祭祀做准备，可见对神明与先祖的敬重与依赖，已经贯穿在周人的农耕生活之中。从次章开始，诗篇次第描写祭祀与宴饮的场景，庄重之中又有其乐融融之感，

并在这些活动中穿插罗列周人的祭品与礼器，他们宰割牛羊，用鼎䰞烹炙，用俎豆呈献，祭品芬芳丰美，令神明喜悦歆享之余，也令宗族中的人们得以欢聚一堂，宴饮作乐。这一盛大的祭典，有节有度，且亲且睦，在敬事神明的同时，又得以凝聚人心。《诗集传》评价此篇"词气和平，称述详雅"，正得其旨。

《国语·楚语》言，准备祭祀时，需要全面顾及"四时之生，牺牲之物，玉帛之类，采服之仪，彝器之量，次主之度，屏摄之位，坛场之所，上下之神，氏姓之出"等，方能使仪式完备。祭祀的氛围愈是隆重与庄严，祭品愈是丰厚与繁多，就愈能展现出祭祀者的虔敬庄重之心，即所谓"尽其志"。而礼的本质，正是发自内心的诚敬。故而，周人的祭祀活动不仅是通达鬼神的手段，也令王朝的礼乐教化得以自上而下地推行。"上所以教民虔也，下所以昭事上也"（《国语·楚语》），在仪式氛围的熏染与社会风化的沐浴中，周王朝的道德准则也得以不断深入刻画于人们的心中。

《诗经》文化笔记　怀柔百神，及河乔岳——祭祀传统与天人秩序

王于出征，以匡王国
——周王朝的军事活动

> 国虽大，好战必亡；天下虽安，忘战必危。
> ——《司马法·仁本》

《诗经》文化笔记 王于出征，以匡王国——周王朝的军事活动

　　《左传·成公十三年》言，"国之大事，在祀与戎"。祭祀是王朝和国家凝聚人心、实现教化的根本，军事力量则是其抗御外侮、长治久安的根本。周人以武功开国，用《大武》之乐，其血脉中本具备尚武与开拓的精神；而长久的农耕传统又赋予他们安土重迁的特质，重视对家园与土地的捍卫。在周代礼乐文明的教化之下，周人虽善战，却并不好战，故《诗经》中所记载的周王朝军事活动，也多以征讨不臣，抵御侵略，宣示王朝威仪为主。

战事的名目：征、伐、侵及其他

　　孔子有言，"天下有道，则礼乐征伐自天子出；天下无道，则礼乐征伐自诸侯出"（《论语·季氏》）。这里所谓"征伐"，本是军事活动的通称。在西周立国之初与国势强盛之时，军事行动的决定权力掌握在周王及其核心重臣手中，但随着周制的礼坏乐崩，各诸侯国皆有了在军事层面发号施令的权力，在提及战争时，便进而产生了诸多细化的名目。

　　在《诗经》中，用于描述战争的动词主要为"征""伐""侵"三者。与其余周代典籍对比，《尚书》因各篇成书年代不一，其文本不能全盘作为周人描述战争的例证，但在涉及战事时，也以"征""伐"的使用为主，罕见"侵"字等。至春秋后期的《左传》等书中，方多见"侵""讨""攻""袭""人"等字样，既透露战事的细节，也进而蕴含一定的褒贬意味。《左传·僖公四年》记载齐桓公伐楚之事，即涉及春秋时人对战争的数种定义方式：

　　　　四年春，齐侯以诸侯之师侵蔡。蔡溃，遂伐楚。楚子使与师言曰："君处北海，寡人处南海，唯是风马牛不相及也，不虞君之涉吾地也，何故？"管仲对曰："昔召康公命我先君大公曰：'五侯九伯，女实

征之,以夹辅周室!'赐我先君履,东至于海,西至于河,南至于穆陵,北至于无棣。尔贡包茅不入,王祭不共,无以缩酒,寡人是征。昭王南征而不复,寡人是问。"

在《左传》的叙述中,齐国用兵,对蔡曰"以",曰"侵",对楚曰"伐"。在管仲所援引的西周初年召康公授予姜太公的权力中,齐国对诸侯的战争称"征",故其后又言"寡人是征",且提及周昭王对楚用兵为"南征"。对这些战事的不同称谓,皆投射出当事者与叙述者的立场与褒贬。《左传》的叙述袭自《春秋》经文"公会齐侯、宋公、陈侯、卫侯、郑伯、许男、曹伯侵蔡。蔡溃,遂伐楚",是孔子春秋笔法的延续,对齐国发动的这两次战争均有批评之意;而此后所记管仲之言论,则为齐国称霸之时将战争合理化的外交辞令,看似为奉周王室之旧命,为楚国对王室的不恭兴师问罪,实则却是为彰显其霸主地位,借"征"字的使用,将齐国发动的战争抬升到周王室的层级。

据宋人胡安国《胡氏春秋传》统计,《春秋》经中涉及诸侯国之间的战争,共用"伐"二百一十三次,"侵"六十次,"战"二十三次,"围"四十四次,"入"二十七次,"迁"十次,"灭"三十次,"败师"十六次,"取师"三次,"取国邑"十六次,"袭"一次,"追"二次,"戍"三次,"以"三次。而这些对战事的称谓,都有其独特的含义,如《胡传》所列,"声罪致讨曰伐","潜师掠境曰侵","两兵相接曰战","缭其城邑曰围","造其国都曰入","徙其朝市曰迁","毁其宗庙社稷曰灭","诡道而胜之曰败","悉虏而俘之曰取","轻行而掩之曰袭","已去而蹑之曰追","以弱假强而能左右之曰以"。由此反观《左传·僖公四年》之文,齐桓公攻打蔡国,是联合各国、不宣而战之举,故称"以""侵";随后攻打楚国,则是数其罪过,因而用兵,故称"伐"。在此,"伐"与"讨"之义有相似之处,都是宣布罪行后加以攻击,具备一定的舆论水准。

胡安国未提及"征"的统计数字,是因《春秋》经中全然不用"征"字。在战争义的层面,两周时人多以"征"描述以上对下之战,如孔子言"天下有道,则礼乐征伐自天子出",《孟子·尽心下》言"征者,上伐下也,敌国不相征也",《荀子·乐论》论先王立乐,有"故乐者,出所以征诛也,入所以揖让也",都可辨明,"征"是指以上对下、师出有名的战争,兼具等级性与正当性。《尚书·胤征》篇虽成书年代有争议,但"羲、和废厥职,酒荒于厥邑,胤后承王命徂征",其中"征"的使用,亦体现以上对下这一关系,同时也强调上对下的惩戒与规训,并将这一权力归诸天下共主所有。其后孔安国注《胤征》篇言"奉辞罚罪曰征",《正义》复以为"奉责让之辞,伐不恭之罪,名之曰征。征者,正也,伐之以正其罪",同样是强调其师出有名与权力秩序。《左传·庄公二十三年》,曹刿谏庄公行必据礼,提出"夫礼,所以整民也。故会以训上下之则,制财用之节;朝以正班爵之义,帅长幼之序;征伐以讨其不然",在政治层面强调对等级秩序的维护,军事方面则宣示对违背、破坏秩序者的惩戒手段。《墨子·七患》篇言"库无备兵,虽有义不能征无义",更突出了"征"以有道伐无道的含义。

在周代早期完善的等级制度下,以"征"为名的战争具备全面正当性,故早期《诗经》文本中提及战争,用"征"之处,均是描述堂堂正正之师。如《豳风·破斧》,"既破我斧,又缺我斨。周公东征,四国是皇",所述是周初三监叛乱,周公辅成王率军平叛之事,既是以上对下,又是以有道攻无道。《小雅·六月》《大雅·常武》与《小雅·黍苗》则都描写西周王朝对周边外敌的战争。《六月》写周宣王派遣王师对抗外敌狁,"狁孔炽,我是用急。王于出征,以匡王国";《常武》与《黍苗》均是周王朝南征时的作品,《常武》言"如川之流,绵绵翼翼,不测不克,濯征徐国",为周宣王率军亲征淮夷;《黍苗》言"肃肃谢功,召伯营之。烈烈征师,召伯成之",为周宣王派遣召伯率军队徒役前去经营谢邑,以备对南方进一步用兵。以上诗篇都是西周时的作品,其时周之礼乐尚未衰落,故惟周王朝发动的战争可用"征",按其内容,或为天子亲征,或奉天子之命,均属师出有名。

至于《鲁颂·泮水》,"济济多士,克广德心。桓桓于征,狄彼东南",叙春秋时鲁僖公攻打淮夷。其时礼坏乐崩,礼乐征伐已自诸侯出,鲁师用"征",难免有越礼之嫌,然而东方淮夷诸部为周王朝之隐患,周初封伯禽于鲁，便有镇伏淮夷的用意，《尚书·周书·费誓》篇更载鲁侯伯禽出兵讨伐淮夷前的誓师之辞，有"我惟征徐戎"之语，故《泮水》篇以"征"描述对淮夷的战争，或也可视为对伯禽所因旧命的承袭。此外，《泮水》描写鲁僖公在泮宫献俘告庙的大典，鲁国宗庙可用天子规格的礼乐，泮宫的修筑，又是鲁僖公复古制旧典的标志，在典礼乐歌中用"征"字，或也是为了与仪式礼乐的规格相合。除周与鲁之外，其余国家的诗篇中均未用"征"，可见《诗经》文本中于周时的等级制度尚有明确而整饬的反映。

在先秦时，"伐"与"征"有时连用，其义也有相似之处，如孔子言"礼乐征伐自天子出"，孟子言"征"之义为"上伐下"，《告子下》又言，"是故天子讨而不伐"，《墨子·兼爱》言"国、都不相攻伐"，此数处之伐皆为攻打之义。《左传·庄公二十九年》则对伐做了更明确的定位，"凡师，有钟鼓曰伐，无曰侵，轻曰袭"。焦循《正义》以为，"讨者，上伐下也；伐者，敌国相征伐也"，在此，"伐"不再是一般意义上的军事进攻，而是别用于国力对等的诸侯国之间的公开宣战，且进军时应有钟鼓，以示堂皇。《孟子·梁惠王下》言"以万乘之国伐万乘之国"，便是描述这种公开的战争。至《今本竹书纪年》，则综合了此前的观点，"征"多用于上对下、正统对非正统的战争；"伐"同样用于描述此种战争，同时也用于对立的诸侯之间的战争。如此则"征""伐"之义基本相同，但"征"只用在上对下、正统对非正统之时，唯有"伐"可用于较为平等的对立双方之间。

《春秋》经文中未用一"征"字，而"伐"字连年可见，均为诸侯间的相互征战，此可与孔子之"天下无道，则礼乐征伐自诸侯出"，与孟子之"春秋无义战"（《孟子·尽心下》）相参。而《左传》中在战争义层面使用"征"字的情况也很少，且主要见于齐桓公尊天子令诸侯的行动中，可知"征"字的使用仍然需依托于王命。与之相反，《左传》的战争描叙用"伐"字，几乎无年不有。可见，自孔子至《左传》作者的视野中，礼坏乐崩的春秋之时并无真正以上对下、有道对无道的战事，唯有破坏等级秩序的诸侯相争连年不断。

《诗经》中对"伐"的使用也分为几个层面。如《商颂·殷武》之"挞彼殷武，奋伐荆楚。罙入其阻，裒荆之旅"，《小雅·出车》之"既见君子，我心则降。赫赫南仲，薄伐西戎"，《小雅·六月》之"四牡修广，其大有颙。薄伐狎狁，以奏肤公"等，均描写商周两代对四夷的战争，与《破斧》《常武》等篇所叙虽同为堂皇之师，却均用"伐"而不用"征"。尤其是《六月》篇中已有"王于出征，以匡王国"之语，但又在后文提及"薄伐狎狁"，当可推断，在周人的语境中，"征"与"伐"虽然皆可用于描述战争之本义，但有细微差别。按《六月》所述为宣王时狎狁来侵，尹吉甫奉命率王师出击，故在描绘军容与誓师场景的首章与次章反复提及"王于出征，以匡王国""王于出征，以佐天子"，"征"的使用，是为了强调此次出兵为遵循王命之举，周王的身影隐约出现在这一场景中。其后，随着军队出击与战况铺展，"薄伐狎狁，以奏肤公""薄伐狎狁，至于大原"等句，视角便集中于尹吉甫和他所率领的军队，王命虽始终存在，却不需如在誓师场景下那样被强调，故而泛用具备攻打之义的"伐"，专注于战争本身的刻画。

"伐"也同样用于描写平级国家之间的战争。《大雅·文王有声》篇"文王受命，有此武功。既伐于崇，作邑于丰"，写周文王攻克崇国之事，《大雅·皇矣》篇亦有提及"帝谓文王，询尔仇方。同尔兄弟，以尔钩援。与尔临冲，以伐崇墉"，表明文王攻打崇国乃是受天之命，而这两处都用"伐"。崇国为商之西部方国，其地在丰、镐之间，周人自古公亶父迁于岐下之后，与崇国距离很近，两国或在扩张发展中产生了矛盾，《史记·周本纪》有"崇侯虎谮西伯于殷"的记载，当是文王在位时，这一矛盾趋于尖锐的反映。其时崇与周均为商之方国，周对崇的战争称"伐"，即点明了这是平级诸侯国间的战争。

在《诗经》中，周对商的战争亦称"伐"。如《大雅·大明》篇，先言"长子维行，笃生武王。保右命尔，燮伐大商"，复言"凉彼武王，肆伐大商，会朝清明"。《尚书·泰誓》记载武王言"我伐用张"，《武成》记载，"王朝步自周，于征伐商"。周人为了强调其治理的正当性，提出天命惟德是辅之说，并在各种文献中均指斥殷商的失德，然而此举亦不能磨灭直至周武王起兵时，周仍为商之方国的事实。至春秋时期的《论语·泰伯》篇中，孔子即便再三盛称周之德行，言其"三分天下有其二，以服事殷"，也仍

《诗经》文化笔记 ｜ 王于出征，以匡王国——周王朝的军事活动

承认当时周对商的臣属关系。"征"一般用于上对下之战争,用在周对商的战争中,未免太过居高临下,偏离事实;周人在其史诗中将对商的战争称"伐",则是隐然将当时的周放在与商平等的地位上,作为天下的争夺者而非商的臣属存在,同样是为了描摹其得国的正当性。

较之只在特定场合具备暗贬意义的"伐","侵"则是一个贬义明确的词汇。《孟子·梁惠王下》言"大王居邠,狄人侵之",《左传》中,戎、狄对中原诸侯国的战争同样称"侵",这或者是"侵"的本义。至《今本竹书纪年》中,"侵"几乎全都用于蛮夷戎狄等异族对华夏发动的战争。此外,对于春秋时诸侯国之间的战争,《左传》认为"有钟鼓曰伐,无曰侵",胡安国言"潜师掠境曰侵",在"春秋无义战"的前提之下,"侵"是比"伐"更加偏离正道的行为。

《诗经》中用"侵",或描写异族对华夏的侵略,或描写非正统势力对正统势力的进攻。《小雅·六月》言"狎狁匪茹,整居焦获。侵镐及方,至于泾阳",描写狎狁南下,侵略西周王畿。《大雅·皇矣》言"密人不恭,敢距大邦,侵阮徂共","依其在京,侵自阮疆,陟我高冈",所提到的密为商之方国,在殷商末年,密人与崇国联合,攻打周之属国阮与共,被周文王发兵击败。这些诗歌同样是西周时的作品,在其书写中,通过对外敌战争行动的贬斥,同样凸显出周人对自身统治正当性的反复确认。《诗经》在描写诸多战事时,用词的谨慎与精当,也因而成为礼坏乐崩之前,周王朝以礼制为核心的政治秩序的部分佐证。

四时田猎:讲武与备战

田猎最早为先秦时人捕捉禽兽的生产活动,如东汉何休《春秋公羊经传解诂》所言,"田者,蒐狩之总名也。古者肉食,衣皮服,捕禽者,故谓之田。取兽于田故曰狩"。随着农耕文明的发展,至周代,田猎的生产作用虽然被农业与畜牧业所全面超越,但在周人的生活中,上至祭祀、礼仪,下至日常饮食,一定程度上仍然都需要田猎出产的供给。因此,田猎作为一种与自然时节的变化关系密切的传统活动,仍被纳入周人的礼制之中。

此外，在军事层面，田猎活动中展现的尚武精神，也使之成为天子诸侯磨砺军队战争技巧、整顿军备、宣示威仪的重要手段。

《礼记·月令》载，季秋之月为万物肃杀之时，"天子乃教于田猎，以习五戎，班马政"。所谓五戎，为弓矢、殳、矛、戈、戟五种兵器；马政，则是选取力量、毛色相配的马匹，用于车战。《大雅·大明》篇描写商周牧野之战，周人之车马为"檀车煌煌，驷騵彭彭"，《尔雅》以为"騵马白腹，驳"，郭璞释騵为"赤色黑鬣"，可知周人拉车的战马不独强壮有力，且颜色相同，都是赤毛、黑鬣、白腹，由这一细节可见周人军容之整饬威严，便是马政之功。周王在田猎这一循礼而设的活动中，整顿军队，教以战争之法，如《月令》言季秋之月"命仆及七驺咸驾，载旌旐，授车以级，整设于屏外。司徒搢扑，北面誓之"，已经是颇具规模的军事演练。

《月令》强调人类活动与季节流转的对应，因此所述田猎兵戎诸事，多在秋冬。然而《左传·隐公五年》臧僖伯劝谏鲁隐公观鱼之举，有"春蒐、夏苗、秋狝、冬狩，皆于农隙以讲事也"之论，《尔雅·释天》亦言"春猎为蒐，夏猎为苗，秋猎为狝，冬猎为狩"，则周人四时皆于农闲之时行田猎以讲武练兵。《周礼·夏官·大司马》中完整地描述了周王四时以田猎练兵的活动。其中，仲春教振旅，为班师整顿之事，《小雅·采芑》描写方叔得胜收兵，即有"伐鼓渊渊，振旅阗阗"之句。仲夏教茇舍，《毛传》传《鄘风·载驰》言"草行曰跋，水行曰涉"，茇以草为部首，同是草行之类，即在野行军，茇夷草莽以供止息，《夏官》更强调此举为"以辨军之夜事"，即军旅夜宿之事。仲秋教治兵，按《春秋谷梁传》，"出曰治兵"，为训练军队出征之举。仲冬教大阅，即大规模检阅军队，《夏官》中对其仪式、器用、法令等均有极尽详细的叙写，规模远超前三者；且只有冬狩时法令最严，有"诛后至者""不用命者斩之"等记载，可见其在军事层面的重要性。郑玄《礼记正义》言"凡田之礼，唯狩最备"，亦强调冬狩在田猎中的地位。

《周礼·夏官》中的四时田猎练兵之制，也与《礼记·月令》中周人对物候生杀的认知相合。春天万物苏生，为农耕之时，故《月令》言孟春"不可以称兵"，至仲春仍然"毋作大事，以妨农之事"，在此时，只训练军队班师的仪仗，方属合宜。夏天为作物生长之时，应当驱兽除草，保护作物，即《月令》言"驱兽毋害五谷，毋大田猎"，"烧薙行水，利以杀草"，此时令军队芟除杂草，驱灭害兽，既训练其野外行军的能力，又可襄助农事。秋天肃杀之气日盛，可行大规模田猎，以"习五戎，班马政"之举训练军队出征，正得其时。冬日天地闭藏，"天子乃命将帅讲武，习射御，角力"，"伐木，取竹箭"，于此农闲之时，全面进行军事训练，储存战备物资，既不伤农，又有演武之功。

与《周礼》不同，《礼记·王制》认为周人一年行三次田猎而非四次，"天子诸侯无事，则岁三田"。《春秋公羊传》释桓公四年"春，正月，公狩于郎"，同样只列出一年三次田猎，并言春猎为苗，秋猎为蒐，冬猎为狩。《礼记》与《公羊传》对田猎次数的记载与《周礼》有异，或是将田猎中包含的狩猎与练兵两方面内容区分开来，专言狩猎之事的结果。如《王制》认为田猎的目的"一为干豆，二为宾客，三为充君之庖"，主要在于收获猎物，此与《谷梁传》所言"四时之田用三焉，唯其所先得"相类。何休《春秋公羊经传解诂》则认为春苗的目标为未育后代之禽兽，秋蒐的目标为已长成之禽兽，至冬则凡遇禽兽皆可猎，故称冬狩，至于夏天，正当诸禽兽生长之时，为爱惜生机之故，不在野外行猎，"不以夏田者，春秋制也。以为飞鸟未去巢，走兽未离穴，恐伤害于幼稚，故于苑囿中取之"，这些规定，都是就限制狩猎活动，保护自然而言，并不涉及军事活动。与之相比，《周礼·夏官》更强调田猎的军事训练内容。如春蒐"辨鼓铎镯铙之用"，教军队以进退疾徐之节度，夏苗"辨号名之用"，以明军队中的各层统领纪律，秋狝"辨旗物之用"，以明出征时的旗号行阵，最终在冬狩中，"群吏以旗物、鼓铎、镯铙，各帅其民而致"，总合前三季之教，形成声势规模浩大的阅兵，明确彰显田猎的军事意义。

《诗经》中描写田猎的篇章，如《郑风·叔于田》之"叔于田，巷无居人""叔于狩，巷无饮酒"，《大叔于田》之"大叔于田，乘乘马。执辔如组，两骖如舞。叔在薮，火烈具举。袒裼暴虎，献于公所"，都描绘郑国贵族在田猎中的勇武之姿，《秦风·驷驖》之"驷驖孔阜，六辔在手。公之媚子，从公于狩"，铺陈秦国诸臣从秦襄公田猎的盛况。这些诗篇都主要着眼于尚武精神的展现与个体勇武的描写。《小雅·车攻》与《吉日》二篇，则都描绘周宣王时田猎的盛况，具备重要的政治军事意义，故而成为王朝的赞歌。

据《今本竹书纪年》载，周宣王九年，"王会诸侯于东都，遂狩于甫"。按《竹书纪年》，周成王七年与二十五年，两次在东都洛邑大会诸侯，宣王中兴之后，为了修复旧典，震慑诸侯，故仍于东都朝会诸侯，并行大田猎以宣示威仪。《车攻》篇全面展现了这一盛大的田猎之礼的始末：

> 我车既攻，我马既同，四牡庞庞，驾言徂东。
> 田车既好，四牡孔阜，东有甫草，驾言行狩。
> 之子于苗，选徒嚣嚣，建旐设旄，搏兽于敖。
> 驾彼四牡，四牡奕奕。赤芾金舄，会同有绎。
> 决拾既佽，弓矢既调。射夫既同，助我举柴。
> 四黄既驾，两骖不猗，不失其驰，舍矢如破。
> 萧萧马鸣，悠悠旆旌，徒御不惊，大庖不盈。
> 之子于征，有闻无声，允矣君子，展也大成。

《毛序》论此诗主旨，言"宣王能内修政事，外攘夷狄，复文、武之境土。修车马，备器械，复会诸侯于东都，因田猎而选车徒焉"。诗篇便按照田猎的过程循次书写，首章写车马齐备、将行田猎之事，并特地以"我马既同"强调马匹之力相配，以见当时马政之稳妥。次章"东有甫草，驾言行狩"点明田猎的地点，《周礼》言豫州"其泽薮曰圃田"，《尔雅》亦言"郑有圃田"，郭璞以为其地为"今荥阳中牟县西圃田泽"，此地邻近周之东都洛邑，故宣王选择在此行田猎会诸侯。其下各章，分叙周王仪仗之盛，诸侯服饰之美，射猎者之英武，乃至田猎结束，车马归去之整饬有度。诗中虽然将这一切归功于周宣王"允矣君子，展也大成"之德，但"不失其驰，舍矢如破""之子于征，有闻无声"之类对士卒演武收兵等事的描写，也暗示了周王朝军队之勇武与号令之威严，方是宣王得以大规模会诸侯的真正保障。

《诗经》文化笔记　王于出征，以匡王国——周王朝的军事活动

《小雅·吉日》则记录周宣王在镐京周边,漆、沮二水流域的一次田猎:

吉日维戊,既伯既祷。田车既好,四牡孔阜。升彼大阜,从其群丑。
吉日庚午,既差我马。兽之所同,麀鹿麌麌。漆沮之从,天子之所。
瞻彼中原,其祁孔有。儦儦俟俟,或群或友。悉率左右,以燕天子。
既张我弓,既挟我矢。发彼小豝,殪此大兕。以御宾客,且以酌醴。

这次田猎为周王在王畿内的活动,亦即《礼记》《周礼》所载的周王朝常规礼制。在出发之前,周人先祭祀马祖之神,既显示礼仪隆重,又自豪于车马之盛。祭祀的数日后,队伍方才整顿出发,在漆、沮二水畔追逐猎物,随从尽力为周宣王驱赶野兽,宣王则箭无虚发,并以所猎得的野兽飨宴群臣。诗篇不独展现了周王直属军队精湛的射御能力与强大的军备力量,且透露出周王与群臣、随从的关系均十分融洽,故通篇气氛欢畅高扬。君臣相得,同样是周王朝强盛稳定的政治保障。故《毛序》以为"美宣王田也。能慎微接下,无不自尽以奉其上焉"。

周宣王中兴,是西周王朝最后的辉煌,至春秋时,随着王室力量的衰微,这样的田猎盛况便再不可见。《左传·僖公二十八年》载,晋楚城濮之战后,是年冬天,晋文公大会诸侯于温邑,且召周襄王前去,此处经文言"天王狩于河阳"。按温邑在河阳之地,孔颖达《正义》申为"狩是田猎之所,故广言其地",经文为维护周王的地位与颜面,故以冬狩为托辞。至于传文则直言"晋侯召王,以诸侯见,且使王狩",并继以孔子的批评:"以臣召君,不可以训"。田猎本是周王朝宣示威仪的制度与手段,却最终沦为周王受诸侯号令时的遮羞布,河阳之狩这一事件,深刻地昭示了春秋时礼乐崩坏、往而不返的历史趋势。

玁狁孔炽:西周的大敌

《周礼·夏官》载,职方氏掌天下之舆图,其中包括四夷、八蛮、七闽、九貉、五戎、六狄之地,这都是对华夏之外的异族的称谓。郑众认为,东方称夷，南方称蛮，西方称戎，北方称貉、狄，即通常所谓之蛮、夷、戎、狄。郑众未提及闽，而郑玄补充道，闽为蛮之一支。在周代，这些处于四方的异族部落与国家，通常被视为与华夏诸国对立的势力。如《国语·郑语》中，郑桓公问史伯迁国逃死之策，史伯以东都洛邑为中心，逐一列举四方诸国，并提到南有荆蛮，北有狄人，认为这些国家和部落如非周之近亲，"则皆蛮、荆、戎、狄之人也"，故其地皆不可居。《国语·楚语》中楚庄王命士亹为太子太傅，士亹亦有"蛮、夷、戎、狄，其不宾也久矣，中国所不能用也"之说，其实楚国已被中原诸国视为"荆蛮"，士亹为楚国之臣，仍沿用蛮夷戎狄之说，可见这一思想在当时之普遍。而在这些周边的异族中，如东夷、荆蛮等，都在周代的早期对外战争中被周人所征服，受封为边远的方国，唯有西北的戎族以其游牧善战与地理方位，最终成为周室的最大外敌。

周之起源，地在中原之西，周人早期即与当地之游牧民族杂居。《史记·匈奴列传》载，"唐虞以上有山戎、猃狁、荤粥，居于北蛮，随畜牧而转移"，山戎、猃狁、荤粥，都是先秦时对西北部游牧民族的称谓。《史记·五帝本纪》亦言黄帝曾北逐荤粥，舜时曾将三苗迁至三危，"以变西戎"。这些古史虽然未可确证，但既然有传说流布，当可推测，这些游牧民族的历史，及其与中原的战争史均颇悠久。

据《史记·周本纪》，周人先祖不窋"失其官而奔戎狄之间"，地在北豳，至不窋之孙公刘，向南迁徙迁至豳地，公刘之子庆节遂在此立国。公刘迁豳为周部落早期的一次大迁徙，固然有寻求宜于农耕之地的原因，但也应有周人先祖与西北方的戎狄部落频繁发生冲突之故。随着戎狄势力的壮大，在周立国于豳地八世之后，周太王古公亶父在戎狄的多方袭扰下，不得已再度携国人大举南迁于岐山之下，《周本纪》记载了此事的始末：

> 古公亶父复修后稷、公刘之业，积德行义，国人皆戴之。薰育戎狄攻之，欲得财物，予之。已复攻，欲得地与民。民皆怒，欲战。古公曰："有民立君，将以利之。今戎狄所为攻战，以吾地与民。民之在我，与其在彼，何异。民欲以我故战，杀人父子而君之，予不忍为。"乃与私属遂去豳，度漆、沮，逾梁山，止于岐下。豳人举国扶老携弱，

《诗经》文化笔记 王于出征，以匡王国——周王朝的军事活动

尽复归古公于岐下。

篇中提及"薰育戎狄",为对中原西北部游牧民族的称谓。戎狄为通称,而以戎为主,《今本竹书纪年》提及这些游牧民族时,随其地理位置或部落之不同,分为离戎、歧踵戎、丹山戎、西落鬼戎、曹魏之戎、燕京之戎、余无之戎、始呼之戎、翳徒之戎等。在《今本竹书纪年》中,商代晚期一段,多见周公季历伐戎的记载。季历为古公亶父之子,周文王之父,由此可知,周人在迁至岐山后,仍不断与戎族发生战争,且互有胜负。

薰育则是特定部族之名,《广韵》言"夏曰獯鬻,周曰猃狁",獯鬻、猃狁乃至《史记》所载之荤粥,读音相近,或即为一部族在不同时代之异名。《尔雅·释畜》言"长喙,猃",《说文》言"猃,长喙犬。一曰黑犬黄头",都以猃为长吻的犬类;《秦风·驷驖》写秦君猎毕,猎犬在车上休憩,有"輶车鸾镳,载猃歇骄"之句。猃狁以此命名,或当为以犬为图腾之部落,因其善战,在中原民族眼中,又具犬狼之性,因此猃狁有时也被称为犬戎。此外,《小雅·出车》记述周宣王时派遣南仲对游牧民族的战争,"赫赫南仲,薄伐西戎""赫赫南仲,玁狁于夷"等句,则将猃狁称为西戎,此或是对居于丰镐二京以西的戎族的特定之称。

周王朝的丰镐二京都在西部,因此,在西北边境上与猃狁等戎族的战争,直接关系到西周王畿一带的稳定。然而,西周早期的对外战争,多因周人之向东扩张而发生在东南部地区,如《今本竹书纪年》载成王十三年"王师会齐侯、鲁侯伐戎",此处之戎实为东方的徐国,周时一度称为徐戎,却是淮夷之国,周王室征伐诸夷,是为了控制东方;周昭王时两度南征荆楚,则是为了进一步扩大周之疆域。这段时间内,周王室并未对西北方的戎族大举用兵。直至西周中期周穆王时,《国语·周语》中方记载了征伐犬戎之事:

穆王将征犬戎,祭公谋父谏曰:"不可。先王耀德不观兵。……是故周文公之颂曰:'载戢干戈,载櫜弓矢。我求懿德,肆于时夏,允王保之。'先王之于民也,懋正其德而厚其性……是以近无不听,远无不服。今自大毕、伯士之终也，犬戎氏以其职来王，天子曰：'予必以不享征之，且观之兵。'其无乃废先王之训而王几顿乎！吾闻夫犬戎树惇，帅旧德而守终纯固，其有以御我矣。"王不听，遂征之，得四白狼、四白鹿以归。自是荒服者不至。

由此可以推测，在西周早期，周王室与犬戎的关系应当是相安无事的，犬戎臣服于周室，按照荒服之制纳贡朝见，周人也将征伐开拓的重点放在东南。周穆王即位后，开始着眼于西方的扩张，将都城迁至丰、镐二京以西的西郑，进而对犬戎用兵。据《后汉书·西羌传》，周穆王"西征犬戎，获其五王……遂迁戎于太原"，此处的太原在泾水上游，今甘肃泾川、平凉一带，周穆王的军事行动对犬戎造成了一定打击，扩张了周人的势力范围。但是按祭公谋父之说，犬戎原本恪尽其职，对周王室没有大的失礼之处，周穆王执意发动对犬戎的战争，对戎族与周王朝的关系造成了破坏性的影响。

自此，戎族不再对周朝贡，且二者间战争不断，互有胜负。《今本竹书纪年》载，懿王二十一年，"虢公帅师北伐犬戎，败逋"，夷王七年，"虢公帅师伐太原之戎，至于俞泉，获马千匹"。《古本竹书纪年》记周厉王时，"戎狄寇掠，乃入犬丘……王命伐戎，不克"。《史记·秦本纪》载，"周宣王即位，乃以秦仲为大夫，诛西戎。西戎杀秦仲……周宣王乃召庄公昆弟五人，与兵七千人，使伐西戎，破之"。而《古本竹书纪年》又载，周宣王后期，"王遣兵伐太原戎，不克"，"王伐条戎、奔戎，王师败绩"，"王征申戎，破之"。《后汉书·西羌传》载周幽王时，"命伯士伐六济之戎，军败，伯士死焉"。这些史料都证明，在西周中后期，邻近王畿的戎族已经成为周王室最重要的外敌，周人与戎族的战争十分密集，且周人并没有绝对的军事优势。甚至在周懿王年间，《今本竹书纪年》有"七年，西戎侵镐。……十三年，翟人侵岐。十五年，王自宗周迁于槐里"的记载，表明周王室曾一度不堪戎族袭扰，被迫放弃丰镐二京，迁都至稍南的槐里。

西周中后期的《诗经》作品中，数次提及对戎族的战争。史书中对戎族的称谓虽然诸名混杂，但在《诗经》中，周人通常将他们西北方的敌人仍称为猃狁。《小雅·六月》记载了周宣王时对猃狁的一次战争，《毛序》以为此篇所写为宣王北伐之事，但细察诗意，这其实是一次面对外敌侵略的反击战：

　　六月栖栖，戎车既饬。四牡骙骙，载是常服。猃狁孔炽，我是用急。王于出征，以匡王国。
　　比物四骊，闲之维则。维此六月，既成我服。我服既成，于三十里。王于出征，以佐天子。
　　四牡修广，其大有颙。薄伐猃狁，以奏肤公。有严有翼，共武之服。共武之服，以定王国。
　　猃狁匪茹，整居焦获。侵镐及方，至于泾阳。织文鸟章，白旆央央。元戎十乘，以先启行。
　　戎车既安，如轾如轩。四牡既佶，既佶且闲。薄伐猃狁，至于大原。文武吉甫，万邦为宪。
　　吉甫燕喜，既多受祉。"来归自镐，我行永久。"饮御诸友，炰鳖脍鲤。侯谁在矣？张仲孝友。

　　这是一次相当紧急的出兵。六月正当农忙之时，因猃狁大举来袭，周人不得不整顿军队，即刻出征，首章中的"六月栖栖""猃狁孔炽，我是用急"等句，都表现出这次反击战的刻不容缓。这与猃狁临近王畿的地理位置有关。在西周前期，戎族与周人维持着朝贡受服、相安无事的关系时，周人尽可以大举在东南方用兵，无后顾之忧；但西周中后期，与戎族的关系被破坏后，周人便必须维持警觉，随时面对戎族对西周王畿的侵扰。这次战争中，猃狁来势汹汹，"猃狁匪茹，整居焦获。侵镐及方，至于泾阳"。焦获，据《尔雅·释地》，又名焦护，为周之重要薮泽，与鲁之大野、郑之圃田、楚之云梦等并称，其地在泾水北岸，而向南渡过泾水不远，便是周人的丰镐二京。此前周穆王击败犬戎，将其迁于泾水上游的太原，令西周的疆域扩张，戎族的势力范围收缩。然而到了西周晚期的《六月》中，距丰镐二京极近的焦获泽竟然成为猃狁整顿军备的前沿阵地，这意味着当时周王室的戍守防线已经无法将猃狁拒于王畿之外，更有甚者，在游牧民族极具机动性的长驱直入之下，西周的王都随时可能完全暴露在他们的攻击范围内。

面对这一危机，周宣王派遣尹吉甫率军反击，迅速取得胜利，又将猃狁驱逐至太原之地。《六月》在胜利基调之上，大肆铺陈周人的旌旗车马之盛，庆功宴席之和乐，以彰武德，仍可视为一篇王朝中兴时的赞歌。但是其中的一些不和谐音符，如"狁犹孔炽""狁犹匪茹"等句，充分点明了猃狁之气焰，战况之紧急，可知即便在宣王中兴之际，周王朝在西北边境的局面也已经绝对不容乐观。

《小雅·采薇》借久戍思归的戍卒之口，同样透露出猃狁入侵的紧迫之况。《毛序》以为"文王之时，西有昆夷之患，北有狁犹之难。以天子之命，命将率遣戍役，以守卫中国"，将此篇附会于周文王的时代。然而考虑到周王朝与戎族的关系变化，《采薇》更可能为西周中后期猃狁长期侵扰王畿边境时产生的作品：

> 采薇采薇，薇亦作止。曰归曰归，岁亦莫止。靡室靡家，狁犹之故。不遑启居，狁犹之故。
>
> 采薇采薇，薇亦柔止。曰归曰归，心亦忧止。忧心烈烈，载饥载渴。我戍未定，靡使归聘！
>
> 采薇采薇，薇亦刚止。曰归曰归，岁亦阳止。王事靡盬，不遑启处。忧心孔疚，我行不来！
>
> 彼尔维何？维常之华。彼路斯何？君子之车。戎车既驾，四牡业业。岂敢定居？一月三捷。
>
> 驾彼四牡，四牡骙骙。君子所依，小人所腓。四牡翼翼，象弭鱼服。岂不日戒，狁犹孔棘。
>
> 昔我往矣，杨柳依依。今我来思，雨雪霏霏。行道迟迟，载渴载饥。我心伤悲，莫知我哀！

诗篇以戍卒的忧思起笔，由春至秋，他们都在边境上戍守，眼见一年

《诗经》文化笔记　王于出征，以匡王国——周王朝的军事活动

179

将尽，薇菜已老，却仍不知归家之期。士卒长久戍边，是因为猃狁不断袭扰；他们居无定所，则是因为游牧民族军力的机动性强，令周王室的戍军也必须在边境上来回奔波。这些士卒虽然心怀思家之情，面对外敌却仍然能够奋不顾身，"戎车既驾，四牡业业。岂敢定居？一月三捷"，既反映他们冲锋陷阵时的英勇善战，却也透露出军情的紧急。正是因猃狁侵扰不断，才导致戍军每个月都必须进行几次这样的防卫战斗，长此以往，对周王朝的军力与军心必定造成莫大的消耗。"岂不日戒，玁狁孔棘"这一感叹中蕴含的疲惫之感与危机意识，正是西周晚期边患连连的真实写照。

西周王朝以祖基丰镐二京一带为王畿，于西北诸戎族势力面前可谓首当其冲。在周初国力强盛时，王朝足以威慑四边，且尚有余力向东南方用兵。然而，随着周穆王西征，破坏了周与戎族之间较为和平稳定的关系，且懿王、夷王以下，国力渐渐衰微，周王朝与戎族的势力逐渐此消彼长。在西周后期，戎族军队得以凭借其优良的机动性长驱直入，直抵王畿周边，威胁王都，周王朝则在一次次紧急反击下，被拖入了长久的消耗之中。与此同时，内政的疲敝与黑暗，也更加速了王朝的衰落。即便宣王一度中兴，也未能为周王朝扫除边患，至幽王时，西周最终为窥伺已久的犬戎所攻灭。

附：征人的忧叹

《小雅·采薇》末章"昔我往矣，杨柳依依。今我来思，雨雪霏霏。行道迟迟，载渴载饥。我心伤悲，莫知我哀"，集中抒写了戍卒在长久战争后终于得以归家时的触景生情，疲惫、忐忑、焦虑、忧伤，积淀成一阕沉重的征人哀歌。即便诗篇耗费了更多篇幅去渲染周人的高昂士气与战争胜利的豪情，却仍将通篇定格于战争结束之后，普通士卒在归家途中的孤独与忧思。

《采薇》产生于西周后期，周人正处于与猃狁的漫长相持与消耗中，篇中描写士卒的复杂心绪，或可视为那一时代的周人群体对战争态度的缩影。然而通观《诗经》中的战争篇章，虽有《秦风·无衣》"岂曰无衣？与子同袍。王于兴师，修我戈矛，与子同仇"的慷慨豪迈，亦有《小雅·出车》

"出车彭彭，旂旐央央。天子命我，城彼朔方"的骄傲坦荡，但在开疆拓土与保卫家国的豪情之外，底层士兵或背井离乡，远征异国，或长久戍边，不知归期，他们的思乡与厌战之情，也都被真切地记录下来。

西周初年，周公东征平定三监之乱，三年方获胜而归。《豳风·破斧》反映了这次战争中周人战士的心态：

> 既破我斧，又缺我斨。周公东征，四国是皇。哀我人斯，亦孔之将！
> 既破我斧，又缺我锜。周公东征，四国是吪。哀我人斯，亦孔之嘉！
> 既破我斧，又缺我銶。周公东征，四国是遒。哀我人斯，亦孔之休！

《毛序》《诗集传》等，都以为此篇是对周公的赞美，周公平定叛乱，教化四国，令当地人民得以安居乐业，故周人作诗以赞其功。然而诗篇当是以周人战士的口吻所写，固然站在周王朝的角度肯定其"四国是遒"的功绩，但在"既破我斧，又缺我斨"等切近的描写中，已经透露出战事的艰苦不易。章末"哀我人斯，亦孔之将"等反复感叹，《郑笺》认为同样是赞美周公，"周公之哀我民人，其德亦甚大也"，但据诗意而言，更似是军士们在战争结束时，交织着胜利自豪与生还庆幸的感喟，这正是时代大背景下普通人的真实心态。

《豳风·东山》同样以周公东征为背景，但诗中全不涉及战争之事，而只专注描写一位东征兵士归乡途中的心绪与想象：

> 我徂东山，慆慆不归。我来自东，零雨其濛。我东曰归，我心西悲。制彼裳衣，勿士行枚。蜎蜎者蠋，烝在桑野。敦彼独宿，亦在车下。
> 我徂东山，慆慆不归。我来自东，零雨其濛。果臝之实，亦施于宇。伊威在室，蟏蛸在户。町畽鹿场，熠耀宵行。不可畏也，伊可怀也。
> 我徂东山，慆慆不归。我来自东，零雨其濛。鹳鸣于垤，妇叹于室。洒扫穹窒，我征聿至。有敦瓜苦，烝在栗薪。自我不见，于今三年。
> 我徂东山，慆慆不归。我来自东，零雨其濛。仓庚于飞，熠耀其羽。之子于归，皇驳其马。亲结其缡，九十其仪。其新孔嘉，其旧如之何？

《诗经》文化笔记 王于出征，以匡王国——周王朝的军事活动

这位兵士的归程笼罩在愁人的细雨中。诗四章皆以"我徂东山，慆慆不归。我来自东，零雨其濛"起笔，反复咏唱，绵延出一片阴雨迷蒙的氛围。东征胜利，得以归家，本当是令人欣慰之事，但兵士心中只有归心似箭的忧伤与对这漫长征战的厌倦，"我东曰归，我心西悲"，一个"悲"字，便贯穿了通篇始末。他先是怀着忧虑想象，家乡的田地是否已经荒芜，房舍是否已经废弃，越发加深了对家园的思念；然后他进而遥想，家中的妻子是否仍在勤于洒扫，日复一日等待他归家，而这想象中的家园同样笼罩在将雨的忧伤氛围中。"鹳鸣于垤，妇叹于室"，《毛传》认为"垤，蚁冢也。将阴雨，则穴处先知之矣。鹳好水，长鸣而喜也"，东方的征夫在雨中跋涉，西方的思妇因欲雨而兴叹，一场延绵的阴雨，无形中拉近了这对久别夫妻间的距离，苦涩而略带温柔。最终，他在凄冷的雨中回忆起当年婚礼时的春日丽景，欢悦缱绻，并发出"其新孔嘉，其旧如之何"的感叹，重逢在即，思念愈深。通观全篇，随着主人公在雨中行走，想象与回忆渐次浮现，将久别家乡者的近乡之怯表现得淋漓尽致，深沉缠绵。

《东山》是西周初年的作品，蔓延三年的战事虽令军队疲惫不堪，所幸国家强盛，战事得以终结，他们力战归来，仍有家园可依。至东周初年的《王风·扬之水》中，戍卒的厌战与思乡之情却仿佛永无尽头：

  扬之水，不流束薪。彼其之子，不与我戍申。怀哉怀哉！曷月予还归哉？
  扬之水，不流束楚。彼其之子，不与我戍甫。怀哉怀哉！曷月予还归哉？
  扬之水，不流束蒲。彼其之子，不与我戍许。怀哉怀哉！曷月予还归哉？

东迁洛邑之后，周人失去了西方丰镐二京一带的大片祖基，也丧失了对天下的控制权，周王不得不派遣军队，帮助申、甫、许等小国戍守边境。这些小国是周王室最后的屏障，以防备南方的楚国对中原发动战争。对于这些戍卒而言，他们本就在犬戎的侵袭下，被迫离开祖居之地东行，避居洛邑；到了洛邑之后，由于面临楚国的威胁，他们也无法安居，而是再度被迫离开东周王畿，去帮助别国戍守，辗转于数个国家的边境，可谓双重意义上的颠沛流离。朱熹《诗集传》言，周平王"劳天下之民，远为诸侯戍守，故周人之戍申者，又以非其职而怨思焉。则其哀懦微弱，而得罪于民，又可见矣"，正是周室衰微、生民怨怼的写照。

《诗经》文化笔记

王于出征，以匡王国——周王朝的军事活动

旅力方刚，经营四方
——内政外交中的赋诗传统

> 古者行人出境，以词令为宗；大夫应对，以言文为主。
>
> ——刘知几《史通》

《诗经》文化笔记

旅力方刚，经营四方——内政外交中的赋诗传统

春秋时代，各国不独在礼乐仪式中广为使用《诗经》中的乐歌，其外交中亦盛行"赋《诗》言志"的交流方式，恰当地引用《诗经》章句表达情志，展示才华学识，达成政治目的。即《汉书·艺文志》所言："古者诸侯卿大夫交接邻国，以微言相感，当揖让之时，必称《诗》以谕其志，盖以别贤不肖而观盛衰焉。故孔子曰：'不学《诗》，无以言'也。"

由于这一时期《诗经》与政治、外交等社会生活密切相关，王室诸侯乃至卿大夫阶层对赋诗非常重视，使得《诗》学成为贵族教习的重要内容。《礼记·王制》即云："乐正崇四术，立四教，顺先王《诗》《书》《礼》《乐》以造士"，《左传·僖公二十七年》亦云"说《礼》《乐》而敦《诗》《书》"，都可知当时《诗经》位于官方教育典籍之列。而《左传》《国语》等史籍中，多有各国君臣于论政时征引诗句的记载，亦可知时人对《诗经》的高度熟悉。

然而据《汉书·艺文志》，"春秋之后，周道浸坏，聘问歌咏不行于列国"。在周文礼坏乐崩之后，作为从属于周代礼乐制度的一个重要环节，赋诗外交也走向了衰亡。唯有其中凝定的情志，随着《诗经》文本的不断经典化流传下来。

周爰咨诹：使臣的歌章

在周代，天子与各诸侯，乃至各诸侯国之间，均构建起了一套整饬有礼的外交关系。《周礼·秋官》载，周王朝设有大行人、小行人二职以礼宾，"大行人掌大宾之礼，及大客之仪，以亲诸侯"，"小行人掌邦国宾客之礼籍，以待四方之使者"。大行人接待各国诸侯，小行人则接待各国使臣，即贾公彦释言，"大行人待诸侯身，小行人待诸侯之使者"。《周礼》又规定，"凡诸侯之邦交，岁相问也，殷相聘也，世相朝也"，当时诸侯国之间亦

多有彼此通问之礼仪。在这些外交场合，都有着众多使臣奔波的身影，他们的辛劳与忠诚，也见于《雅》诗的篇章中。

《左传·襄公四年》记载了一场外交中的礼乐仪式，晋侯以九首诗乐宴享鲁国使臣叔孙豹，而叔孙豹区分三组不同乐歌的等级，以显示自己"知礼"，同时也辨明了国君慰劳使臣时所当用的诗篇，并明示其政教意义：

> 穆叔如晋，报知武子之聘也。晋侯享之，金奏《肆夏》之三，不拜。工歌《文王》之三，又不拜。歌《鹿鸣》之三，三拜。韩献子使行人子员问之，曰："子以君命辱于敝邑，先君之礼，藉之以乐，以辱吾子。吾子舍其大，而重拜其细，敢问何礼也？"对曰："《三夏》，天子所以享元侯也，使臣弗敢与闻。《文王》，两君相见之乐也，使臣不敢及。《鹿鸣》，君所以嘉寡君也，敢不拜嘉？《四牡》，君所以劳使臣也，敢不重拜？《皇皇者华》，君教使臣曰：'必谘于周。'臣闻之：'访问于善为咨，咨亲为询，咨礼为度，咨事为诹，咨难为谋。'臣获五善，敢不重拜？"

《国语·鲁语》亦载此事，且详细列出了所用的诗乐篇名：《肆夏》一组为《繁》《遏》《渠》；《文王》一组，即《大雅·文王之什》的前三篇《文王》《大明》《绵》；《鹿鸣》一组，即《小雅·鹿鸣之什》的前三篇《鹿鸣》《四牡》《皇皇者华》。叔孙豹认为，《肆夏》一组为天子宴享诸侯所用，《文王》一组为诸侯相见所用，他只是区区使臣，不敢领受，故不答拜以示遵礼。而《鹿鸣》一组中，《鹿鸣》叔孙豹以为晋侯以此赞美鲁侯，故而以鲁国臣子的身份答拜；此外的《四牡》《皇皇者华》两篇，属于国君慰劳与教导使臣的乐歌，故也当答拜。

《鹿鸣》三章为周时较为常用的宴饮之乐。《仪礼·燕礼》记载，至用乐时，最初的一组便是"工歌《鹿鸣》《四牡》《皇皇者华》"，《仪礼·乡饮酒礼》大致同此。同样的雅乐，既用于诸侯燕乐，又用于大夫之乡乐，并非尊卑不明，而是《礼记正义》所谓"礼盛可以进取，礼轻可以逮下"之意。郑玄注《礼记·学记》以为，这些诗歌"皆君臣宴乐相劳苦之诗，为始学者习之，所以劝之以官，且取上下相和厚"，以之行教化，正是重视其和同人心的功能，而这一功能也进而延伸到礼乐之用的领域。

《小雅·四牡》篇主要叙写使臣的奔波劳苦。使臣勤于王事，整日驾着马车在大路上奔走，无暇归家奉养父母，于是作歌表达思念之情：

> 四牡骓骓，周道倭迟。岂不怀归？王事靡盬，我心伤悲！
> 四牡骓骓，啴啴骆马。岂不怀归？王事靡盬，不遑启处！
> 翩翩者鵻，载飞载下，集于苞栩。王事靡盬，不遑将父！
> 翩翩者鵻，载飞载止，集于苞杞。王事靡盬，不遑将母！
> 驾彼四骆，载骤骎骎。岂不怀归？是用作歌，将母来谂！

诗中反复提到"翩翩者鵻"，鵻即今之鹁鸠。《毛传》言，"鵻，夫不也"，《郑笺》言"夫不，鸟之慤谨者。人皆爱之，可以不劳，犹则飞则下，止于栩木"。《尔雅注疏》引《左传》中少昊以祝鸠氏为司徒之例，认为"祝鸠，即隹其、夫不，孝，故为司徒也"。古人认为此鸟养父母勤谨，有孝之德，故以此起兴，来抒发自己不能在家孝养父母的遗憾与对父母的思念。

这篇诗歌本是抒写忧勤之作，而被收入《雅》诗，用于贵族和士阶层的宴飨乐歌之后，在诗义解读的层面便更倾向于渲染使臣忠于使命，并体贴其辛劳，故进而生发了具备政教意义的解读方式。如《毛序》解读此诗主旨为"劳使臣之来也。有功而见知则说矣"。郑玄笺云，"使臣以王事往来于其职，于其来也，陈其功苦以歌乐之"。所谓"陈其功苦"，功为王事之功，苦为思家之苦，既褒奖其忠诚，又体贴其情志。《四牡》的抒发内容以"苦"居多，作为飨宴远来使臣的乐歌，已有感发通情的效果。而篇中对"王事"的反复强调，又将使臣的辛劳视为他们忠于职守的证明，即《郑笺》所谓"无私恩，非孝子也。无公义，非忠臣也。君子不以私害公，不以家事辞王事"。在礼乐仪式上用这篇乐歌，褒奖的意味不言自明。

两周时，《诗》有兴、观、群、怨之社会功能，君王如能够以合宜的诗篇来体贴抚慰使臣之心，则使臣的劳累与忧思也得以在情感上获得安置与消解。以《四牡》这样的篇章作为朝廷乐歌，不独为发挥诗礼乐之"教"

《诗经》文化笔记 旅力方刚，经营四方——内政外交中的赋诗传统

的节制功能，更是重视其"化"的感发作用。如《国语·鲁语》将《四牡》之义概括为"君之所以章使臣之勤也"，便是更加着重于表彰使臣劳苦之义。此外如《周南·卷耳》中有"嗟我怀人，置彼周行"，"陟彼崔嵬，我马虺隤。我姑酌彼金罍，维以不永怀"等句，《毛诗正义》以为"我使臣以兵役之事行出，离其列位"，重在写军旅途中的颠沛之苦；并认为《卷耳》也是慰劳外交使臣之作，"复知臣下出使之勤劳，欲令君子赏劳之"，并举《四牡》为例，"其实聘使之劳，亦闵念之，《四牡》之篇是其事也"，强调对使臣劳苦的怜悯与关心。

与《四牡》相反，《小雅·皇皇者华》的内容重在描绘使臣出行时的意气风发，以及他们所担负的职责于周王室治理的重要意义：

> 皇皇者华，于彼原隰。駪駪征夫，每怀靡及。
> 我马维驹，六辔如濡。载驰载驱，周爰咨诹。
> 我马维骐，六辔如丝。载驰载驱，周爰咨谋。
> 我马维骆，六辔沃若。载驰载驱，周爰咨度。
> 我马维骃，六辔既均。载驰载驱，周爰咨询。

诗篇的基调是一派昂扬而振奋的盛世气象。众多的使臣驾着车，奔驰在花开烂漫的原野上，骏马雄壮美丽，丝缰润泽协调，与"皇皇者华"的背景交相辉映，更显光华。而无论地势高低之处，都有野花绚烂地绽放，正象征着周王室善政美德之普及，无远无近，无高无下。这些使臣四方奔走，不念私事，惟尽忠职守，辛勤努力，已经彰显了整个周王朝的朝气蓬勃，而他们所承负的责任，即"周爰咨诹"等，更是为了替周王访求贤人，询问治国的方法。《毛序》言，"君遣使臣也。送之以礼乐，言远而有光华也"。《郑笺》云，"言臣出使，能扬君之美，延其誉于四方，则为不辱命也"。君臣一心，正是这个国家日趋强盛的基石。

周王朝固有以国家政事询于万民的传统，"周爰咨诹""周爰咨谋"等句即是这一传统的展现。据《周礼·秋官·小司寇》，"小司寇之职，掌外朝之政，以致万民而询焉。一曰询国危，二曰询国迁，三曰询立君"，在战争、迁都、选立新君这些大事上，都听取民众的意见。《周礼·地官·乡大夫》之"大询于众庶"，亦是指这三件国之大事。《大雅·板》篇讽刺周厉王不听忠言，有"先民有言，询于刍荛"之语，刍荛即樵采之人。这大约是当时的俗语，可知古之贤者遇事，已有咨询下民之举。《尚书·洪范》篇亦言，君王遇到疑难时，除卿士、卜筮外，尚可"谋及庶人"。这些记载，与《小司寇》所述致询万民之事都彼此印证。《周礼》尚有乡大夫"以乡射之礼五物询众庶：一曰和，二曰容，三曰主皮，四曰和容，五曰兴舞"之记载，可知此举在咨事之余，也具备选贤与能之功。

《国语·晋语》中记载了胥臣对周文王之政的赞美，"及其即位也，询于八虞，而咨于二虢，度于闳夭，而谋于南宫，诹于蔡、原，而访于辛、尹"，文王即位后，在政事方面广为咨询贤臣，《皇皇者华》篇中提到的询、咨、度、谋、诹五事，在这一记述中均有涉及。《皇皇者华》中使臣往来、不分高下的格局，无疑超越了仅仅咨询贤臣之举，而更贴近于《周礼》中的咨于万民，令周王朝广采民意的政治举措得以全面铺张。

询、咨、度、谋、诹皆有谋事之义，又于所询方向上有所差异。《左传》记载，叔孙豹认为《皇皇者华》具有"五善"，即"访问于善为咨，咨亲为询，咨礼为度，咨事为诹，咨难为谋"。咨，即问善道；询，即问亲戚之义；度，即问礼宜；诹，即问政事；谋，即问患难。故叔孙豹以为，这五种行为都具备德教的意义，无论于礼于德，作为使臣均当欣然领受。而《国语·鲁语》同样记载此事，却将其寓意概括为"六德"，具体阐释也与《左传》有所不同：

> 《皇皇者华》，君教使臣曰"每怀靡及"，诹、谋、度、询，必咨于周。敢不拜教。臣闻之曰："怀和为每怀，咨才为诹，咨事为谋，咨义为度，咨亲为询，忠信为周。"君贶使臣以大礼，重之以六德，敢不重拜！

此说将咨作为问事之总义，故不入六德之列。在余下的诹、谋、度、询中，除询为问亲戚之义同《左传》外，诹为问才干，谋为问政事，度为问道义，

《诗经》文化笔记 旅力方刚，经营四方——内政外交中的赋诗传统

其解释皆与《左传》不同。按《左传·桓公六年》载"纪来谘谋齐难",与其"咨难为谋"的解读一致,然而《国语》言"咨事为谋",亦不为大谬。《左传·襄公三十年》载季武子言晋国"有史赵、师旷而咨度焉",史赵为史官,师旷为乐官,所掌皆与国之礼乐典章相关,与"咨礼为度"相合。而《国语》认为"咨义为度",或也有相通之处。《国语》虽被司马迁、班固等认为是春秋时左丘明的作品,但傅玄、陆淳等对此已有质疑,认为"同说一事而二文不同",今之学者则多以为其成书于战国时期,且非一时一人之作。而至战国时,劳思光所谓孔子"摄礼归义"的思想主脉已经随着儒学奠基而行凸。孔子将"礼"作为制度仪文与生活秩序的代表,又将具备正当性与道理两重含义的"义"作为礼之基础,故有"义以为质,礼以行之"之论。于此一层思想观念上,则礼义同源。而"度"据《说文》,为法制之意,可引申为制度仪文予人的正当规约。因此,《鲁语》这一段的撰写者若受到此思想的影响,将"咨礼为度"转写为"咨义为度",或也不为过。

此外,《国语》认为"駪駪征夫,每怀靡及"亦体现一种德行。《毛传》以为"怀,和也",《郑笺》则以为"和"当为"私",此句意在赞美使臣之无私,与《四牡》篇中使臣勤于王事的叙写同属一脉。而"忠信为周",则回应了诗篇中"周爰咨诹""周爰咨谋"等语,以明使臣问政,必问于贤人之理。可见《左传》与《国语》对《皇皇者华》的细节分析虽异,但其主脉都重在解读此诗中对使臣的教导和勉励之意;二者在对此事的书写中,强调的也都是政治治理中必需的德行与事项。

《毛诗正义》认为,《四牡》与《皇皇者华》分别为使臣归国和出发时所用之诗:"群臣在国则燕之,使还则劳之,故次《四牡》劳使臣之来也。使臣还则君劳之,去当送之,故次《皇皇者华》,言遣使臣也。"然而,《皇皇者华》为使臣出行时的勉励之诗,而《四牡》为使臣归国时的慰劳之诗,按照一次出使过程的完整时间逻辑,《皇皇者华》当列在《四牡》之前;而就《左传》与《国语》中的分析而观,二者也都更重视《皇皇者华》所生发的政治意义。但观诸《雅》诗与周时礼乐,都将《四牡》列于《皇皇者华》之前,则是因为"使臣之聘,出即遣之,反乃劳之,则遣先劳后矣。此所以先劳后遣者,人之劳役,苦于上所不知,则已劳而怨;有劳而见知,则虽劳而不怨，其事重，故先之也"。《正义》之论，强调《四牡》对使臣之劳苦的体贴与安抚作用，因为使臣劳而不怨，忠于王事，方是《皇皇者华》昌明气象的根基。因此，这一序列在一般事理方面虽有所倒置，却更能够通达人情，以明君臣亲厚和睦之本。

与《四牡》相近，《小雅·北山》中也有使臣驾车奔走，不及奉养父母的叙述。然而若《四牡》尚可称为"劳而不怨"，《北山》中的怨刺情绪则已经十分浓重：

> 陟彼北山，言采其杞。偕偕士子，朝夕从事。王事靡盬，忧我父母。
> 溥天之下，莫非王土。率土之滨，莫非王臣。大夫不均，我从事独贤。
> 四牡彭彭，王事傍傍。嘉我未老，鲜我方将。旅力方刚，经营四方。
> 或燕燕居息，或尽瘁事国。或息偃在床，或不已于行。
> 或不知叫号，或惨惨劬劳。或栖迟偃仰，或王事鞅掌。
> 或湛乐饮酒，或惨惨畏咎。或出入风议，或靡事不为。

《孟子·万章上》释此诗义为"劳于王事而不得养父母也。曰：'此莫非王事，我独贤劳也'"。《毛序》从此论，且认为此诗的创作年代应在西周末年，"大夫刺幽王也"。后世学者多从此说，惟姚际恒《诗经通论》据"偕偕士子，朝夕从事""大夫不均，我从事独贤"等句，以为"但此为士者所作，以怨大夫也"，方玉润《诗经原始》从姚说，且言"幽王之时，役赋不均，岂独一士受其害？"以诗中"溥天之下，莫非王土。率土之滨，莫非王臣"观，其时周室应尚未东迁，则《北山》当为厉、幽之际由下层士人所书写的"变雅"之一。《诗大序》言，"王道衰，礼义废，政教失，国异政，家殊俗"，遂有变风变雅，诗篇后三章中对当时役使不均之况做了鲜明对比，以延绵的叙事控诉自身处境的不公。下层士人对"王事靡盬"的厌倦与疲惫，意味着在《四牡》与《皇皇者华》中所展现的忠信勤勉等美德，以及君臣相得的盛世气象，至此已经全面崩解。

李先芳《读诗私记》的解读则别具一格，以诗之第三章为核心，力图释出其温厚之德："初疑此章怨己尤人，无人臣致身之义。及玩经文'脊

《诗经》文化笔记　旅力方刚，经营四方——内政外交中的赋诗传统

力方刚'二句，又见以才力见知于君，自幸有忠厚之意。'或燕燕'以下非谓责人，盖欲相勉以勤王事。"朱熹《诗集传》于此亦有"言王之所以使我者，善我之未老而方壮，旅力可以经营四方耳。犹上章之言独贤也"之论，但于后三章仍判定为役使不均之怨。诚然，在"四牡彭彭"一章中，使臣仍在勉力为国从事，经营四方，但在"大夫不均"、上下矛盾尖锐的社会大环境下，这些强自勉励的努力与无所回报的辛劳，只能成为产生了《四牡》与《皇皇者华》的那个时代的最后一抹余光。

赋诗断章：典雅的机锋

在西周至春秋时，《诗经》文本除了与周代礼乐制度密切相关外，还具有相当的政治实用性，故成为周代的王官之学。如《周礼·春官》言，太师"教六诗，曰风，曰赋，曰比，曰兴，曰雅，曰颂"，又言大司乐"以乐语教国子"。《诗大序》亦言："故诗有六义焉：一曰风，二曰赋，三曰比，四曰兴，五曰雅，六曰颂。"这里六义的序列，更倾向于对诗篇实用性的梳理。其中，雅、颂是配合周代礼乐制度的正声诗乐，以此为教，是行礼用乐的系统训练，周人的乐教传统主要以此贯彻。而以风、赋为教，是在表现形式的层面锻炼用诗的基本功；以比、兴为教，则是教授如何在不同场合下巧妙运用《诗》的文本，切类指事。这两部分内容，都着重于对言文辞令能力的培育，或疏导情感，用于教化，或借诗言事，用于劝谏，或断章取义，以表明情志。

《论语·子路》中记载，孔子认为"诵诗三百，授之以政，不达；使于四方，不能专对；虽多，亦奚以为？"所谓"专对"，即《公羊传》言"大夫受命不受辞，出竟有可以安社稷、利国家者，则专之可也"。即是说，使臣出使时需要能够独立、灵活地根据实际情境进行对自己国家有利的外交应对。在这一层意义上，《诗经》中的篇章成了使臣出使四方时委婉致意的外交辞令，他们通过对《诗经》文本的引用与阐发，在外交场合温文优雅又沉着有效地达成自己的政治目的。

在周代"不学《诗》，无以言"的外交中，最引人注目的是"赋诗断章，取其义也"的对话方式。"断章取义"语出《左传·襄公二十八年》，"赋诗断章，余取所求焉"，要求所引用的诗句必须与赋诗者当下所要表达的思想具有某种意义上的相似性。然而《诗》的文本的有限性与"义"的内容的无限性的矛盾，使得时人在赋诗之时也会特意偏离《诗》的原义，而更加注重其引申义与表达情志的作用。

先秦史籍如《左传》与《国语》中，都有诸多赋诗外交的记载。《左传·文公十三年》所记鲁、郑之会，堪称"断章取义"案例之典范：

> 冬，公如晋，朝，且寻盟。卫侯会公于沓，请平于晋。公还，郑伯会公于棐，亦请平于晋。公皆成之。郑伯与公宴于棐。子家赋《鸿雁》。季文子曰："寡君未免于此。"文子赋《四月》。子家赋《载驰》之四章。文子赋《采薇》之四章。郑伯拜。公答拜。

鲁文公依礼赴晋国朝见，并继续缔结晋鲁两国之盟，途经卫国时，卫成公于卫地沓邑会见他，请他帮助卫国向晋国求和，鲁文公达成了这一请求。在归鲁途中，鲁文公又路过郑国，郑穆公于郑地棐邑设宴，也请他帮助郑国向晋国求和。在这次宴会上，鲁郑两国的大夫以赋《诗》对答的方式进行了政治商谈。首先，郑卿子家赋《小雅·鸿雁》：

> 鸿雁于飞，肃肃其羽。之子于征，劬劳于野。爰及矜人，哀此鳏寡。
> 鸿雁于飞，集于中泽。之子于垣，百堵皆作。虽则劬劳，其究安宅？
> 鸿雁于飞，哀鸣嗷嗷。维此哲人，谓我劬劳。维彼愚人，谓我宣骄。

《鸿雁》是劳苦的百姓所作的诗篇。他们在旷野里看到鸿雁飞过天空，听着它拍打翅膀的声音，联想到它每年的南去北归，居无定所，便想到在野外流离失所、辛苦服役的自己。子家赋此篇，是以"之子于征，劬劳于野。爰及矜人，哀此鳏寡"之语，请鲁国怜悯郑国的处境。而鲁卿季文子赋《小雅·四月》对答：

《诗经》文化笔记

旅力方刚,经营四方——内政外交中的赋诗传统

四月维夏,六月徂暑。先祖匪人,胡宁忍予?
秋日凄凄,百卉具腓。乱离瘼矣,爰其适归。
冬日烈烈,飘风发发。民莫不穀,我独何害!
山有嘉卉,侯栗侯梅。废为残贼,莫知其尤。
相彼泉水,载清载浊。我日构祸,曷云能穀?
滔滔江汉,南国之纪。尽瘁以仕,宁莫我有。
匪鹑匪鸢,翰飞戾天。匪鳣匪鲔,潜逃于渊。
山有蕨薇,隰有杞桋。君子作歌,维以告哀。

《四月》是被放逐到南方的周室臣子的自我抒写之作。他孤身被贬,飘零在外,由"四月维夏"历溽暑、寒秋,而至凛冬,时间流逝,始终不能归还。对比现实,鲁文公入晋也正值冬日,诗篇内容与此在时间上形成了巧妙的对应。此外,季文子言"寡君未免于此",也是以《四月》篇中描绘的孤独与流离回应《鸿雁》中的苦难,以此表达鲁国君臣急于归国之心,婉拒郑国的请求。于是子家又赋《鄘风·载驰》的第四章①:

我行其野,芃芃其麦。控于大邦,谁因谁极?大夫君子,无我有尤。百尔所思,不如我所之。

较之最初的赋《鸿雁》,这是更具针对性的请求。许国的许穆夫人出身于卫国公室,在卫国一度亡于狄人时,驾车归卫,又被许国大夫追回,作《载驰》表达自己的悲伤与救国之思。在《载驰》的第四章即其终章中,许穆夫人发出"控于大邦,谁因谁极"的叹息,试图向齐国等大国求援。在此,子家同样以此章明确地表示郑国对鲁国的求援之意,一如当时许穆

---

① 按《毛诗》将《载驰》分为五章,其四章为"陟彼阿丘,言采其蝱。女子善怀,亦各有行。许人尤之,众稚且狂",卒章为"我行其野,芃芃其麦。控于大邦,谁因谁极?大夫君子,无我有尤。百尔所思,不如我所之"。然而按《左传》记载,子家与叔孙豹两赋《载驰》四章,皆取其中"控于大邦,谁因谁极"之义,故其时《载驰》之分章当与《毛诗》不同。朱熹《诗集传》分《载驰》为四章,以"我行其野"以下为卒章,便应是参考了《左传》赋诗的做法。

夫人于齐国等大国的期望，可谓十分诚恳。于是季文子也赋《小雅·采薇》的第四章，顺势应允了这次求援：

> 彼尔维何？维常之华。彼路斯何？君子之车。戎车既驾，四牡业业。岂敢定居？一月三捷。

《采薇》是周代戍卒在漫长的对外战争后，于归乡途中写下的诗篇。诗中描绘戍卒们抗击猃狁的辛劳，刻画他们的思乡之苦，也以亮色的笔触提及战争的胜利。季文子便以"岂敢定居？一月三捷"一章，表明鲁国答应了郑国的请求。至此，外交谈判结束，于是郑穆公拜谢鲁文公，鲁文公再答拜郑穆公，以成宴饮之礼。

这两次赋诗对答，第一次双方都用诗歌全篇，第二次则都截取诗中的一章。考虑到这几篇诗歌的内容，《鸿雁》和《四月》的抒情特质较为明显，其情感具备一定的普适性，宜于通篇吟诵，营造彼此感发的氛围，而《载驰》与《采薇》则都是明确有所指的诗篇，其主题并不全然适合这次外交谈判，故此双方都选择了断章取义的方式。通观下来，双方的赋诗往来于形式上十分对等，于外交辞令上则都由最初的委婉试探转为鲜明地直入主题，因此成为"断章取义"这一用《诗》方式的经典之作。

《鸿雁》与《载驰》也被运用于其他乞援场合。《左传·襄公十六年》载，齐国侵鲁，鲁使叔孙豹赴晋求援，叔孙豹"见范宣子，赋《鸿雁》之卒章。宣子曰：'匄在此，敢使鲁无鸠乎？'"《左传·襄公十九年》又载，"穆叔见叔向，赋《载驰》之四章。叔向曰：'肸敢不承命！'"两事都是因鲁国为防备齐国进攻，派遣叔孙豹赴晋国说项，叔孙豹分别使用《鸿雁》与《载驰》的末章，获得范宣子与叔向的承诺。

《左传·襄公二十六年》则叙述了一次发生在晋、齐、郑三国之间，且同时涉及卫国的赋诗外交，规模更大，赋诗的交锋也更为兜转巧妙。此事的源起在周灵王十三年（公元前559年），因卫献公对孙林父、宁殖两位臣子严重失礼，激怒二人，导致卫国内乱，卫献公出亡，直至周灵王二十四年（公元前548年），才在晋平公的帮助下进入卫邑夷仪，于次年复

《诗经》文化笔记　旅力方刚，经营四方——内政外交中的赋诗传统

《诗经》文化笔记

旅力方刚,经营四方——内政外交中的赋诗传统

位。卫献公复位后,清算孙、宁两家,孙林父便以其采邑戚邑为进身之礼,投靠晋国。卫国攻打戚邑,于茅氏杀晋军三百人,晋国遂召集诸侯联军伐卫,囚禁卫献公。于是,齐景公与郑简公赴晋国为卫献公说情,在宴席上,晋、齐、郑三国的君臣皆以得体的赋诗表达情志,并进行外交沟通:

齐侯、郑伯为卫侯故如晋,晋侯兼享之。晋侯赋《嘉乐》。国景子相齐侯,赋《蓼萧》。子展相郑伯,赋《缁衣》。叔向命晋侯拜二君,曰:"寡君敢拜齐君之安我先君之宗祧也,敢拜郑君之不贰也。"国子使晏平仲私于叔向曰:"晋君宣其明德于诸侯,恤其患而补其阙,正其违而治其烦,所以为盟主也。今为臣执君,若之何?"叔向告赵文子,文子以告晋侯。晋侯言卫侯之罪,使叔向告二君。国子赋《辔之柔矣》,子展赋《将仲子兮》,晋侯乃许归卫侯。叔向曰:"郑七穆,罕氏其后亡者也。子展俭而壹。"

晋平公所赋《嘉乐》即《大雅·假乐》篇,本为群臣赞美周王之仪式乐歌,其言于德行、典章、纲纪、威仪、居位等方面无所不至:

假乐君子,显显令德。宜民宜人,受禄于天。保右命之,自天申之。
千禄百福,子孙千亿。穆穆皇皇,宜君宜王。不愆不忘,率由旧章。
威仪抑抑,德音秩秩。无怨无恶,率由群匹。受福无疆,四方之纲。
之纲之纪,燕及朋友。百辟卿士,媚于天子。不解于位,民之攸塈。

晋平公赋此诗,看似是取其祝祷之意,以誉美齐、郑二君,然而《正义》言"晋侯赋此,言已嘉乐二君也",实则有一种居高临下的意味。即《春秋左传正义》引服虔所论,"晋侯自《嘉乐》,愚之甚也"。国景子为齐国的赞礼官,便赋《蓼萧》回应:

蓼彼萧斯,零露湑兮。既见君子,我心写兮。燕笑语兮,是以有誉处兮。

蓼彼萧斯，零露瀼瀼。既见君子，为龙为光。其德不爽，寿考不忘。
蓼彼萧斯，零露泥泥。既见君子，孔燕岂弟。宜兄宜弟，令德寿岂。
蓼彼萧斯，零露浓浓。既见君子，鞗革冲冲。和鸾雍雍，万福攸同。

《蓼萧》为《小雅》之篇章，通篇为诸侯朝见周天子时的崇敬与祝祷之辞。此事发生的前一年，晋国刚刚击败齐国，使齐国献宗庙礼乐之器求和。齐人以此诗作为齐景公的回应，便是自我谦抑，表达对晋国的尊崇，言齐国受到晋国之泽，如露水浸润艾蒿。然而齐人所赋仍在《雅》诗之列，子展作为郑国的赞礼官，所赋《缁衣》，则是《郑风》的篇章，在诗篇的选择上更为谦谨：

缁衣之宜兮，敝，予又改为兮。适子之馆兮，还，予授子之粲兮。
缁衣之好兮，敝，予又改造兮。适子之馆兮，还，予授子之粲兮。
缁衣之席兮，敝，予又改作兮。适子之馆兮，还，予授子之粲兮。

春秋中期时，郑国开始衰微，屡屡附庸于晋、楚等大国，在赋诗外交中，多次低姿态地示好于晋。按《毛序》，《郑风·缁衣》为郑人赞美郑桓公、武公父子之德而作，郑桓公为郑国始封之君，郑武公则令郑国得以拓土开疆。若此说切实，则郑人在外交场合赋此篇，便非常充分地表达了对晋国的恭谨不违。而朱熹《诗集传》仅就其诗意，解为"言子之服缁衣也，甚宜。敝则我将为子更为之。且将适子之馆，既还而又授子以粲。言好之无已也"，也足以展现郑国对晋国的尊敬与亲睦。

齐、郑二国的赋诗，在赞誉亲厚、合宜得体的表象下，又都有着深层的外交诉求。国景子赋《蓼萧》，是取"既见君子，孔燕岂弟。宜兄宜弟，令德寿岂"诸句之意，希望晋国与各诸侯国保持兄弟之谊，言下之意即是请晋国释放卫献公。子展则取《郑风·缁衣》篇"适子之馆兮，还，予授子之粲兮"之意，更加隐晦地表示自己前来为卫请命，归国后定然对晋国有所回报。

晋臣叔向辨明了对方赋诗的实际用意，并巧妙地予以回应。他使晋平

《诗经》文化笔记 | 旅力方刚，经营四方——内政外交中的赋诗传统

公答谢，先谢齐国对晋平公之德的赞美。周人以为，德性与寿命、福禄、家族传承都密切相关，赞美一国国君之德，即是祝祷其国运昌盛，宗庙稳固，故言"寡君敢拜齐君之安我先君之宗祧也"。次谢郑国对晋国的亲睦，《郑风·缁衣》篇所述，多是进衣服、献饮食之类日常之事，由细节之恭谨，正可见郑国事晋没有二心，故言"敢拜郑君之不贰也"。如此回复，是有意对齐郑两国的赋诗只做表层的理解，取诗中彼此称美之意，而回避了他们释放卫君的实际诉求。由此可见，在春秋时代的赋诗外交中，主客双方均可断章取义，将己方之意以赋诗表达出来，委婉示意，而不伤颜面。

晋国既然回避话题，国景子不得不让晏子私下向叔向提及此事，认为晋国"为臣执君"之举不妥。在一番兜转传达之后，晋平公解释卫献公之罪，让叔向转告齐、郑二君。晋国伐卫一事，孙林父投靠晋国确是前因之一，但直接原因在于卫国攻打戚邑时杀了晋国的三百士兵，即杜预注言，"以杀晋戍三百人为罪，不以林父故"。于是国景子再赋《辔之柔矣》，这是一篇逸诗，今仅《逸周书》中存有"马之刚矣，辔之柔矣。马亦不刚，辔亦不柔。志气麃麃，取与不疑"数句，用以辔驭马为比，劝晋平公当宽以御下，怀柔诸侯。子展则赋《郑风·将仲子》：

> 将仲子兮！无逾我里，无折我树杞。岂敢爱之？畏我父母。仲可怀也，父母之言，亦可畏也！
>
> 将仲子兮！无逾我墙，无折我树桑。岂敢爱之？畏我诸兄。仲可怀也，诸兄之言，亦可畏也！
>
> 将仲子兮！无逾我园，无折我树檀。岂敢爱之？畏人之多言。仲可怀也，人之多言，亦可畏也。

《将仲子》本是情诗，女子畏惧人言，阻止情人前来私会。子展以"人之多言，亦可畏也"之意劝诫晋国，认为即便卫献公确有过失，但世人不知内情，仍会议论晋国为臣执君，于晋国名声不利。最终，晋平公接受劝谏，许诺放归卫献公，卫献公于年底回到卫国，齐、郑两国的政治目的就此达成。

赋诗外交在谈判外，又有另一重功能，见识卓越者能够经由他人在赋诗中的表现，来判定对方的品性与才干，甚至预言其家族在未来的盛衰。如叔向评价子展，"郑七穆，罕氏其后亡者也。子展俭而壹"，认为由于子展的节俭与专一，郑穆公后代的七族中，子展之族罕氏将是最后灭亡的。《春秋左传正义》固然以为"居身俭而用心壹，叔向自以察貌观言而知之，其知不由赋《诗》也"，认为子展之为人可察其举止而知，不必定要以赋诗内容而论，然而叔向这一评论，与子展所赋的《缁衣》之义也颇有关联。

因言察志：会盟与观人

上述叔向评价子展之事，只是正式外交谈判之后的余兴。然而在《左传》中尚有相当一部分着重于"赋诗言志"的事例，各国臣子在外交场合的表现得体与否，有时直接影响着诸侯国之间的邦交，有识之人也可依此来观其志向，判断其家世与命运。

《左传·襄公十六年》记载了一次赋诗外交失败的事件：

> 晋侯与诸侯宴于温，使诸大夫舞，曰："歌诗必类。"齐高厚之诗不类。荀偃怒，且曰："诸侯有异志矣。"使诸大夫盟高厚，高厚逃归。于是，叔孙豹、晋荀偃、宋向戌、卫宁殖、郑公孙虿、小邾之大夫盟，曰："同讨不庭。"

晋平公即位后，于晋地溴梁会盟诸侯，鲁、宋、卫、郑、曹、莒、邾、薛、杞、小邾等国的国君均与会。由于两年前晋臣范宣子向齐国借用装饰仪仗的羽毛与牛尾而未归还，齐国与晋国疏远，齐灵公未赴此会，只派遣齐卿高厚前来。晋平公于温邑设宴，令各国大夫献舞，并强调"歌诗必类"，而高厚之诗与其余诸国大夫之诗相异。于是晋臣荀偃认为齐国有二心，令各国缔约以孤立高厚，高厚逃归本国。晋国荀偃、鲁国叔孙豹、宋国向戌、卫国宁殖、郑国公孙虿、小邾国大夫共同盟誓，相约讨伐齐国。《左传》未记录各国大夫所赋之诗，惟言高厚之诗与他人不类，然而当可推测，其余诸国大夫赋诗，当都有推崇晋国之意。而齐晋交恶，以致高厚在聚集了

《诗经》文化笔记

旅力方刚，经营四方——内政外交中的赋诗传统

各国君臣的外交场合公然违背盟主晋平公"歌诗必类"的要求，这也就是"二心"的由来。此后，齐、晋遂越发交恶。

在小国对大国、弱国对强国的外交中，弱小的一方一般是尽力赋诗明志，以获得强大一方的支持与保护；反过来，强大的国家也会以这一手段来确认小国对自己的顺服无违。《左传》中载有两次规模较大的典型事例，都发生在郑国与晋国之间。郑国在春秋初期国势较强，特别是郑庄公时曾经一度小霸诸侯。后南方楚国大兴，其势力越过汉水直逼中原，中原一带又有晋、齐等强国，郑国处于各大国之间，力量渐衰，只得依附晋、楚以求存。历史上，郑国诸臣先后两次集体赋诗明志，都是为了取悦于晋国重臣。

周灵王二十六年（公元前546年）夏，以晋、楚为首的诸侯国各派使臣，于宋国召开弭兵之会，郑国也参与了这次会盟。会盟结束后，郑简公在垂陇设宴，款待晋臣赵武（又称赵孟、赵文子），郑国诸臣皆奉命赋诗以酬。其事在《左传·襄公二十七年》：

> 郑伯享赵孟于垂陇，子展、伯有、子西、子产、子大叔、二子石从。赵孟曰："七子从君，以宠武也。请皆赋，以卒君贶，武亦以观七子之志。"子展赋《草虫》。赵孟曰："善哉，民之主也！抑武也，不足以当之。"伯有赋《鹑之贲贲》。赵孟曰："床笫之言不逾阈，况在野乎？非使人之所得闻也。"子西赋《黍苗》之四章。赵孟曰："寡君在，武何能焉？"子产赋《隰桑》。赵孟曰："武请受其卒章。"子大叔赋《野有蔓草》。赵孟曰："吾子之惠也。"印段赋《蟋蟀》。赵孟曰："善哉，保家之主也！吾有望矣。"公孙段赋《桑扈》。赵孟曰："'匪交匪敖'，福将焉往？若保是言也，欲辞福禄，得乎？"卒享。文子告叔向曰："伯有将为戮矣！诗以言志，志诬其上而公怨之，以为宾荣，其能久乎？幸而后亡。"叔向曰："然，已侈，所谓不及五稔者，夫子之谓矣。"文子曰："其余皆数世之主也。子展其后亡者也，在上不忘降。印氏其次也，乐而不荒。乐以安民，不淫以使之，后亡，不亦可乎！"

杜预注《左传》言，"子展公孙舍之为罕氏，子西公孙夏为驷氏，子产公孙侨为国氏，伯有良霄为良氏，子大叔游吉为游氏，伯石公孙段为丰氏，

子石印段为印氏"，此即为郑之"七穆"，是由郑穆公的七支子嗣所分立的世卿。因七人都是郑国之重臣，故赵武提出请他们各自赋诗，以观其志。这一要求可以视为赵武对郑国诸臣的试探，宴飨结束后，他便与晋国另一重臣，亦即在前一年曾评论子展"俭而壹"的叔向共同探讨了七人各自德行的深浅。

七人依次赋诗，子展居先，赋《召南·草虫》：

喓喓草虫，趯趯阜螽。未见君子，忧心忡忡。亦既见止，亦既觏止，我心则降。

陟彼南山，言采其蕨。未见君子，忧心惙惙。亦既见止，亦既觏止，我心则说。

陟彼南山，言采其薇。未见君子，我心伤悲。亦既见止，亦既觏止，我心则夷。

此诗旧说多以为妻子思念丈夫之作，未见而忧，既见而安。子展赋此，是以诗中君子喻赵武，表达郑国与晋国盟好的期望。春秋中期，郑国夹处于晋、楚两大国之间，与一方结盟，势必得罪另一方，因此处事一直战战兢兢，意图向两方示好以求安。《左传·襄公八年》楚伐郑，郑国子驷便有"民急矣，姑从楚，以纾吾民。晋师至，吾又从之。敬共币帛，以待来者，小国之道也。牺牲玉帛，待于二竟，以待强者而庇民焉"的建议，认为无论晋、楚军队到来，都应奉送财货以表顺从，换取安定。此事招致晋国不满，于次年率诸侯伐郑。《左传·襄公十一年》，子展又有"与宋为恶，诸侯必至，吾从之盟。楚师至，吾又从之，则晋怒甚矣。晋能骤来，楚将不能，吾乃固与晋"之论，则是先以攻打宋国且与楚国结盟二事挑衅于晋，引晋国来攻打，而楚国不能援救，便可巩固与晋的盟约。此两事皆可见郑国处境之艰难。

在这次垂陇之宴前，晋、楚二国均参与了诸侯会盟，且就歃血的先后顺序进行了争论。会盟结束后，郑简公立即邀请归国途中的赵武予以款待，必然出自向晋国示好的用意。子展时为郑国上卿，且是七穆中的首个赋诗

《诗经》文化笔记 旅力方刚，经营四方——内政外交中的赋诗传统

者，其赋诗内容便贯彻这一用意，既忧虑国家安危，又同时表现出对晋国的深切信赖。而赵武称子展为"民之主"，又表示自己不足以当君子之称，不独自谦，也对子展的忧国之心报以敬意。在此后与叔向的对话中，赵武也给予子展最高的评价，认为"子展其后亡者也，在上不忘降"，认为此七家之中，子展的家族必定延续得最为长久，是因子展居于上位，尚能具备自我谦抑的德行，可见赵武对子展的看重。

子西赋《小雅·黍苗》的第四章：

> 肃肃谢功，召伯营之。烈烈征师，召伯成之。

《黍苗》为赞誉周宣王时名臣召伯虎之作，写他率军在谢地营建都邑，以助周王室镇抚南国，其余诸章多写营建之事，唯有此章直接赞颂召伯之功。子西独赋此章，以赵武的功业德行比拟召伯。这一赞誉对赵武或许过于隆重，于是他再度逊谢，并将美誉都归于晋君，应对也颇得体。

子产赋《小雅·隰桑》：

> 隰桑有阿，其叶有难。既见君子，其乐如何！
> 隰桑有阿，其叶有沃。既见君子，云何不乐！
> 隰桑有阿，其叶有幽。既见君子，德音孔胶。
> 心乎爱矣，遐不谓矣？中心藏之，何日忘之？

《毛序》以为此诗"刺幽王也"，又以诗中只有思念之情而无讽刺之意，解释为"小人在位，君子在野，思见君子，尽心以事之"。后世学者多从这一阐释，认为是思念君子之作，朱熹《诗集传》更引《楚辞·湘夫人》句，认为"楚辞所谓'思公子兮未敢言'，意盖如此"。子产赋此，大意与子展之"亦既见止，亦既觏止，我心则降"相类，而思慕追随之意更加昭彰。赵武回应"武请受其卒章"，或是以"中心藏之，何日忘之"之意，暗示郑国君臣不要忘记自己此日的示好承诺。

子大叔赋《郑风·野有蔓草》：

野有蔓草，零露漙兮。有美一人，清扬婉兮。邂逅相遇，适我愿兮。
野有蔓草，零露瀼瀼。有美一人，婉如清扬。邂逅相遇，与子偕臧。

此篇是郑国之情诗，描写男女相遇，情投意合。"邂逅相遇，适我愿兮。"子大叔以此表达与赵武相会的欣喜，以及对郑国与晋国交好的期望，十分直白。赵武亦表示感谢，接受这一示好。

印段赋《唐风·蟋蟀》，其立意与前数者不同：

蟋蟀在堂，岁聿其莫。今我不乐，日月其除。无已大康，职思其居。好乐无荒，良士瞿瞿。
蟋蟀在堂，岁聿其逝。今我不乐，日月其迈。无已大康，职思其外。好乐无荒，良士蹶蹶。
蟋蟀在堂，役车其休。今我不乐，日月其慆。无已大康，职思其忧。好乐无荒，良士休休。

印段既未对赵武大加载誉，也未暗示郑国与晋国的邦交关系，较之前面几位有资历的臣子，他以更为不卑不亢的姿态接近了"赋诗言志"的本质。《蟋蟀》篇赞美良士具节制之德，顾念礼仪，既不过度行乐，又不荒废光阴，立意非常平和深远。朱熹《诗集传》认为，"盍亦顾念其职之所居者，使其虽好乐而无荒。若彼良士之长虑而却顾焉，则可以不至于危亡也"，赞美其人因尽忠职守，故常有长远忧思。在宴席之上赋此篇，"今我不乐，日月其除"等句，与欢宴的气氛相合，"无以大康，职思其居"等句，又与会宴诸人的身份相合，而归结于"好乐无荒"，可谓非常得宜。

印段在七穆之中较为年轻，《左传·襄公二十九年》载，子展想要派遣时为少卿的印段出使于周，伯有即以"弱，不可"反对。然而赵武对这位年轻卿士的评价很高，以"善哉，保家之主也！吾有望矣"回应他的赋诗；在与叔向谈论时，也将印段之德仅列在子展之后，认为子展的家族可以延续最久，而"印氏其次也，乐而不荒。乐以安民，不淫以使之"，印段有忧患意识，能够自我节制，必不至于滥用民力，乐以安民，故其家能久长。

《诗经》文化笔记 旅力方刚，经营四方——内政外交中的赋诗传统

205

公孙段赋《小雅·桑扈》：

交交桑扈，有莺其羽。君子乐胥，受天之祜。
交交桑扈，有莺其领。君子乐胥，万邦之屏。
之屏之翰，百辟为宪。不戢不难，受福不那。
兕觥其觩，旨酒思柔。彼交匪敖，万福来求。

这是一篇辞采华瞻的宴饮诗，取意君子有礼，故受天命护佑。公孙段以此赞美赵武"受天之祜""万邦之屏"的福禄与功业。赵武则受其末句"彼交匪敖，万福来求"之意，表示当铭记此言，节制自身，避免倨傲，自然可以长保福禄，这也是谦谨有礼的做法。公孙段其人，据《左传·昭公三年》，"郑伯如晋，公孙段相，甚敬而卑，礼无违者。晋侯嘉焉，授之以策"，是有守礼之事迹，然而《左传》又随之评价道"伯石之汰也，一为礼于晋，犹荷其禄，况以礼终始乎"，认为公孙段本质是骄矜之人，然而一旦守礼，仍可获福。公孙段之骄矜，事见《左传·襄公三十年》，"伯有既死，使大史命伯石为卿，辞。大史退，则请命焉。复命之，又辞。如是三，乃受策入拜。子产是以恶其为人也，使次己位"。伯石即公孙段，在受命为卿时，他矫揉造作，故意辞让三次，因此子产不满于他的虚饰。公孙段执着于虚名，刻意遵循礼的仪文制度，反而获得骄矜失礼的评价，对照其赋诗"彼交匪敖"，他对诗意的把握与贯彻或许尚不及赵武。

以上诸臣赋诗，或表示对晋国与赵武的亲厚与仰仗，或抒发自身德位相配的志向，作为外交场合的应对，都算得上妥帖，故赵武总结为"皆数世之主也"，其家世均可长久。唯独伯有赋《鄘风·鹑之奔奔》，为其中的异样之音：

鹑之奔奔，鹊之彊彊。人之无良，我以为兄。
鹊之彊彊，鹑之奔奔。人之无良，我以为君。

《毛序》以下，多以此诗主旨为刺卫国公室淫乱之作，篇中更有"人之无良，我以为兄""人之无良，我以为君"之句，若非讽刺晋国君臣，便是讽刺本国君臣，作为欢宴之赋诗极为尴尬不妥。而就此后赵武和叔向的对话来看，他们认为伯有讽刺的乃是郑国君臣。因此赵武当场回应时，在明面上刻意避开了这层意思，而仅就诗篇刺淫乱的本义评论，"床笫之言不逾阈，况在野乎？非使人之所得闻也"，认为此诗所述为隐私之事，在外宣扬实为非礼，故自己不愿与闻。这也是在委婉地表示，若郑国君臣不和，不当对外人言说。事后他对叔向评价伯有，便十分直白地表示，伯有身为人臣，赋诗言志时竟然诋毁其国君，必将招致国君的怨恨而被杀，即便侥幸，也将被迫逃亡别国。叔向赞同此论，认为伯有骄奢，不足五年便将有祸患加身。

而伯有失礼骄横之处甚多，据《左传》载，此事发生的次年，即公元前545年，鲁襄公途经郑国，郑简公其时不在国内，伯有接待不敬，叔孙豹亦评价"伯有无戾于郑，郑必有大咎。敬，民之主也，而弃之，何以承守？郑人不讨，必受其辜"，认为郑人不除伯有，必受其害。一年后，伯有又欲强迫子晳出使当时与郑国交恶的楚国，引得子晳想要攻打伯有，经大夫调解才暂时作罢。次年，即公元前543年，伯有又欲派遣子晳使楚，子晳发难，伯有逃到许国，而郑简公与诸大夫、国人缔盟对抗伯有。伯有怒，又回郑国兴兵，遂被杀。此时距七穆赋诗之会只过了四年，伯有的终局一如赵武与叔向的判断。

《春秋·襄公三十年》载"郑良霄出奔许，自许入于郑，郑人杀良霄"，良霄为伯有之名，在此处出现二次。前者杜预注为"耆酒荒淫，书名，罪之"，认为《春秋》记臣子出奔，直书其名者，都是因其有罪。后者则是因伯有已然出奔，便否认其郑臣的身份，即《左传》所谓"不称大夫，言自外入也"。由《春秋》之微言褒贬，也可知伯有之逃亡与受戮，固有其德行方面的原因。

《左传·昭公十六年》所载郑六卿为晋臣韩宣子赋诗，也是因言察志的巧妙例子。与上一例不同的是，这次赋诗所用篇章，全不出《郑风》范围：

> 三月，晋韩起聘于郑，郑伯享之。……夏四月，郑六卿饯宣子于郊。宣子曰："二三君子请皆赋，起亦以知郑志。"子齹赋《野有蔓草》。

《诗经》文化笔记 旅力方刚，经营四方——内政外交中的赋诗传统

宣子曰："孺子善哉！吾有望矣。"子产赋郑之《羔裘》。宣子曰："起不堪也。"子大叔赋《褰裳》。宣子曰："起在此，敢勤子至于他人乎？"子大叔拜。宣子曰："善哉，子之言是！不有是事，其能终乎？"子游赋《风雨》，子旗赋《有女同车》，子柳赋《萚兮》。宣子喜曰："郑其庶乎！二三君子以君命贶起，赋不出郑志，皆昵燕好也。二三君子，数世之主也，可以无惧矣。"宣子皆献马焉，而赋《我将》。子产拜，使五卿皆拜，曰："吾子靖乱，敢不拜德！"

韩起赴郑国，所行是诸侯国之间维持交往的聘问之礼，小国访问大国称朝，大国访问小国称聘，晋国国力强于郑国，故言"韩起聘于郑"。外交访问结束后，郑国六卿为韩起饯行，韩起提出请他们各自赋诗，展示郑国之志。于是，六卿赋诗不约而同都用《郑风》篇章，以合乎韩起所言之"郑志"，这一行为本身即显示了郑国对晋国的恭谨与顺服。

子产赋《郑风·羔裘》，因《唐风》《桧风》皆有同题诗歌，故《左传》言"郑之《羔裘》"以别：

羔裘如濡，洵直且侯。彼其之子，舍命不渝。
羔裘豹饰，孔武有力。彼其之子，邦之司直。
羔裘晏兮，三英粲兮。彼其之子，邦之彦兮。

《毛序》以为此诗为臣子刺君之作，"言古之君子，以风其朝焉"，因而诗中实际表达的是对真正君子的赞美，所美者或即郑国前代之卿大夫。诗篇以"舍命不渝"赞其守死善道，以"邦之司直"赞其匡正国人，"邦之彦兮"赞其品行才干足以为国家之俊杰，将个人的德性贯穿于社会秩序之中。其后《荀子·荣辱》篇所谓"义之所在，不倾于权，不顾其利，举国而与之不为改视，重死、持义而不桡，是士君子之勇也"，可作为此章注脚。子产以此堂皇之诗表达对韩起的赞誉与钦敬，故韩起逊谢。

除子产赋《羔裘》外，其余五人所赋，多是情诗之类。其中子大叔赋《褰裳》，影射了郑国所面临的外交局面，但仍寄希望于晋国，有较强的政治

指向性：

> 子惠思我，褰裳涉溱。子不我思，岂无他人？狂童之狂也且！
> 子惠思我，褰裳涉洧。子不我思，岂无他士？狂童之狂也且！

郑国夹在晋、楚之间，与晋同盟时，多会被楚侵扰，赋"子不我思，岂无他人"，是对晋国是否重视与郑国盟约的一次试探。韩起明了此弦外之意，便正面回答道，"起在此，敢勤子至于他人乎？"表达了对郑国的重视。于是子大叔立刻拜谢，既是感谢晋国的承诺，又不无为自己的试探谢罪之意。韩起则宽慰道："善哉，子之言是！不有是事，其能终乎？"对他的直言予以嘉赏。

其余诸卿赋诗，都是直白地表示善好之意。子齹赋《野有蔓草》，与《左传·襄公二十七年》子大叔赋诗相似，皆用"邂逅相遇，与子偕臧"之意，表示与晋卿及晋国交好的愿望。

子游赋《风雨》，《毛序》以为"乱世则思君子，不改其度焉"，于昏暗动荡的时局中见到可以依托的君子，纵然风雨交作，亦心存喜乐：

> 风雨凄凄，鸡鸣喈喈，既见君子。云胡不夷？
> 风雨潇潇，鸡鸣胶胶。既见君子，云胡不瘳？
> 风雨如晦，鸡鸣不已。既见君子，云胡不喜？

子旗赋《有女同车》，表达对同车之人的赞美与自己难忘其人的心情，既是对两国交好的期望，也符合饯行送别之情：

> 有女同车，颜如舜华。将翱将翔，佩玉琼琚。彼美孟姜，洵美且都。
> 有女同行，颜如舜英。将翱将翔，佩玉将将。彼美孟姜，德音不忘。

子柳赋《萚兮》，表示愿与有唱有和，表达郑国愿追随晋国的心情与愿望：

> 萚兮萚兮，风其吹女！叔兮伯兮，倡予和女！
> 萚兮萚兮，风其漂女！叔兮伯兮，倡予要女！

郑六卿赋诗，都依循了韩起"观郑志"的意图，以《郑风》表达亲善之心，韩起亦满意地以"赋不出郑志"予以回应，并答以《我将》一诗。此篇隶属《周颂》：

> 我将我享，维羊维牛，维天其右之。仪式刑文王之典，日靖四方。伊嘏文王，既右飨之。我其夙夜，畏天之威，于时保之。

《毛序》以下，多以为此篇是祭祀文王的明堂乐歌。韩起取其"日靖四方""我其夙夜，畏天之威，于时保之"之意，祈求上天保佑国家安定。这一次赋诗外交，以郑六卿表达对晋国的亲睦燕好始，以韩起敬天峻德、平定四方的祝祷与承诺收束，较之气氛庄重，且充满道德评判与审视意味的七穆赋诗，氛围更加融洽。郑六卿对"观郑志"的及时回应，也充分体现了郑国在赋诗外交中的敏锐与灵活。

《诗》之义理：政教与立德

周人在政治、外交场合引用《诗经》文本，主要有两种模式。一是灵活地断章取义，运用于诸多需要及时巧妙应对的外交场合；二是更加着重于诗篇的文本义，本于立身，推及人事，进行政教德性等方面的阐释发挥。前者已在上文举例说明，在此仅就后者，即涉及政治治理与德性培育的部分进行探讨。这种方式，一方面立足于诗篇固有的主旨，一方面又看重其政教意义，通常能够形成质实有效的治理劝诫，并展现道德观念的传承。

这类赋诗及其义理指向，通常直击周文传统中的根本性范畴，如天命、道德等，亦可一窥时人以道德理性面对天道与人事的沉着之姿。《左传·昭公二十六年》（公元前516年）记载晏子劝说齐景公不要祭祀禳灾，便是基于周人的天道思想：

> 齐有彗星，齐侯使禳之。晏子曰："无益也，祇取诬焉。天道不谄，不贰其命，若之何禳之？且天之有彗也，以除秽也。君无秽德，又何禳焉？若德之秽，禳之何损？《诗》曰：'惟此文王，小心翼翼。昭事上帝，聿怀多福。厥德不回，以受方国。'君无违德，方国将至，何患于彗？《诗》曰：'我无所监，夏后及商。用乱之故，民卒流亡。'若德回乱，民将流亡，祝史之为，无能补也。"公说，乃止。

天命惟德是辅，是周人天道观的核心，而敬天保民，则是他们的最高政治理想。故晏婴认为，若君主有德，则无须禳灾，若君主失德，则禳灾无用。所引的两段《诗经》，前者出自《大雅·大明》，赞美周文王敬事上天，以德立身，并将之作为后世君主的榜样。后者"我无所监，夏后及商。用乱之故，民卒流亡"则为逸诗，以夏商两朝的灭亡为鉴，言君主若背德，伤及民众，天下必乱，祭祀禳灾也无济于事。这与《大雅·荡》篇反复强调"文王曰咨，咨汝殷商"，从多角度揭示导致殷商灭亡的祸乱之行，并以"殷鉴不远，在夏后之世"的感叹收束，其表达方式是一致的。

此外《左传·哀公六年》（公元前489年）亦载相近之事。楚昭王患病，卜者以为河神作祟，而昭王认为"江、汉、雎、漳，楚之望也。祸福之至，不是过也。不穀虽不德，河非所获罪也"，拒绝祭祀禳灾。于是孔子评价楚昭王"知大道"，又引《尚书·五子之歌》，"惟彼陶唐，帅彼天常，有此冀方。今失其行，乱其纪纲，乃灭而亡"，以帝尧之遵循天道与夏桀之失德乱纲对比，揭示法天崇德的政治意义。

周文虽以天、德之归一为基础，然而至春秋时，礼坏乐崩，天道观遭受了一定程度的冲击。于是，落在政治领域，在天命与道德之间，也存在更偏重道德实践的论说。《左传·襄公二十四年》子产劝说范宣子，便是其例：

> 范宣子为政，诸侯之币重，郑人病之。二月，郑伯如晋，子产寓书于子西，以告宣子，曰："子为晋国，四邻诸侯不闻令德，而闻重币，侨也惑之。侨闻君子长国家者，非无贿之患，而无令名之难。夫诸侯

《诗经》文化笔记——旅力方刚，经营四方——内政外交中的赋诗传统

《诗经》文化笔记 | 旅力方刚,经营四方——内政外交中的赋诗传统

之贿聚于公室,则诸侯贰。若吾子赖之,则晋国贰。诸侯贰,则晋国坏;晋国贰,则子之家坏,何没没也!将焉用贿?夫令名,德之舆也;德,国家之基也。有基无坏,无亦是务乎!有德则乐,乐则能久。《诗》云'乐只君子,邦家之基',有令德也夫!'上帝临女,无贰尔心',有令名也夫!恕思以明德,则令名载而行之,是以远至迩安。毋宁使人谓子'子实生我',而谓'子浚我以生'乎?象有齿以焚其身,贿也。"宣子说,乃轻币。

晋国范宣子执政,向周边诸侯国收取贡赋过重。子产写信劝谏范宣子,连引两次《诗经》之句,以证明自己的观点。子产认为,善名比财货更加重要,善名可承载德行,而德行既是君子的立身之本,又通过君子的示范作用成为国家的根基。二者之中,德行乃是根本,故子产引《小雅·南山有台》为据:

南山有台,北山有莱。乐只君子,邦家之基。乐只君子,万寿无期。
南山有桑,北山有杨。乐只君子,邦家之光。乐只君子,万寿无疆。
南山有杞,北山有李。乐只君子,民之父母。乐只君子,德音不已。
南山有栲,北山有杻。乐只君子,遐不眉寿?乐只君子,德音是茂。
南山有枸,北山有楰。乐只君子,遐不黄耇。乐只君子,保艾尔后。

《南山有台》体现了周人对道德与寿命关系的认知。他们认为,人在道德上能够自律,便能够享受长寿的福报。而随着人类的生命意识逐渐由理性支配,周人也认识到,人的生命无法长久,但宗族血脉的传承却能够绵延不绝,而德行是宗族传承的关键,高尚的生命得以通过血脉传承、世不绝祀而延续其影响。赵武评价七穆多为"数世之主",便是看重他们的个人品德对宗族延续的影响力。诗中不断提到"万寿无疆""遐不眉寿""保艾尔后"等,都是对德性的强调。子产以此劝说范宣子,既反映出当时贵族卿士的生命追求,又具备道德的高度。

此后,子产又引《大雅·大明》之七章,证明美名的重要性:

212

殷商之旅，其会如林。矢于牧野，维予侯兴。上帝临女，无贰尔心！

　　对于"上帝临女，无贰尔心"一句，前代学者或以为指周武王为天所临，故不敢怀有二心，或以为在下之臣民，皆不敢对武王怀有二心。无论从何角度出发，都是因武王具有善名，而善名的根基正是其美德。此处提及"上帝"，仍不可避免地存在对天道观的援引与依托，但是在子产的陈述中，对于人事与道德的强调远远超过了对天道的关注，他所引的诗句也仅作为观点佐证，而不做过多的阐释发散。

　　《左传·昭公二十年》记载，晏子引《诗经》来佐证其关于"和"这一重要范畴的论述，也是"断章取义"的一种，不从诗句的原本语境出发，而是使用其文本的引申义，使所选章句完全为说理服务：

　　　　齐侯至自田，晏子侍于遄台，子犹驰而造焉。公曰："唯据与我和夫！"晏子对曰："据亦同也，焉得为和？"公曰："和与同异乎？"对曰："异。和如羹焉，水、火、醯、醢、盐、梅以烹鱼肉，燀之以薪，宰夫和之，齐之以味，济其不及，以泄其过。君子食之，以平其心。君臣亦然。君所谓可而有否焉，臣献其否以成其可；君所谓否而有可焉，臣献其可以去其否，是以政平而不干，民无争心。故《诗》曰：'亦有和羹，既戒既平。鬷嘏无言，时靡有争。'先王之济五味、和五声也，以平其心，成其政也。声亦如味，一气，二体，三类，四物，五声，六律，七音，八风，九歌，以相成也；清浊，小大，短长，疾徐，哀乐，刚柔，迟速，高下，出入，周疏，以相济也。君子听之，以平其心。心平，德和。故《诗》曰：'德音不瑕。'今据不然。君所谓可，据亦曰可；君所谓否，据亦曰否。若以水济水，谁能食之？若琴瑟之专壹，谁能听之？同之不可也如是。"

　　晏子的阐释主要围绕"和"这一范畴展开，揭示其哲学意义、政治意义和道德意义。万物是因不同元素之"和"而生，万事是因不同要素之"和"而成，因此"和"是万物生成发展的规律，而没有差异的"同"则只会使

《诗经》文化笔记　旅力方刚，经营四方——内政外交中的赋诗传统

213

万事万物失去活力和生命。因此，君主要根据"和"的规律来成百物，养万民，取谏臣，平天下，也当以此作为首要的社会道德规范。晏子所引诗句"亦有和羹，既戒既平"出自《商颂·烈祖》，本是表现祭祀仪式的庄重平和，然而晏子从"和羹"这一意象出发，引申为政事治平不违礼制，民众没有争夺之心。"德音不瑕"出自《豳风·狼跋》，本是赞美人之道德声望，然而晏子先以五声八音之和比喻处理政事，又提出乐音有平心静境、和谐身心之功效，则他对"德音"的阐发，也在纯粹的道德赞美之外，生发出了以乐养德的含义。

《史记·孔子世家》言，春秋末季，"《礼》《乐》废，《诗》《书》缺"，在礼坏乐崩的社会现实之下，《诗》在政治外交方面的实用意义逐渐消减，于是赋诗传统随之衰落。然而，春秋时人对《诗经》文本的义理性阐发，也为在政治领域逐渐衰落的赋诗传统开辟了思想领域的出路，与之相伴的则是早期儒家对《诗经》文本的经典化奠定。

孔子传承周文，即是就贯彻政教与道德的意义而言，他提出学《诗》可以"迩之事父，远之事君"（《论语·阳货》），可以兴、观、群、怨，皆是为了实现君子人格，贯彻政治理想。由于《诗经》在赋诗传统之下被广为传诵，以其文本作为阐发对象即是此形式的延续，同时也蕴含着儒家思想中对赋诗所代表的礼乐之盛的称许与敬慕。

孔子征引诗篇的手法虽也为"断章取义"，却并不偏离其原意，反而更加关注从诗篇的辞句意象到儒家思想内涵的引申过程。如"子夏问曰：'"巧笑倩兮，美目盼兮，素以为绚兮"，何谓也？'子曰：'绘事后素。'曰：'礼后乎？'子曰：'起予者商也！始可与言《诗》已矣'"（《论语·八佾》），由"素以为绚兮"引申到"绘事后素"，最后阐释为"礼后"，即是说，君子需先存有仁之自觉，再施之以礼之节制，注重内在的自觉性。在这一阐释过程中，孔子并未着重于细化发掘"礼"的内涵，而是借《诗经》篇章的文本义兼而言之，两端并举，在理智与情感合一的思索中，开辟新的境界，将感性之体验上升到理性之认知。此即钱穆先生《论语新解》所谓："孔门设教，主博学于文，然学贵能用。学于诗，便须得诗之用，此即约之以礼也。"

又如"子贡曰：'贫而无谄，富而无骄，何如？'子曰：'可也。未若贫而乐，富而好礼者也。'子贡曰：'《诗》云："如切如磋，如琢如磨"，其斯之谓与？'子曰：'赐也，始可与言《诗》已矣！告诸往而知来者'"（《论语·学而》），由《卫风·淇奥》的原句，到"贫而乐，富而好礼"的德行，其间的阐释过程被一概略过。孔子仅言无谄无骄不如乐道好礼，而子贡经由自身领会加以阐发，得出必经切磋琢磨，精益求精，而后方能达到存心自守、循理处善的修养境界这一结论，并引用《诗经》章句以发明其了悟，以明乐道好礼，必经学问之功，日益以求精进。这种自由随意却又两端兼顾的手法，即是比兴之义的发挥，将诗篇中品质如玉的意象与乐道好礼的君子人格浑然融为一炉。所谓"告诸往而知来者"，即指孔子虽未言及学问之功，子贡却能够悟及于此，这正是由切类指事体察言外之旨的比兴之功。

孔子之后，孟子阐释《诗经》文本之时，虽然试图在心性之学的基础上，以"仁义礼智根于心"，"尽其心者知其性也，知其性则知天矣"（《孟子·尽心上》），进一步建立起以心性之说贯通《诗三百》的阐释体系，却更加侧重于借诗篇中蕴藉的"先王之道"阐释发原儒家学派的义理，从而将其主旨导向社会教化。除了对儒家基本义理概念的发原之外，孟子亦流露出强烈的注重现实效用的倾向，这是由于儒学发展到了孟子时期，其思想的基本概念大多都获得了较为详细的发原探讨，凭借"五行"等概念，思孟学派的思想体系已经基本构建完成，无须再凭借对《诗经》的阐释来发原；而与此同时，《诗经》文本作为经典文本的地位越发得到了巩固，在作为被阐释对象的同时，也可以反过来支持义理的论说。

《孟子》全篇三十余处引《诗经》，绝大多数诗句皆出自《雅》《颂》，在风诗之中，仅引《豳风·七月》两处，《魏风·伐檀》一处，《邶风·柏舟》一处，并论及《邶风·凯风》一处。重视《雅》《颂》，一则是由于孟子认为"王者之迹熄而《诗》亡，《诗》亡然后《春秋》作"（《孟子·离娄下》），将《诗经》与"王者之迹"相系联，认为其中义理当是可为万世法的王道、仁政之主旨；而《雅》《颂》之中，《颂》皆为赞美古时仁德保民的圣王之作，故在征引之列，《雅》中虽有怨刺之作，然而孟子也

《诗经》文化笔记

旅力方刚，经营四方——内政外交中的赋诗传统

不仅仅将诗经文本的功用限定于"颂声"，而是强调其历史使命感，以支持他仁政教化以成王道的思想。其二则是，将《诗》与《春秋》相提并论，导致孟子在阐释诗篇的同时，更加注重其现实功效，大多都将诗句之义落到实处，以达到为他所提出的政治伦理主张寻求依据的目的。如《孟子·离娄上》言："故曰：徒善不足以为政，徒法不能以自行。《诗》云：'不愆不忘，率由旧章。'遵先王之法而过者，未之有也。"《孟子·万章下》言："夫义，路也；礼，门也。惟君子能由是路，出入是门也。《诗》云：'周道如砥，其直如矢。君子所履，小人所视。'"诸如此类的引用，将诗句之旨扣实在仁义道德之上，认为若扩充此心以为治政，便能达于王道。

至于《荀子》，如《劝学》言："故君子不傲、不隐、不瞽，谨顺其身。《诗》曰：'匪交匪舒，天子所予。'此之谓也"；《儒效》言："君子隐而显，微而明，辞让而胜。《诗》曰：'鹤鸣于九皋，声闻于天。'此之谓也"。此类虽然并非以古证今，却突出了诗经文本的论据功能，是其宗经、征圣、明道思想的体现。至此，《诗经》作为经典，便具有了在阐释系统中的权威性，由被阐发的对象转变为阐释中的论据。《荀子·大略》篇中，则托言于孔子与子贡的对话，以《诗经》文本为脉络，涵盖了周文政教系统中根本性的诸方面：

> 子贡问于孔子曰："赐倦于学矣，愿息事君。"孔子曰："《诗》云：'温恭朝夕，执事有恪。'事君难，事君焉可息哉！""然则赐愿息事亲。"孔子曰："《诗》云：'孝子不匮，永锡尔类。'事亲难，事亲焉可息哉！""然则赐愿息于妻子。"孔子曰："《诗》云：'刑于寡妻，至于兄弟，以御于家邦。'妻子难，妻子焉可息哉！""然则赐愿息于朋友。"孔子曰："《诗》云：'朋友攸摄，摄以威仪。'朋友难，朋友焉可息哉！""然则赐愿息耕。"孔子曰："《诗》云：'昼尔于茅，宵尔索绹。亟其乘屋，其始播百谷。'耕难，耕焉可息哉！"

"温恭朝夕，执事有恪"语出《商颂·那》，为殷商后裔祭祀历代先王的乐歌。殷商的鬼神观念至周时虽被道德理性节制，然而在周代礼乐制

度中，丧祭之仪亦是极重要之一环，后被孔子总结为"慎终追远，民德归厚"，因此《大略》篇中便由祭祀先王的礼仪引申到温文、恭敬、诚笃等事君之德。"孝子不匮，永锡尔类"出自《大雅·既醉》，为周王祭祀后宴饮群臣时所用的乐歌，祝福王室血脉的绵延不绝，此处也是从隆重的祭祀来生发孝之美德。"刑于寡妻，至于兄弟，以御于家邦"出自《大雅·思齐》，赞美周文王以德立身，其美德之示范性与扩散影响，自家庭至于亲族，又至于整个社会。另一先秦儒家经典《大学》篇言修、齐、治、平之道，立德修身之后，首在齐家，强调家庭的重要性，同样是出于尊崇道德之故。"朋友攸摄，摄以威仪"同样出自《大雅·既醉》，描绘助祭之人的庄重有礼，仍是从祭祀仪式的环节出发，引申为与人亲睦的重要意义。自上而下地展示了不同社会层次与身份之人应当承负的重要社会功能之后，最后的"昼尔于茅"数句则出自《豳风·七月》，描绘入冬之后为次年的农事生产所做的准备，揭示周代农耕文明社会的经济基础。

  孔子删《诗》论《诗》，是儒家学说意义上的"诗教"之始。由孔子至孟、荀，先秦儒家主要代表人物对《诗经》文本的解读，都是从诗句的字面意义着眼，尽量从道德、政治的义理方面进行阐发，使得周文重视道德实践的倾向在传承为儒家思想体系后越发得以彰显，也进而实现了《诗经》作为经典文本在思想领域内的意义重置。自此，诗教便得以与乐教彻底分离，走向文本化的独立，后世儒者亦通过对这一经典文献的不断再阐释，以从思想、史学、制度等多方面，展现其丰厚内涵。

《诗经》文化笔记　旅力方刚，经营四方——内政外交中的赋诗传统

后　　记

　　这本小册子的源头是北京航空航天大学核心通识课程"《诗经》导读"的开设。

　　闻一多先生在《文学的历史动向》中说："诗似乎也没有在第二个国度里，像它在这里发挥过的那样大的社会功能。在我们这里，一出世，它就是宗教，是政治，是教育，是社交，它是全面的生活。"作为中国古典文学的原初形态，《诗经》不独涵容着先秦的文学、历史与哲学，还真切地展现着周人的社会、文化与生活。

　　因而，最初的课程设想是，按照传统的《风》《雅》《颂》顺序，层进地来介绍《诗经》，进行重要文本的精读与串讲，并在不过度打乱诗篇固有顺序的容许范围内，将主题相近的诗歌文本适度分类，为学生提炼与讲解诗篇之后的文化背景，使他们不仅对于文学文本有直观的感知，也能够掌握一些文化史方面的知识，较为全面地把握早期中国的思想文化传统。

　　然而在第一轮课程的开设中，我便发现，这种以文本为核心的建构模式并不足以达到预期的效果。《诗经》中的众多诗篇固然经过智者的拣择，得以真切地呈现周人社会生活、文化传统乃至思想情感等诸多方面，然而相对于整个周代的社会而言，这些诗篇的折光又是相对零散的。因此，在维持文本固有顺序的基础上，按照诗歌的主旨，分类提炼讲解，虽然也可以展示周人生活的不同层面，但是在爱情、讽喻内容较集中的《国风》部分，难免失之疏散单一，而在政治、祭祀内容较集中的《雅》《颂》部分，又容易密集厚重，且没有明确的线索贯穿其间，并不是十分妥当的呈现

《诗经》文化笔记

后记

格局。

　　与此同时，对古代经典文本的阅读与把握，仍然需要回归到特定的时代语境之中。梁启超先生在《要籍解题及其读法》中提出，"现存先秦古籍，真赝杂揉，几乎无一书无问题；其精金美玉、字字可信可宝者，《诗经》其首也"，《诗经》中的篇章于周人而言，既为对他们生活的多角度切实书写，又直接构成他们生活的一部分，每一篇诗歌所涉及的，都不止于单独的一个角度与层面，可谓鲜活而立体的社会史碎片。然而对于远离两千余年前那片土壤的现代人而言，要更为透彻地理解《诗经》文本的丰厚内涵，对相关的名物、史事、政治制度、礼乐精神等方面便必须有较为广泛的涉猎。正如德国哲学家哈贝马斯在《解释学要求普遍适用》中所言，人"只能在特定范围内明确地把握一个意义复合体"，对于《诗经》诸篇而言，这一特定范围一方面在于两周时代的历史传统与文化氛围所构成的既定语境，一方面在于后世读者对这一时代的语言与文化习惯的掌握、理解与追溯。因而，唯有一开始便将《诗经》文本置于其产生的语境下，才能尽量减轻现代读者与文本之间的隔阂。

　　因此，我对课程的大纲脉络整体做了一次大的变革，以周代的文化传统与社会生活为背景，依据《诗经》中所涉及的内容，将课程分为天文、地理、节令、神话、历史、祭祀、军事、外交、礼仪、生命、情志、讽喻、君子、美人等专题。这样就使得课程内容不再是通过诗篇的解读与升华，去灌注文化与思想，而是彻底以文化与思想作为框架，将对诗篇的解读融入其中。一如孙鑛论《豳风·七月》的写作为"衣食为经，月令为纬，草木禽虫为色，横来竖去，无不如意"，《诗经》中的众多诗篇，以其丰富、立体、多角度的特质去看，应当也可以"横来竖去，无不如意"地勾勒出周人的社会文化这一长卷。

　　在几年的讲授与阅读积累之后，恰逢出版之机，这本书的写作恰可以作为一次思考的整理与试手。由于时间所限，仅先挑选了天文、地理、节令、祭祀、军事、外交六个专题，前三者主要与周人所面临的自然、地理等环境因素相关，后三者则与他们的社会建构与重要政治活动相关，因此，也可以说是立足于"天"与"人"两方面来进行展开。这二者不独是周人社会构建的重要因素，也是其后两千年来中国思想史的重要范畴。所以，虽然书稿中专题的数量较课程大纲少了一半，但已可初步形成以周人社会文化为根基的主体框架格局。

　　天文专题是"天"这一范畴的主要承载者，周人"观乎天文，以察时变"，将社会法则同化于自然规律，故本章内容由周人日常生活中对昼夜变迁、四时流转等天文现象的熟悉，导向《雅》《颂》部分中随处可见的、赖以构建西周国家政治的天道观思想，同时也涉及西周末年之后变《雅》诸作中人们对天道观的怀疑。地理专题则以《风》诗涉及的十五国历史为基础，以诗篇为载体，逐一展现不同国家与地区的地理环境、山川形胜、政治得失，乃至风土民情。节令专题因涉及周代历法，与天文专题有一定关联，然而其视角自星空移向原野，着重于关注四时变迁中周而复始的人类生活，乃至在周人的社会中，天人节律的归一。

　　"国之大事，在祀与戎。"郊庙祭祀与军事活动，一文一武，一心一物，共同构成了周王朝乃至各诸侯国的政治基础。在周王朝的天道观思想之下，祭祀不独以其宗教性起到沟通天人、凝聚人心的效果，同时也赋予人类社会一定的道德教化与行为准则，成为两周礼乐文明的重要环节。军事则是王朝与国家得以在外敌环伺中立足的根本，周人与蛮夷戎狄势力的消长抗衡贯穿于其王朝历史中，在拓土开疆与自我防卫时，他们留下了诸多勇武慷慨的颂歌，然而在那些宏大战争场面的一隅，也不乏征夫思妇的忧叹，在时代的大舞台上，属于人的身影越发鲜明。《诗经》中的篇章也被广泛运用于周人的政治生活中，尤其是外交场合，它们或者作为礼乐乐歌，出现在庄重的外交仪式上，或者被各国的外交使臣撷取，作为表意言志的手段。在不断地断章取义之下，最终，对政治事务与道德品行的关注成为赋诗的焦点，不仅强化了《诗经》的政治意义，也令其最终在儒家体系中生发出政治与哲学方面的思想价值。另外，全书通篇涉及蛮夷戎狄之处，皆为古籍特称，不含任何民族歧视，故附语说明。

　　写这本小书的最初动机，本来是为了完成任务，写一本较为轻松的、给学生们阅读的读本，经由《诗经》文本与周人社会生活诸重要领域的交织，引领读者从文化与趣味的角度去全面阅读这一经典。全书在专题与文本的选择方面固然仍依循上述思考，但在实际写作中，随着个人阅读的深入与随之不断严肃起来的态度，使得它最后呈现出来的面貌也趋于严肃，或许是写论文者的通病。在此，谨希望日后有机会进一步补完其余的专题，形成一本在社会生活涵盖与《诗经》文本涉猎两方面都更加完整的笔记，并进而调整行文与视角，使它能够更加举重若轻，饶有趣味。

罗旻
二〇一八年秋于京西淬剑斋

图书在版编目（CIP）数据

《诗经》文化笔记 / 罗旻著. -- 北京：中国书籍出版社，2019.4

ISBN 978-7-5068-7248-5

Ⅰ.①诗… Ⅱ.①罗… Ⅲ.①《诗经》—诗歌研究 Ⅳ.①I207.222

中国版本图书馆CIP数据核字（2019）第049888号

《诗经》文化笔记

罗旻 著

责任编辑	宋 然
责任印制	孙马飞 马 芝
封面设计	东方美迪
出版发行	中国书籍出版社
地 址	北京市丰台区三路居路97号（邮编：100073）
电 话	（010）52257143（总编室） （010）52257140（发行部）
电子邮箱	eo@chinabp.com.cn
经 销	全国新华书店
印 刷	北京温林源印刷有限公司
开 本	710毫米×1000毫米 1/16
字 数	212千字
印 张	14.25
版 次	2019年4月第1版 2019年4月第1次印刷
书 号	ISBN 978-7-5068-7248-5
定 价	39.00元

版权所有 翻印必究